現想と幻実

ル＝グウィン短篇選集

THE UNREAL AND THE REAL

The Selected Short Stories of Ursula K. Le Guin

アーシュラ・K・ル＝グウィン

大久保ゆう　小磯洋光　中村仁美　訳

青土社

目　次

現想篇——地上のどこか

ホースキャンプ　7
迷い子たち　15
文字列　19
夢に遊ぶ者たち　25
手、カップ、貝殻　43
オレゴン州イーサ　79
四時半　123

幻実篇——外宇宙・内なる地

背き続けて　179
狼藉者　235
あえて名を解く　261
水甕　267

訳者解題　299

現想と幻実

現想篇——地上のどこか

ホースキャンプ

Horse Camp

ほかの年上はみんな駐車場の道路側にいたが、バスの運転手たちを待つあいだ、サールはノーラのそばにいた。「小川沿いの小屋かな」サールは落ち着いた、まじめな顔で言った。「わたしは二年目そこだったから。いちばんいい小屋。五番ね」

「あのひとたちはどうやって、それにわたしたちにはいつわかるの？ その、どの小屋かって」

「うちらが同室だって覚えてくれていたらいいけど」というイーヴの声は、何だかとげとげしかった。ノーラは見向きもしなかった。ノーラとイーヴは同じ宿舎に入ることを数ヶ月も前からもくろんでいたし、ここ何週間かそのつもりでいたが、実際の小屋を見なければ話にならない。サールもイーヴに目を向けず、ノーラだけを見ていた。彼女は冷静で、直立した象牙だ。

「着いたらすぐに案内してくれるから」とサールが言うと、その静かな声がそのままノーラが昨晩見た夢に響く。遅刻して試験を受けるはずの部屋が見つからない夢で、そこでノーラは延々と草ぶき小屋が並ぶなか、虫眼鏡ごしに見る髪の毛のように細黒い木が寄り合う森にいて、きょろきょろとしていた。ノーラはその夢のことを誰にも話さなかったが、ふと思い出してそのまま忘れた。「そのあと夕食、それに〈最初のキャンプファイヤー〉」とサールが言った。「キミーがまた指導員。まあ、ちゃんとしてる。いい、メレディおじさんに伝えてね……」

ノーラは大きく息を吸った。三年のあいだ頼み込んで何度もくり返し聞いてきたホースキャンプに伝わる数々のお話――雷雨のお話、馬どろぼうのお話、すばらしいスティーヴンス山のお話――そのどれにも調教師メレディが出てきた。メレディが言った、メレディがやった、メレディにはわかっていた、という風に。

「よろしくって」サールが笑っているのかどうかわからないくらいの笑みを浮かべて言った。その視線は駐車場の向こう、遠くぼんやりかすんだ中心街の高層ビル群へと向けられていた。背後で、年少女子用のバスの乗車口が息を切らすような音で開いた。四台のバスのエンジンが次々とうなっては煙を吐いた。朝の暑い日差しに照らされたアスファルトの上で、小さな姿が列をなし、年少男子用のバスに乗り込んでいく。耳ざわりな高い声がかすかに響いた。「よし。さあ楽しんでおいで」サールが言った。ノーラをハグして、そのまま腕に手を添えてその象牙の塔から一瞬じっとノーラを見つめ下ろした。そして回れ右。ノーラの目が追いかけたのは、サールがぴょんと黒い溝を跳び越えていく姿、その先には仲間がいて彼女を囲んで声をかける、「サール！　おい、サール！」と。

イーヴは身体をふるわせ、息を荒くした。「行こうよ、ノー。行こうよ。いちばんうしろに乗ろうよ、ねえ！」ふたりはいっしょに、開いたバスの入口の下で列に押し入った。

五番の小屋には簡易式の鉄製の寝床が四つあり、薄いマットレスが敷かれ、グレーの毛布が掛かっていた。防虫剤やスタイリング剤のボトル、UCSDやらアイ♡テディベアズと書かれたTシャツ、懐中電灯、りんご一つ、髪の毛のからまった櫛、開いたままうつ伏せに置かれたペーパーバック――『海賊島の黒い仔馬』――が散らかっていた。板ぶきの屋根の上に、大きな二次林のセコイアが深く陰をかけている。ポーチの少し先では、小川が茶色い石の上を陽の当たるほうへ流れ、鮮やかな緑の水草を漂わせていた。小屋の裏では調教師のジム・メレディス、十代のころは騎手だった小柄な五十歳の男が、踏みならされた小道をさっさとがに股気味に歩いていた。口を固く引き結んで、射るような糸目が小屋から小屋へと左右にすばやく動いた。遠い木々のほうからはしゃぎ声がした。

＊＊＊

心構えのある指導員たち。赤毛のジンジャー、ブロンドのキミー、そして黒い毛の美しいスーだ。みんなパルの悪いくせを知っているし、小川に出くわすたびにトリガーが頭を下げて十分間も水を飲むのをくい止める方法もばっちりだ。ごつい肩を強めに叩いて「もう。渡るのよ、でっかいおバカさん！」と言うのだ。指導員は水中での泳ぎ方、揃った歌い方、おかわりの仕方を知っているし、蹄鉄がゆるくなりやすい時もわかる。自分たちの現在位置もわかっている。ホースキャンプ全体の位置関係も知っている。「〈本流《ホームクリーク》〉がここで〈小さな川《リトルリバー》〉にかち合う」と、折れたセコイアの小枝でやわらかい砂の地面に線を引きながら、キミーが言う。「年長女子がここで、年長男子がそこで、年少の野外観察班がこのへんで」——「そんなやつら必要?」スーがあくびをしながら言った。「行こ、誰か牝馬たちを歩かせるのを手伝ってくれる?」

〈一泊目〉の長い昼間が終わって、〈石英の草原《クウォーツメドー》〉のキャンプファイヤーをみんなで囲んだ。指導員たちはまだ歌っていたが、その声はとてもか細く、か細すぎてよく聞こえないほどだった。みんな寝袋から耳をすまして、ワンスポットが脚を踏み鳴らしたり、トリガーが鼻を鳴らしたり、塀のくいのところで見張りの交代をするのを聞いていた。きれいな美しく冷たい高地の牧草のなかに立って、ひそひそ声や寝返りの音、山のふもとでひとりぼっちで歌うコヨーテの声を聞いていた。

「問題ないな。立て!」そう言ってメレディはフィリーの臀部を叩いた。フィリーは不満げにじろりと見ると、長くほっそりした頭部をメレディのほうへ向けて立ち上がった。一瞬じっとしたあと、ハエを払うかのように赤らんだ絹のような脇腹をブルッと震わせた。そして慎重に左前脚を確かめると、一歩一歩進んでいった。一歩ずつ見守りながら、ノーラもいっしょに進んだ。フィリーの身体はなかまでひどく震えていた。前を通ると、調教師はただうなずいた。「すべてよし」という意味だ。彼女はすべてよかった。

***

自由よ、走る自由、自由とは走ること。自由とは疾駆《ギャロップ》。ほかに何だというの？　ほかの走り方にしても、風にのって広い高地を駆けるまねごとにすぎない。ねえフィリー、かわいい愛しのフィリー！　イーヴとトリガーがついてこられなかったら、この子は速度を落として、そのうちしばらくしてから帰ってくるかな。向こうのあの広い広い原っぱを越えたあとで。一度でも覚えてしまったら、永遠に知ってしまったら。あのすがすがしさ、あの混じり気のないよろこびを。

「右脚だ、ノーラ」とメレディが言った。そしてキャスとタミーのほうへ向かった。
右前から踏み始めること。ほかはすべてよし。自由になれるかはこれ次第。右前、つなぎでしっかりバランスを崩さず、あの長い脚から踏み始めること。中指つま先の硬く丸いひづめで踏み込み、泥を蹴っ飛ばすこと。足を高く上げてだく足で通り過ぎるのは、いつも笑みを隠すメレディおじさんだ。

肩を寄せ合うノーラとイーヴ。長い午後は暑く、光で夢うつつ、〈本流《ホームクリーク》〉を渡ったところの〈広い牧草地《ロングパスチャー》〉に生えたかさかさの野生のオーツ麦とシャクのあいだ。「ここに来るまではこわかった」と、ノーラはまだ信じられないといった様子で、幼いころを思い出す。イーヴの引き締まったさらさらの脇腹に頭部を傾ける。小さな虫に刺されて目がさめ、長い尾っぽをしゅっと振られて眠りにつく。小川のほとりのごわごわした芝生で、フィリーが食みながらまどろんでいる。さっと通りかかったスーが何も言わずウインクし、燃える石炭のように美しく、ゆっくりと何かを目指して柳の木陰へと向かっていく。起き上がって下りていき、冷たい水に足を浸すのがいいのかな？ 来年になると、サールも年長すぎてキャンプの参加は無理だけれど、指導員としてまた来ることはできる。ノーラは二年目のキャンプ参加者で、サールは指導員。どちらも戻ってこられる。これこそ自由だ。ここでの日常も、夏の太陽も、野の草も。毎年巡ってくる。

スティーヴンス山へ長くひと回りして帰ってきたので、くたびれ汚れて、のどが渇ききっているのに満足げな一団が、高地から並んで下りてくる。スーはノーラの前をゆっくり駆けていて、イーヴはうしろで半ばうとうとと。何か音か動きを感じて、ノーラは高山の原っぱのほうへと振り返った。遠くのモミの黒林の手前で、一列になった馬が荷物をかついで登っていた——

「ほらあそこ！」

イーヴが鼻息を荒くする。スーも耳をすまして立ち止まる。列のうしろにいたノーラも足を止め、様子をうかがおうと首を伸ばした。遠くに見えたのは、列の先頭を行く自分の姉で、その小さな頭は誇らしげだった。姉は足取り軽くゆっくりはつらつと、高い山道に入ろうとするところだった。その背には、背筋を伸ばした若い男が乗っていて、そのきれいな金髪の頭は少し脇の、森のほうへと向いている。男は手を太ももに置き、もう片方で手綱を持ってサールを誘導していた。ノーラは声をあげて列から離れると、サールに向かって「だめ《ノー》、だめ《ノー》、だめ《ノー》、だめ《ノー》！」と呼びかけた。背後からイーヴとスーが、「ノー！　ノー！」とノーラを呼ぶ。サールの耳には届かず気づいてもいない。その象牙色は、透明で乾いたはるかな光のなかをまっすぐ進み、木陰へと入っていった。ほかの馬と乗り手たちも次々と駆けていき、最後の馬も行ってしまった。

　ノーラは原っぱのまんなかで止まると、日の当たる草むらに立ち尽くした。ハエがうるさい。頭を振り上げたノーラは、背を向けて列に駆け戻った。列の横を通って一頭ずつ追い越すと、みんなが冷やかし、せき立ててきて、列に戻りなさいとキミーが声をかけたが、スーも列をやぶってノーラを追いかけ始め、イーヴも高々といななきながら駆け出し、続いてキャスとフィリーやみんなも、はじめはゆるい駆け足で、それから全速力で駆けて、思い切り走って競い合って、ホースキャンプと〈広い牧草地《ロングパスチャー》〉のほうへ、メレディのほうへ――やがて長い晩には佇《たたず》むのだ、柵つきの原っぱで、甘い匂いのする乾いた芝生で、蹴爪までの浅さしかない〈本流《ホームクリーク》〉の水面で。

（訳＝中村仁美）

迷い子たち

The Lost Children

彼は銀の笛を唇にあてて、音を奏でた。パッチワークの上着に縞の入ったパンタロン、そして二色合わせの靴を履いて、ある旋律を吹きながら街の通りを練り歩く。何の曲？　振り向いた人びとが耳をすます。通行人、会社員、買い物客、事務員、喫煙者、観光客、袋をかついだ女浮浪者、それから物乞いたちも。笛吹きが通り過ぎるとみんな首をひねって、耳を傾け、内なる自分へと向かうような目をしていた。聞こえたのだろうか？　イエス――ノー――？　彼をちょっとばかり追いかけて、何を吹いているのか聞き取ろうとするひともいた。女浮浪者はかっとなってショッピングカートをがたつかせ、うしろからいかがわしい言葉をかけた。日本人客は写真を撮るため駆け足で追い越そうとしたけれども、人ごみのなかに彼を見失ってしまった。横に並んできた弁護士は、きっと高々とした甘い響きなのだろうとその音色を聞こうとしたが、聞こえるかどうかというほどのかすかな音しか聞き取れなかったからか、ブロードウェイで道を逸れていった。少年が三人、群衆をかき分け、わめきながら笛吹きの横を通り過ぎた。三人が履いていたズックとビニールの靴は、笛吹きの上着よりも派手だった。衣料品店から出てきた女性は足を止めてちぢこまり、口を開けたまま彼を目で追う。小さな娘はその手を引いて、いらいら。「ママ、おうちに帰りたい。バス停に行こう、ママ！」その母親の内側で、そして笛吹きが追い越した男女の内で、子どもが飛びはね、大声で「聞こえる！　聞こえるよ！　ほら！　ほら！」と叫んでいた。ところが当人の耳には聞こえておらず、娘のほうも気づかず、耳もすまさずただ手を引っ張るので、母親もおとなしくついていった。勢いよく通り過ぎる子どもたちは、走ったりスケートボードやローラーブレードに乗ったりしている。大人の男女はゆっくりだったり急いでいたりで、肩をすくめるか、ストリート・ミュージシャンが来たからとひと声かけてから自分の関心事へと戻って、地方債や、フットボールの試合、大カレイの値段、裁判や選挙に倒産といった話を続けるのだった。呼吸の乱れや息切れ、胸骨に差し込むような痛みを感じる男女もいる一方で、まったく何も感じないひともいたが、そうした人びとにも内なる子どもが現れ出てきて、目には見えないながらも好き勝手に笛吹きを追いかけて走り、聞こえない声で「待って！　待ってよ！」と叫ぶものの、足の速いその派手な装いの彼は、人波を通り抜け、交差点の往来を縫いつつ、ずっと銀の笛を吹き続けている。こうして逃げ出した子どもたちは、砂煙や湯気のように群衆のなかをするすると通っていき、どんどん増えてひとつの雲みたいに、ほうき星のしっぽみたいになって、かたちのないまま笛吹きを追いかけ、スキップぴょんぴょん、その吹かれる音色に合わせて踊って、街の外へ出ても踊って、郊外を抜けて高速道路を越え、とうとうショッピングモールやファストフード店の並ぶ通りへとたどり着く。笛吹きはモールを通り抜けて秘密の国へと向かったのか、もしくはこの窓のない大きな建物ばかりがどこまでも続く通りにまぎれて、子どもたちをうまく撒いたのか？　みんな笛吹きに追いついたのか、それとも店の看板・商品、おもちゃ屋やお菓子屋にそそのかされて見失ったというのか？　いきなりばらばらに分かれると、逃げ出した子どもがみんな店へ映画館へアーケードへとさまよい出て、ビデオゲームのなかに入ってはねたり撃ったり舞い散る火花のなかでお互いを殺し合ったり、イズニーランドやらウィズニーランドやらビジニーランドやらの映像に入り込んで、笑うからくりの塔や城、機械じかけのトンネルや回廊のなかを走り抜けてゆく。ほら、迷い子たちだ。腹をすかして食べるのは、ぎとぎとした甘い煙だけ。それが出てくるオーブングリルのなかではハンバーガーのパテが延々と焼かれていて、スピーカーからはいつまでも笛の音色が聞こえてくる。

（訳＝中村仁美）

文字列

Texts

メッセージは届くものだ、とジョアンナは思い返した。たいてい何年も遅れて。もしくは誰かが暗号を解いたり、その言語を覚えたりするのに何年もかかったあとで。ただそれはだんだんと頻繁に届くように、急を要するようになり、読んでくれるだろう、何かしら応答してくれるだろうという圧迫が、ますます抗いがたいものになってきて、ついには避難を余儀なくされる。ジョアンナは一月のひと月、郵便も来ない海沿いの街で、電話もない小さな家屋を借りることにした。夏なら何度かこのクラットサンドに滞在したことはあった。冬は望み通り夏よりもずっと静かだった。ひと言も聞かず、しゃべることもなく、一日が過ぎることもあった。彼女は新聞も取らず、TVもつけなかった。ラジオでニュースでも聴かなければと考えていたある朝、アストリアからフィンランド語の番組が流れてきた。それでもメッセージは届く。言葉がいたるところにあった。

文字がついた服は大した問題ではない。ジョアンナは何年も前にはじめて見たプリント・ワンピースを思い出した。本物の〈プリント〉ワンピースで、タイポグラフィがデザインされていた——白地に緑で、スーツケースにハイビスカス、それに〈リヴィエラ〉やら〈カプリ〉やら〈パリ〉やら、肩の縫い目から裾のほうまでぽつぽつと地名がプリントされている。ところどころ字の向きが下から上へ、たびたび逆さま。そういうものは当時、販売員の女性も言っていたが、とても斬新だった。今となっては、政治活動を促したり、死んだ物理学者の言葉を長々と引用したり、少なくともそれが売られている街の名前が載ったりしていないTシャツを見つけるほうが難しい。こうしたもの全部に彼女は付き合ってきたし、実際に着たこともあった。

それにしても、あまりに多くのものが読めるようになっていった。

ジョアンナは何年も前から、天気が荒れたあと、波が砂に残す泡沫が線をなし、ところどころ手で描いたような曲線になっていることに気づいていた。言葉と同じく、スペースで区切られた筆記体の線のようだと。そして二週間以上もひとりで、海岸の南端にある〈難破点《レック・ポイント》〉という崖のあたりを何度もうろちょろしているうち、とうとうそこに書かれてあることが判読できると気づいた。おだやかな日で風もほぼなかったので、あえて元気よく歩き回ったりせず、泡沫が作った線と、砂土に空が映り込む波打ち際のあいだをぶらぶらと歩いていた。ときおり何度も砂浜を打つ穏やかな冬の白波が、彼女とカモメたちを追い越し、乾いた砂土のほうへ乗り上げていった。波が引くと、彼女もカモメもそれを追いかけた。長い砂浜にはほかに誰もいなかった。砂はクリーム色のメモ帳のように、しっかりと平らで、ちょうどそこへ来た波が寄り切ると、複雑な曲線と細かい泡沫を残していった。それがリボンや輪っか、白く広がった何かがチョークで描かれているように見えて、彼女は立ち止まった。興味津々に足を止めたわけでもなく、夏の砂浜にひとが走り書きしたことを読むときのように。たいていそれは〈ジェイソン＋カレン〉の類や、ハートのなかに書かれた二つのイニシャルだった。以前見つけたなかで謎めいて印象的だったのが、三つのイニシャルと一九七三―一九八四という年号だ。叶わずに破れた約束を伝える名残りのようなもの。結婚の期間？　子どもの年齢？　この十一年が何だったにせよ、もう過ぎたことだ。ジョアンナが戻ったときには、その文字も数字も消えてしまっていた。潮が満ちたからだ。これを書いたひとは消してもらうために書いたのだろうかと、そのときは考えた。ただ、今ここにある茶色い砂の上の泡沫の言葉は、消すのが役目のはずの海によってたった今書かれたわけだ。それが読めたなら、彼女が飲み込めないほどはるかに深遠でほろ苦い知恵でも教えてくれるかもしれない。海が書くことなんて知りたいものだろうか、と思いつつも、ジョアンナは既にその泡沫を読み始めていた。それはアルファベットの文字というよりも、読みづらいくさび形のにじみではあったが、横を通りながら彼女は完璧に読み取ることができた。「イエス」とある。「エセ　ヘス　ヘトゥ　トキエ　ト，オッスセス　イキエス。セハム　ヒュテ，ウ。」（あとでそれを書きとめたときに彼女はアポストロフィを打ったが、休止や「イェップ！」の末尾の吸着音のようなものを表すためだった）数歩戻って読み返してみても、同じことが書かれていた。彼女は何度も歩き回って、すっかり覚えてしまった。やがて、泡が弾けてにじみが小さくなり始めると、少しずつ変化して、「イエス、エ　ヘス　エトゥ　キエ　ト，オッスセス　キエ。ハム　テ　ウ」となった。大きく変わったというよりはただの欠損に思えたので、彼女はもとの文字列のほうを記憶した。泡沫の水分は砂に染み込んでいき、あぶくも乾いてしまった。その痕跡と線は、点々や切れはしでできたおぼろげなレース細工になり、半分しか判読できなくなった。繊細な刺繍のようにも見えて、ふと彼女は思った。ひとはレースやクローシェも読めるのだろうか。

ジョアンナは帰宅すると、泡沫の言葉を書きとめた。そうすれば、覚えようと何度も復唱する必要がない。そして小型の丸い食卓に掛けられた、ミシン縫いのクエーカー・レースのテーブルクロスに目を向けた。判読するのは難しくなかったが、予想通りとても退屈だった。ふち飾りの内側にある最初の行は、果てしなく「ピス　ウォット　ピス　ウォット　ピス　ウォット」と続いていくように読め、そこに「ダブ」と三十針おきにふち飾りの模様が割り込んでくる。

ただ、むかしポートランドの古着屋で買ったレースの襟はまったくの別ものだった。それは手作り、つまり手書きだ。原稿は小さくて、まったくむらがなかった。まるで五十年前、一年生のときに教わったスペンサリアン書体のようで、流麗ながらも驚くほど読みやすかった。ふちには「魂を放たねば」と書かれていて、「魂を放たねば、魂を放たねば」と何度もくり返されていた。襟の内側へとつながる繊細な網目のところには、「姉さま、姉さま、姉さま、明かりを灯して」と書かれてある。ジョアンナは何をすればいいのか、もうどうすればいいのかわからなくなった。

（訳＝中村仁美）

夢に遊ぶ者たち

Sleepwalkers

ジョン・フェルバーン

午後四時にジョギングに行くから小屋の掃除はそれからにしてくれとメイドに伝えた。自分は夜型で遅くに書き物をして朝が来てから眠ってるんだ、と。芝居を書いていることをどういうわけか知られていた。「舞台ですか?」と彼女は言った。そうだよと答えると、「観たことありますよ」と彼女は言った。見事なセリフだ。とある高校生の劇で、ミュージカルだったらしい。おれのはあまり似てないと彼女に教えたが、特段何も訊かれなかった。まあ、おれが書いてるものはこういう女性に説明できやしない。彼女はありえないほど狭い世界に生きている。この土地に住んで、部屋の掃除をして回り、自宅に戻り、TVを見る——きっとクイズ番組の『ジェパディ!』だ。おれは芝居の登場人物をまとめたノートに彼女を書き入れようとしたが、〈メイドのエイヴァ〉まではいいとして、それ以上書くことがなかった。まるで水の入ったコップを描写するみたいだ。彼女は一般に人が〈いいひと〉と表現をする意味での〈いいひと〉だ。ドラマになりゃしない。とてもありきたりな行動や発言しかしないから。何か言ったとしても陳腐な決まり文句《クリシェ》だ。彼女がクリシェなんだ。歳は四十くらいで、中肉中背、ぼてっとした尻周りに、血色が悪く、肌ツヤはいまいち、ブロンドに黒髪が混ざってきてる。アメリカの白人女性の半分はそんな感じだ。型で作られたひと、クッキーの抜き型から生まれた人間。彼女が小屋を掃除しているあいだ、おれは一時間か一時間半くらいジョギングをする。彼女はジョギングなんてするはずないし、運動もしないだろうとおれは走りながら考えた。ああいうのは生活を管理したりしない。こんな街にいる彼女みたいなひとは大量生産品で、TVに影響されやすい典型的な人間だ。夢遊病者。いいタイトルになるかもしれない。「夢に遊ぶ者たち」。それにしても、行動や考えがあっさり読めてしまう人物は、どう描いたら深みを出せるんだろう。セックスだって退屈になってしまうだろうに。

今週は小川の小屋に知らない女性がいる。午後にビーチに向かってジョギングしてると、じっと見られる。おれはその女性のことをエイヴァに訊ねた。「マッキャン夫人といって、毎年夏に一ヶ月滞在しています」とエイヴァは答えた。「とてもいいひとですよ」ともちろん言った。マッキャンはまあまあいい脚をしてる。年増だが。

キャサリン・マッキャン

エアガンがあったら、紫色のストレッチ素材のピチピチしたウェアを履いたあの若い男がひょこひょこ通り過ぎていくとき、テラスの陰から尻に一発お見舞いしてやるのに。あいつはこっちをじろじろ見る。

今日は〈ハンブルトンズ〉でヴァージニア・ハーンに会った。彼女がピューリッツァー賞作家であれどんな作家であれ構わず本を何でも集めるせいで、ここが作家どもの寄生地になりつつあることや、こけら屋根の小屋にいる若い男が朝四時までパソコンの前に座っていることを話した。〈隠れ家《ハイドアウェイ》〉は静まり返っているので、カチカチ、ピッピッという音が一晩中耳に入ってしまう。「きっとすごく仕事熱心な会計士なんですよ」とヴァージニアは言った。「そんなひとはストレッチ素材のピチピチした紫の短パンなんて履かないね」と私は言った。「あ、それってジョン（何とか）さんね。そうそう、イースト何とかって場所で芝居をやったんですって。本人が言ってましたよ」「ここで彼は何してるの？　あなたの生徒？」と私は訊いたが、「いえいえ、文明の重圧から逃げる必要があったんですって。それで西海岸で夏を過ごしてるみたい」と彼女は言った。ヴァージニアは魅力的だ。おなじみの横目づかい。瞳が黒くキラッと輝く。ミルクのように穏やかなのに危険な女。「エイヴァは元気？」と彼女は訊ねた。去年の夏、ヴァージニアはジェイと旅行しているあいだ、エイヴァにブレトン岬の自宅の留守番を任せていたので、エイヴァの近況が気になっている。でも、私がエイヴァから聞いたあの話のことは知らない。エイヴァはうまくやってるよ、と私は言った。

実際うまくやってると思う。今もおずおずと歩くけど。ヴァージニアはそんな姿を見たのだろう。太極拳をするように歩くのだ。まるで高い所に張ったロープを渡る女性みたいに。片方の足のすぐ前にもう片方の足を置いて、急に動いたりはしない。

　最初の朝、彼女がドアをノックしたとき、私は紅茶を淹れていた。いつかの夏みたいに私たちはキッチンの隅のテーブルで話をした。主にジェイソンのことを。彼は今では十年生で、野球やスケートボードにサーフィンをして、よくあるセーリングボードを欲しがり、フッド川に出かけたりしている。「海じゃ物足りないみたいで」とエイヴァは言った。息子の話をする声に元気がない。なんとなくあの子は父親似だ、少なくとも外見は。彼女はそのことに悩んだりうんざりしたりしているが、彼のそばにいようとする。執着してるんだ。生き残った彼へのわだかまりがあるのかもしれない。「どうしてあなたなの？　娘のほうじゃなくて？」と。ジェイソンがあれの何を知っていてどう考えているのかはわからない。彼がここに立ち寄ったときに何度か顔を合わせた限りでは、男の子がするその手のスポーツに夢中になっている愛らしい子どもに見えた。少なくとも、そういうスポーツはひとを健やかにするのだろう。

　私の滞在中にエイヴァに任せる仕事は、滞在のたびに話し合い、お互いが納得した上で決めている。掃除機を週二回かけてゴミ捨てをしないとショート氏に「叱られる」そうだ。ショート氏は叱ったりしないと思うけど、そうするのが彼女の仕事であり良心なのだ。だから彼女はそうするし、毎日のようにやってきて私に必要なものがないか確かめる。もしくは私とお茶をする。アールグレイが好み。

ケン・ショート

彼女は頼りになる、きみはぼくらがどんなにツイてるかわかってないよ。ぼくは朝食でディブにそう言った。たとえば商売敵のブリネジー家は、人材の選り好みをしてる場合じゃない。ベッドメイクができない上にやり方を学ぶ気のない女子高校生。言葉が話せないので研修を受けさせてようやく働けるようになる移民。モーテルの掃除なんて誰もしたがらない。するのは、十分な教育とか自尊心とかが足りないせいでマシな仕事にありつけなかったやつだけだ。ぼくがブリネジー家みたいなメイドの扱い方をエイヴァにもしていたら、仕事を続けてもらえなかっただろう。彼女を雇ってすぐ、ぼくたちは幸運だってことに気がついた。彼女は掃除のやり方を心得ているし、最低賃金より一ドル増しという給料で働いてくれる。だから仲間のように接しないといけない。四年も経ったんだ。彼女が朝七時に小屋のひとつを掃除して午後四時に別の小屋を掃除したいと言うなら、それでかまわない。お客さんたちともうまくやってる。ぼくは口出ししない。干渉しない。「エイヴァのしたいようにさせようよ」と今朝ディブに言った。「彼女は頼りになるよ。まじめだし、ずっといてくれる――ここの高校に息子を通わせてるからね。これ以上何を求めるんだ。いいかい、ぼくの負担を半分肩代わりしてくれてるんだよ」

「あたしに、彼女の言うことを聞きながら監督しろって言うんでしょ」なんてディブは言う。おいおい、ときどき彼女に腹が立つ。なんだってそんなことを言うんだ。誰も責めてないじゃないか。

「監督なんていらない」とぼくは言った。

「そう思ってないでしょ」とディブは言った。

「彼女が何かやらかした？」

「やらかした？　いいえ何も。ヘマなんてするわけないでしょ」

よくそんな言い方ができたもんだ。エイヴァに嫉妬するなんて、勘弁してくれ。エイヴァは容姿端麗で、何でもできるけど、ひけらかさない。そういう女性はたまにいる。美人だというそぶりも見せない。美人だと鼻にかけているように思わせもしない。ディブはわからないのか。じゃあ、エイヴァの何が不満なんだ？　エイヴァのことを気に入ってるものだと思ってた。

「こそこそしてる」ぽつりとディブが言った。「気味が悪い」

「何言ってるんだ。もの静かなんだよ。賑やかなタイプじゃないんだ。わからないな。口数が多くない。そういうひとだっているじゃないか」ぼくは彼女に言った。

「あたしはね、二言以上話す女性がいいの。こんな森に引きこもってるんだから」

「今日一日きみは街に行くんだよね」とぼくは言った。なじろうとしたんじゃない。ただの事実だ。街に行きたいなら行けばいい。別に妻をこき使ったり縛りつけておきたくてここを始めたわけじゃない。ぼくがここを切り盛り管理して、エイヴァ・エヴァンスが小屋を掃除して、ディブが自分のしたいことをする。それがぼくの望みだ。でもそれでは足りないようだ。彼女はぼくのようには思ってないのだろうか。「ふうん」と彼女は言った。「あたしも何か仕事をすれば、あ、あ、あたしも頼りになるって思ってくれるの？」彼女が自分を蔑むなんて。どうしたらやめさせられるんだ。

ディブ・ショート

これは悪魔の声だ。あたしに悪魔がどうやって取り憑いたのか、ケンは知らない。何て説明しよう。伝えたらきっとあたしは内側から殺される。

でも悪魔は、あの女、エイヴァを知っている。あの女は一見とてもおっとりしていて物静かだ。はいショート夫人、かしこまりましたショート夫人。バケツとモップと箒とゴミ箱と一緒に、あたりをこそこそ動いてる。隠しごとがあるんだ。あたしは隠しごとをしている女がわかる。悪魔はわかっている。悪魔はあたしを見つけた。いずれあの女も見つける。

逃げようとしても無駄。教えたほうがいいのかな。いったん体に入った悪魔は、絶対に出ていかない。子を身ごもる代わりだ。

あの女には男の子がいるから、産んでから取り憑かれたはずなんだ。それこそ夫が。

自分のなかに悪魔がいると知っていたら、ケンと結婚しなかったと思う。でも悪魔が囁き始めたのは昨年のことだ。あたしに嚢疱ができ、医者に癌だと診断された。腫瘍に体が蝕まれていると知った。そして悪性じゃないとわかりケンが喜んでいると、悪魔は嚢疱のあったところで蠢き始め、あたしに話しかけるようになり、今じゃあたしの声でしゃべってる。ケンは悪魔のいることを知っているけど、あたしに入った経緯は知らない。ケンは物知りで、生き方を知っていて、あたしのために生きてくれる。あのひとは私の人生だ。だけど彼には話せない。何か言おうとすると、悪魔が口までやってきてあたしの舌を自分のもののようにしてしゃべる。口から出た言葉がケンを傷つける。だからと言って、どうしたらいいかわからない。そして彼は口をへの字に曲げて重い足であたしの前からいなくなり、仕事へと向かう。彼は朝から晩まで働いているのに太ってきてる。コレステロールの高いものは食べないほうがいいのに。なのに、いつも食べてるらしい。どうしたらいいんだろう。

誰かと話さないと。悪魔は女性には話さないから、あたしは女性なら話ができる。マッキャン夫人に話せたらいいんだけど。彼女はお高くとまってる。大学の人間はお高くとまってる。すごく早口だし、眉毛をピクピク動かす。きっと同類じゃないと理解できない。あたしはマッキャン夫人におかしくなったと思われるだろう。あたしはまともだ。悪魔がなかに入っているだけ。自分で入れたわけじゃない。

Aフレームのキャビンにいる女性なら話せそうだ。かなり若いけれど。ただ他のひとと小型トラック《ピックアップ》で毎日出かけてしまう。しかもみんな大学の人間。

〈ハンブルトンズ〉に女性がやってきた。おばあさん。インマン夫人だ。親切そう。彼女に話せればいいいんだけど。

リンジー・ハーツ

〈ハンナの隠れ家〉にいる連中はかなり変わってるから信用できないな。ショート一家。うわうわ。旦那は愛想がいいけど、朝から晩までうろついて、小川から細い溝を掘っておもちゃの小川みたいなものを造ったり、草むしりをしたり、余計な木や枝を切ったり、土を均《なら》したりしてる。この前、わたしたちがお昼過ぎに戻ってくると、主婦がカーペットの糸くずをつまむみたいに、小道に落ちているトウヒの尖った葉をつまんでた。おもちゃの小川には所々に小さな橋がかかっているし、小屋と小屋をつなぐ小道には縁に沿って石が置いてある。彼は毎日その石を整えてる。高さを揃えて並べたり、石の大きさを揃えたり。

ショート夫人はキッチンの窓から彼を眺める。それか、およそ四百メートル先の繁華街に車で出かけて五時間買い物をして、ミルクのパック一本を持って戻ってくる。不機嫌そうに口元をぎゅっと閉めて。笑うのが嫌なんだ。彼女にとって笑顔はおおごとで、頑張らないと笑えないし、笑ったらきっと一時間休まないといけない。

そしてマッキャンさん。夏になるとやってきて、みんなと顔見知りで、夜九時に眠って朝五時に目を覚まし、中国の体操を中庭でやり、屋根の上で瞑想する。その屋根には、滞在先の小屋のテラスの屋根から移っていく。テラスの屋根へは小屋の窓から移る。

それからお高くとまったお兄さん《ミスター・プレッピー》。朝五時に眠り午後三時に起き、土地のひとと交わらない。コミュニケーションを取る相手は自分のコンピュータとモデムだけ。間違いない。ファックスだって持ってそうだ。毎日四時にビーチをジョギングするけど、いちばん人がビーチに集まる時間帯だから、やつの紫のスパンデックスと筋肉質な脚と一四〇ドルのランニングシューズは、ひたすら視線を集める。

そして、わたしとジョージはといえば、毎日出かけて、森林管理局と材木会社が沿岸部でひそかに原生林を違法に伐採している場所を、誰にも見つからないよう突き止めてる。その気になれば記事が書けるけど、たとえ秘密出版でも世には出せないと思う。

強迫神経症が三人、病的な自己中が一人、妄想症が二人。

〈ハンナの隠れ家〉でまともなのはメイドのエイヴァだけ。そばへ来て「こんにちは」と挨拶してくれるし、「タオルは使いますか?」と訊いてくれるし、わたしたちが材木ストーカーをしているあいだ掃除機をかけてくれるし、まあふつうの人間みたい。このあたりの生まれですか、とわたしは訊ねた。数年前からここにいます、と教えてくれた。息子が高校に通ってる。「いい町ですよ」と彼女は言った。彼女の顔には間違いなく何かがある。まるで水のような、純粋で無垢な何かが。わたしたち妄想症の人間は、こういうひとのために森を守るんだ。いずれにせよ、イカれ切ってないひともいてくれて、ありがたい。

キャサリン・マッキャン

私はエイヴァに〈隠れ家〉にこれからもいるか訊ねた。

いると思うと彼女は答えた。

「もっとマシな仕事、あるんじゃない？」と私は言った。

「そうかもしれませんね」と彼女は言った。

「もっと楽しい仕事に」

「ショートさんはとてもいいひとです」

「でも奥さんは――」

「感じのいい方です」エイヴァは真剣だった。「ショートさんに当たりが強いこともありますが、わたくしには決して。本当にいいひとだと思います。でも――」

「でも？」

彼女は真顔で言葉を探すように、空いているほうの手でゆっくり動かした。私にもわからない、誰にもわかるわけない、彼女のせいじゃない、みんな同じ境遇にいる。「わたくしとは、うまくいっています」

「あなたなら誰とでもうまくやれる。マシな仕事も見つかるよ、エイヴァ」

「わたくしにはスキルがないんです、マッキャン夫人。誰かの妻になるよう育てられました。前に住んでいたユタ州の町では、女性といえば妻《ワイフス》を表しました」彼女はワイヴスではなくワイフスと発音した。「だから掃除や家事とか、そういう仕事のあれこれは心得ているんですよ？」

私は彼女の仕事に対して敬意がなかったことに気づいた。「あのね、マシなお給金をもらってほしいってだけだからね」と私は言い添えた。

「感謝祭で、ショートさんに昇給をお願いするつもりです」と言う彼女の目は輝いていた。以前から考えていたのがよくわかる。「きっと上げてくれると思います」彼女の笑みは、すぐに口元から消えた。

「ジェイソンに大学に行ってほしいの?」

「本人が行きたいなら」と彼女は曖昧に答えた。悩ましい問題なのだ。クラットサンドを去ること、ジェイソンが広い世界に出ていくことを考えるだけで、気持ちが怯える。これからもずっと怯えるのだろう。

「何も危なくはないよ、エイヴァ」私はできるだけ穏やかに言った。彼女が怯える姿を見るのはつらいし、つらい気持ちにさせないよう普段から心がけている。好きに生きていいんだってことを知ってもらいたかった。

「わかってます」彼女は短く息を吐くように言ったが、動揺は隠せない。

「後ろには誰もいないって。いるわけない。自殺だったんだよ。切り抜きを見せてくれたじゃない」

「燃やしました」彼女は言った。

地元の男　娘を銃殺し自殺

彼女はおととしの夏に新聞の切り抜きを見せてくれた。はっきり目に焼きついている。

「どう考えてもあなたは去って当然だよ。「疑い」はなかった。姿を隠す必要なんてないんだよ、エイヴァ。誰からも隠れなくていい」

「わかってます」彼女は言った。

彼女は私が言いたいことをわかってる。彼女なりに私の言葉を受け入れ、私を信じてくれている。私も彼女を信じてる。彼女が話してくれたことはすべて真実だと受け入れた。本当だという根拠？　彼女の言葉と、ひたすら想像を掻き立てる新聞の切り抜きを信じた？　これまで生きてきて、何よりも真実らしいと思えた。

ユタ州のインド市にある自宅にいたとき、裏の野菜畑で草むしりをしていると銃声が聞こえたので、彼女は裏口からキッチンを抜けて表の居間に行った。夫がアームチェアに腰を下ろしていた。十二歳の娘のドーンがTVセットの前のラグで横たわっていた。エイヴァは居間の入口で何かを訊ねた記憶があるが、なんと言ったかは覚えていない。おそらく「何が起きたの？」とか「何かあったの？」とかだろう。夫が言った。「この子に罰を与えたんだ。とんでもないことをしてくれたもんだ」エイヴァが娘のそばに行くと、娘は裸のまま、頭を殴られ胸を撃たれていた。コーヒーテーブルに散弾銃《ショットガン》があった。彼女はそれを手に取る。銃身がヌルヌルしている。「彼が怖かったんだと思います」と彼女は私に言った。「なぜあんなものを持ったのか。夫が「それを置け」と言って。わたくしが銃を持って正面玄関のほうに後ずさりしていくと、夫が立ち上がって。わたくしは引き金に指をかけて、夫が私に向かってきて。撃ちました。あの人は前に倒れて。こちらにもたれかかるように。わたくしはあのひとの頭のそばに銃を置いて。ドアのすぐ内側の床です。それから外に出て道路を進んでいきました。ジェイソンが野球の練習から帰ってくるとわかっていましたし、家には入らないでほしかったんです。道で彼に会って、それから私たちは――」とここで彼女は黙り込む。隣人の名は口にしてはいけないかのように。「近所のひとの家に行って、警察と救急車を呼んでもらいました」彼女はか細い声で事のあらましを語ったのだ。「みんな、それを殺人で自殺だと考えました。こっちは何も言っていないのに」

「当然ね」と呟く私の舌は乾いていた。

「撃ったのはわたくしです」と、こちらの顔を見て言う彼女は、わかっているのかと確認するかのようだった。私はうなずいた。

彼女は夫の名前を言わなかったし、結婚後の姓も言わなかった。エヴァンスはミドルネームです、と彼女は言った。

二人分の葬儀のすぐあと、彼女は隣人に頼んで、自分とジェイソンを都市間鉄道《アムトラック》の駅がある最寄りの街まで車で送ってもらった。核戦争や共産主義革命に備えて夫が地下室の非常食に紛れ込ませておいた金をすべて持っていった。彼女は次に出る西行きの列車の普通席《コーチ》を二枚買った。列車はポートランド行きだった。最初ポートランドは「大きすぎる」と思った、と彼女は言った。沿岸地域バスが、グレイハウンド社の長距離バス停から通りを少し行ったあたりで待っていた。彼女は運転手に「どこまで行きますか？」と訊ねた。彼は巡回している海岸の小さな町の名を挙げていった。「一番遠そうな町に行くことにしました」と彼女は言った。

彼女と十歳のジェイソンは夏の夕暮れが深まるころにクラットサンドに着いた。〈白鷗モーテル〉は満室で、ブリネジー夫人は彼女を〈ハンナの隠れ家〉に行かせた。

「ショート夫人はいいひとです」エイヴァは言った。「わたくしたちが徒歩で来たことには少しも触れませんでした。着いたときは暗くなっていました。そこがモーテルだなんて信じられなくて。森のような木々しか見えませんでした。彼女は「あら、その子はくたくたみたいね」とだけ言って、わたくしたちにAフレーム型の小屋を案内してくれたんです。空室はその小屋だけでした。ショート夫人はジェイソン用に折りたたみベッドを出してくれました。とてもいいひとでした」彼女は落ち着ける場所が見つかるまでの顛末を細かく話したがった。「そして次の日の朝、わたくしは受付に行き、仕事がありそうな場所を知らないかと訊ねると、ショート氏にフルタイムのメイドを探していると言われたんです。まるでわたくしを待っていたかのようでした」と語る彼女は誠実で、まっすぐにこちらを見据えていた。

避難先を授けてくれたのが思し召し《プロヴィデンス》だったかなんて訊けるものか。彼女に銃を握らせたのも思し召し《プロヴィデンス》だった？　それとも彼の手に握らせたのが？

彼女とジェイソンは小さなアパートに住んだ。クラーク通りにあるハンニンガー家の敷地内だ。娘の写真が飾られている部屋を想像してみる。五×七サイズの額入りの学校の写真で、七年生の子どもが笑っている。違うな。エイヴァ・エヴァンスのことを何も想像してはだめ。想像していいわけがない。コーヒーテーブルとTVセットのあいだにあるラグに横たわる子どもの死体を思い浮かべるなんて。そうする必要性だってないはずだ。エイヴァだって思い出さないほうがいい。私が彼女にマシな職を、まともな仕事を、高い賃金を手にしてほしいと願うのはなぜだろう——何の話をしている？　幸せの追求？

「フェルバーンさんの小屋を掃除しに行かないと」彼女は言った。「紅茶、美味しかったです」

「もう行くの？　あなた、三時に仕事が終わるんでしょ？」

「彼の生活時間は変なんですよ。四時まで掃除に来るなって言うんです」

「じゃあ、このあたりで一時間待たされるわけ？　ずうずうしいやつ！」と私は言った。腹立たしい。偉大なるミドルクラスの贅沢。「彼はジ、ョ、ギ、ン、グするんでしょ？　私なら小川に飛び込めって言ってやる」私なら？　自分がメイドだったら？

彼女は紅茶の礼をあらためて言った。「お話ができてとても楽しかったです」と彼女は言った。そして小屋と小屋をつなぐ、きちんと均《なら》された小道を歩いていった。片方の足の前にもう片方を出すようにして、昔からある薄暗い針葉樹のあいだをおずおずと進む。急に動いたりはしない。

（訳＝小磯洋光）

手、カップ、貝殻

Hand, Cup, Shell

〈海岸道路《シーロード》〉の端にある家屋は、砂丘の奥の野原に立っていた。北はブレトン岬、南は〈難破岩《レック・ロック》〉、東は湿地帯、そして二階に上がると、西は砂山と白波の先の中国のほうに向かって窓がついていた。家屋は満室というよりもがらんとしていたが、決して静かになることはなかった。

到着すると、一家は散らばっていった。週末を共にするためにやってきて、庭にひとり、キッチンにひとり、本棚にひとり、北の砂浜にふたり、そして南の岩礁にひとり、ためらいなく方々へと飛んでいった。

潮や砂や暴風にはためきながら、家の裏にあるバラの茂みが柵をよじ登り、長い秋のしぶきをあげた。振り乱して、盛大に。シダやツタで絞め殺されないようにしておくだけで、バラには何もしないくらいがちょうどいい。ブロンズ色のピース種は、野バラと同じでひとりでに生い茂る。問題はツタだ。やっかいなやつ。毒のある実。あらゆる隠れたところから這うように出てきては、忌まわしいものをいっぱい詰め込む。クモにムカデにヤスデにヒャクデ、ヘビやネズミ、割れたガラスもさびたナイフも、犬のフンから人形の目に至るまで。柵までこのツタを刈り込まないと、とリータは思った。長くなった茎を引っ張り上げたら、葉がこんもり茂るところに尻餅をついてしまい、庭にあるホースのように太い親ヅタが出てきた。もっとここに通って、針葉樹にもツタがつかないようにしなくちゃ。ほらあそこ、あと一年もすれば木をだめにしてしまう。彼女はぐいと引っ張った。太いツタはまるで鋼の錨綱だ。ポーチの段を上りながら声をかける。「剪定ばさみってあったかしら?」

「そこの壁にかかってない?」キッチンからマグが答えた。「まあ、どこかにあるはず」筒缶のなかにも小麦粉があるはずだったが、空っぽだ。八月に使い切って忘れていたのか、それともフィルと息子たちが先月来たときにパンケーキでも作ったのか。〈ハンブルトンズ〉での買い物リスト用に〈小麦粉〉って書くメモ帳はどこに行ったっけ? どこにも見当たらない。〈メモ帳〉って書くための小さなメモ帳を買わないと。ボールペンなら、がらくたの入った引出しのなかに見つかった。ペンは緑色の半透明で、〈ハンクス沿岸金物自動車用品店〉と印字されていた。マグは出すぎたペン先の緑インクを、キッチンペーパーの端でふき取りながら、そこに〈小麦粉・丸パン・オレンジジュース・シリアル・ヨーグルト・メモ帳〉と書いた。すべては円環、もしくは螺旋のようだ。去年の十月にこのキッチンに来てから十二ヶ月なんて、そんなに時間が経ったはずがない。今そのときと同じ状況だった。既視感《デジャ・ヴ》じゃなくて既体験感《デジャ・ヴェキュ》というか、その前のどの十月も、現状もやっぱり同じだから、足が変わってもまた立ち止まっている。たとえば、去年よりも半サイズ大きなこの足。このまま扁平になっていって、しまいにサイズ12の山用ブーツでも履くようになるんだろうか？　母さんの足はそんなことなかった。いつも7N、今も7N《ナロー》で、これからも7Nを履き続けるんだろうけど、そう言えばヒール一インチのトリムパンプスやペニーローファーみたいな似た靴をいつも履いていて、ドイツ製のクロッグや、日本の運動靴や、つま先が痛くなるような最新の流行品を試すことはなかった。もちろん学部長の妻としての身だしなみからそうしたんだろうし、パパのかわい子ちゃん、そして田舎町のお姫さまとして、知っていても試しはしなかった。

「ハンブルトンズまで行ってくる。何かいる？」マグはキッチンのドアから裏口の仕切りまで通るように、庭でツタと格闘する母親に向かって大声を出した。

「別に。歩いて行くの？」

「うん」

これは正解。「うん、そうなの」「うん、たぶんね」「うん、そのつもり」……と弱めも和らげもせず、ただ「うん」と言うには労力が必要だ。純然たる「うん」には無愛想な響きがあって、テストステロンに満ちている。もしリータが「別に」じゃなく、「いらない」と返していたら、不機嫌なり悩まし気なりに聴こえただろうし、何かあったのか、なぜ〈母親語〉でない言い方をするのかをはっきりさせようと、マグも何かしら応答しただろう。「ハンブルトンズに行ってくる」と彼女が次に声をかけたのは、暗くて狭い玄関の本箱のところでひざをついていたフィルだった。そのまま出かけて正面ポーチの木の段を四つ下り、門から出るとしっかり掛け金をかけ、〈海岸道路〉を右に曲がって街へと歩き出した。こうしたなじみの動作が、マグにとってはとても嬉しかった。道路の砂丘側を歩いていると、丘と丘のあいだからは海と、どんな会話もかき消してしまう白波が見えた。彼女は静かに歩きながら、子どもたちが向かった砂浜のテンキグサのあいだをちらちらと見た。

グレは砂浜の果てまで行ってしまった。砂浜は〈難破点《レック・ポイント》〉のふもとの、赤さび色の玄武岩が転がるところまで続いているが、彼女は岩々をぬって〈難破点〉の斜面や岩礁に至る道なら心得があった。誰も来ない場所だ。潮風で傷んだ草に腰を下ろして、〈難破岩〉やパパが〈リックラック〉と呼ぶ暗礁にぶつかる波、それに水平線のほうをながめていたら、まだはるか遠くへ行けるような気がする。少なくとも行けるはずだけど、これ以上ひとりにもなれない。草むらにはビール缶が転がり、頂上付近の杭にはオレンジ色のプラ製リボンがくくられていて、海上では沿岸警備隊のヘリコプターが騒々しくブレトン岬まで様子をうかがってはまた南に戻っていく。きっと誰も、誰かにひとりになってほしくないんだ。全部どこかにやってめちゃくちゃにしたい、あらゆるがらくた、ゴミもクズもつまらないものもディヴィッドも中間試験もおばあちゃんもひとの意見も他人のことも。離れなきゃ。ずっと、ずっと遠くへ。これまでは楽で、出かけるのは簡単で帰るのが面倒だったけど、今は出ていくほうがますます難しい。完全に出ていくなんて無理だ。ここにきちんと座って海を見つめて考える。バカなディヴィッドのこととか、あの杭は何のためにあるのかとか、おばあちゃんがあたしの爪を見るあの視線は何だったんだとか、あたしの何がおかしいの、だとか。残りの人生もこんな感じなのかな？　海さえ見ずに？　バカげたビールの空き缶を見るだけ？　憤ってうしろに足を踏み、ねらいを定めてビール缶を蹴ると、缶はすばやく低い弧を描いて、崖下の見えない海に向かって落ちていった。それから振り向いて頂上によじ登ると、濡れたシダのあいだで足を踏ん張り、オレンジ色のリボンがついた杭を地面からねじり抜いた。南へ投げると、杭はシダやサラルのやぶに落ちて飲み込まれていった。立ち上がった彼女は、原木の皮が剥げているところに手をこすりつけた。歯にあたる風がつめたい。怒った猿みたいに、むき出しになっていた。視野の先の海はほの暗く、水平線があまりにまっすぐで吸い込まれてしまいそうで。ごちゃごちゃしたものが何もない。親指のつけ根をくわえて前歯を温めながら、グレは思った。あたしの魂は一万マイルも広がっていて、目に見えないくらい深い。海ほどに大きく、海よりも大きく、海を抱きしめる。ビール缶や爪のなかに詰め込まれたり、くくりつけられて他人のものになったりしない。あらゆるものを飲み込んで気にもしないのだ。

祖母は考えていた。わたしも歳を取ったものね、浜辺に来て、海も見ないで！　あらやだ！　今大事なのは土をぼこぼこにしてしまうツタだって案配で、まっすぐ裏庭なんかに行って。海は子どもの領分だって調子ね。彼女は自分の権利も海に行使しようと、刈ったツタを家のそばのごみ箱に運んで詰め込むと、海の手前にある砂丘のほうを見た。エイモリーがよく言っていたように、海はどこにも行きやしない。庭先の門を出て、砂が残る〈海岸道路〉を渡って十歩ほど進むと、草の王冠を戴いた砂丘のあいだに開けた太平洋が見えてくる。ほら、老いぼれたうす暗い怪物さん。あなたはどこへも行きやしないけど、わたしはちがうのよ。彼女の茶色いローファーは、骨ばった足には少しぶかぶかで、すでに砂でいっぱいだった。本当に自分も下りて、砂浜へ行こうというのだろうか？　あそこはいつも強風だ。ためらってあたりを見回すと、砂丘のてっぺんのテンキグサのあいだから頭がひょいと動くのが見えた。マグが食料品を抱えて帰ってきたのだ。ゆっくりと動く黒い頭が、年寄りのラバみたいにヤマヨモギのなかを上ってくる。あの老いぼれラバのビルならぬ――ラバのマグが、頑なそうに黙って、えっちらおっちらと歩いてくる。リータは道路に下り、片足立ちで一足ずつ靴の砂を外に出してから、娘を出迎えに歩いていった。「ハンブルトンズはどうだった？」

「にぎやかだった」マグは言った。「とってもにぎやか。あの何とかって子、いつ来るの？」

「正午までに、って」リータはため息をつく。「わたし五時に起きたのよ。その子が来る前に少し横になってくるわ。何時間もかからなきゃいいけどね」

「誰だったっけ？」

「ああ……ええと……」

「その、何をしている子なの？」

リータは出てこない名前を無為に探すのをあきらめた。「あの大学の何とかってところで研究助手の補助か何かをしているって、ほら、エイモリーの本のことで。残された妻に話もせず伝記を書くのは変だって、誰かに言われたのかもね。そりゃあ、そのひとの関心はエイモリーの思想だけなんでしょう。きっと今風で理論好きなのね。実際の〈人間〉なんて考えるだけでうんざりなのよ。だから若い女をこの鶏かごに送りつけてくる」

「母さんがその男を訴えないようにね」

「まあ、まさか」

「そうよ。反対者取り込みってやつ。謝辞で計り知れぬご助力を感謝されるわけよ。彼の妻やタイピストよりも先にね」

「トルストイ夫人にまつわるひどい話、前にしてくれたかしら」

「彼女が『戦争と平和』を手書きで六回清書したこと？　でもさすがにあれは、たいていの本を六回書き写すよりも大変だから」

「シェパード」

「え？」

「彼女よ。あの子。何とかシェパード」

「その計り知れぬご助力になにがし教授が感謝するっていう……いや、ただの大学院生？　名前を出されただけで幸運ってことね。まったく大した安全網《セーフティネット》だこと。女はみんな網の結び目」

しかしそれは少しエイモリー・インマンの骨身にまで切り込みそうだったので、彼の残した妻は何も言い返さず、娘が買ってきた小麦粉・コーンフレーク・ヨーグルト・クッキー・バナナ・ぶどう・レタス・アボカド・トマト・ビネガーを片づけるのを手伝った（メモ帳を買うのは忘れた）。「じゃ、わたしは行くわ。その子が来たら呼んで」リータはそう言うと、本箱のそばで玄関の床にじか座りの義理の息子の前を通り過ぎ、階段へと向かった。

家屋の二階は素朴な白塗りで、実用的な作りになっていた。階段の踊り場があり、まんなかにバスルーム、四隅すべてに寝室があった。マグとフィルは南西、おばあちゃんは北西、グレは北東、男の子たちは南東の部屋だ。年長者には夕日、子どもたちには夜明けの光が入った。家のなかで最初に海の音を聞くのはリータだ。砂丘のほうを見渡すと、潮が満ちてきて、風が白波のたてがみを梳くのが見えた。横になった彼女は、他にはない海の明かりに照らされた天井の、白塗りで幅狭の板をほっとして見つめた。眠りたいわけではなかったが、目が疲れていて、本も二階に持ってきていなかった。やがて階下から孫娘の、あの子たちのひそひそ声と海の音が聞こえてきた。

「おばあちゃんはどこ?」

「二階」

「例の女が来たよ」

マグは手を拭きながら食器用タオルを表の居間まで持っていった。わたしはキッチンで用を済ますだけでインタビューとは無関係です、という控えめな合図だ。グレはその子を正面デッキに立たせたままだった。「なかに入りませんか?」

「スーザン・シェパードです」

「マグ・ライローです。この子はグレータ。グレ、二階に行っておばあちゃんを呼んで。いい?」

「ここすごく素敵ですね! きれいなお宅!」

「デッキに座ってお話するほうがいい? とても暖かな日ね。コーヒーでもいかが? ビール? 何でもあるけど」

「ああ、じゃ――コーヒーで――」

「お茶?」

「それがいいです」

「ハーブティー?」あの大学のクラマスに流れる時空間ではみんなハーブティーを飲んだ。もちろん、カモミール・ペパーミントがいい。マグはデッキにあるやなぎ細工の椅子に彼女を座らせて、玄関の本箱のそばに座ってまだ読書中のフィルの横を通って戻っていった。「明るいところで読んで」そう言うと、フィルは「ああ、そうする」とにこにこしながらページをめくる。階段を下りながら、グレが「おばあちゃん、すぐに来るって」と言った。

「あの子と話をしてて。同じ大学《ユー》なんだから」

「専攻は?」

「さあ。聞いてみて」

グレはうーんと体の向きを変える。狭い玄関にいる父親の横をすり抜けつつ、声をかけた。「明かりをつけたらどう?」フィルはにこにことページをめくり、「ああ、そうする」と言った。デッキに出たグレが、「母さんから聞いたけど、大学同じだって?」と言ったのは、その女性が「あの、大学同じなんだってね」と言ったのと同時だった。

グレはうなずいた。

「わたしは教育学部《エド》。ネイブ教授の本の調査研究助手《リサーチ・アシスタント》で。おばあさまにインタビューできて感激」

「あたしには気持ち悪いけど」グレは言った。

「大学が？」

「ちがう」

海の音に包まれ、少し沈黙があった。

「あなたは新入生《フレッシュマン》？」

「新入女子学生《フレッシュウーマン》」彼女は少しずつデッキの段ににじり寄る。

「いずれ教育学を専攻するの？」

「えっ、まさか」

「あんなに名の知れたおじいさまがいて、みんな期待するんじゃない。お母さまも教育者だよね？」

「ただの先生」グレは言った。その場を離れるいちばんの近道だったので、デッキの段まで行って下りた。そもそも自分の部屋に上がるために家に入ろうとしていたときに、車で来たスーという子につかまったのだ。

そこへ、おばあちゃんが疲れてぼんやりした顔で戸口に現れて、いかにも社会的に正しい《ポリコレな》笑顔と声で「こんにちは！　リータ・インマンです」と言った。スーという子が飛び上がって興奮しているうちに、グレは戻って段を上がり、おばあちゃんの前を通って家に入っていった。

パパはまだ暗い玄関の本箱のところで、床に座って本を読んでいる。グレは居間のカウチのそばの小卓からフレキシブルアームの電気スタンドを取り、玄関の本箱の上に置いたが、差し込み口が遠すぎてコードが届かなかった。彼女はできるだけフィルの近くに明かりを持っていき、三フィートほど離れた床の上に置いてプラグを差した。本のページにぎらっとした明かりが差す。「おお、いいね」と言いつつ、フィルはにこにこしながらページをめくった。グレは自分の部屋に上がった。白い壁と天井で、二つの狭いベッドに掛かっているカバーは青い。クローゼットの扉には、九年生のときに美術の授業で描いた青い山並みの絵がかかっていて、彼女はそれをじっと見つめながら美しいと再確認した。これまでに描いたなかで唯一いい絵で深く感心した。たまたまうまくいった、身に余るほどの、手放しにいい代物なのだ。片方のベッドの上にほうり投げていたバックパックを開け、地質学の教科書と蛍光マーカーを取り出すと、もう一方のベッドで横になり、中間試験に向けて読み返し始めた。プレートの沈み込み現象のセクションが終わると、彼女は振り返って、もう一度青い山並みの絵に目をやって、これはどういうものになるのかと考えた。——つまりこんな風に言うのが、好奇心やうれしさや畏敬の表れなのだろう。それに続けて、九月の合宿のときに大きな溶岩の崖に散らばっていた小さな物体、道行き、地平線に広がる平野、ティッシュペーパーのように折り重なった化石層を内に埋めた広い砂漠、氷堆石、地下の暗がりにある鉱石や結晶の長い鉱脈といったイメージが浮かんだ。彼女は集中して、注意深くページをめくり、次のセクションを読み始めた。

スー・シェパードは小さなコンピュータをあれこれといじっていた。その肉付きのいい桃色の顔、そしてまん丸とした目を見ると、リータはあえて構えないと相手が〈インテリ〉だと意識できなかった。男性なら桃色の顔や高い声、少年らしいあどけなさからもインテリらしさは感じ取れるのに、彼女の桃色の顔や高い声、少女らしいあどけなさからはぴんと来なかった。リータはまだ知性や男らしさなら十分見分けられると思っていて、どうしても女性は男性を模倣しないとインテリに思えないのだった。何年経とうと、マグが研究者になってからも。マグとはちがって、スー・シェパードは知的な人間を装っているだけなのかもしれない。教育学部の専門用語はそれこそ上手な偽装だ。しかしスーは熱心で溌剌《はつらつ》としていて、なにがし教授に思い至らしめる必要もないほど、とても若く聡明で、懸命にあとについている。おそらく教授は、エイモリーもよく言っていたことだが、女性の大学院生には取り巻きやおべっかを望んでいるのだろう。しかしこの取り巻きのおべっか使いの小さなスーは、教授が作った質問の束など時間の無駄だとわきに置き、見たところ真剣に自分の関心からリータの少女時代について尋ねたのだった。

「そう、わたしが生まれたとき、家族はプラインヴィル郊外の高地にある大農場で暮らしていてね。ヤマヨモギの原っぱよ。でもまあ、そんな大層なものじゃなかったけど。父は確かその農場の帳簿係をしていた。ジョン・デイ川まで続く——巨大な——一大経営だったかしら。わたしが九つのころ、父は沿岸地域のアルティメットという町で工場の経営を引き継いだ。製材所よ。今は跡形も残っていない。アルティメットへの砂利道ひとつさえも。州の半分はそういう有様。おかしな話よ。東部のひとたちがこっちへ来ると、手つかずの自然が残る荒野だと思って、実際に足下に広がっているのはインディアンの墓地と、古い家屋と二次林と街なのに、あったことなんて誰も覚えていないんだから。ただ、木々と雑草がすごい速さで茂ってしまった。ツタみたいにね。あなたはどこの出身？」

「シアトルです」とスー・シェパードは愛想よく、しかし誰が誰にインタビューをしているのかを勘違いさせないように言った。

「あら、よかった。東部のひとたちと話すと、もめることが多いみたいで」

スー・シェパードはあまりよくわからないままに笑って受け流す。「では通学はアルティメットで？」

「そう、高校に入るまでは。それからポートランドのジョージーおばさんのところで居候を始めて、あのリンカーン高校に行った。アルティメットに最寄りの高校は山道の三十マイル先にあったんだけど、父にとっては都合が悪くてね。無法者に育ったり、そういう輩と結婚したりしてほしくなかったみたい……」スー・シェパードは小さな機械をカタカタと鳴らした。それで母さんの考えはどうだったかしら？とリータは思った。わたしを十三歳で義理の姉妹のところに送って、都会で暮らすように仕向けたかった？　ふと興味が湧き、視線の先の虚空に問いが広がった。父さんの当時の望みならわかるけど、母さんの望みはなぜわからないんだろう？　母さんは泣いていた？　いや、それはない。わたしは？　それもない。母さんとそのことを話した記憶もない。あの夏、わたしたちは服を作った。母さんはそのとき型紙の切り取り方を教えてくれた。それから初めてポートランドに行って、なつかしいマルトノマホテルに泊まって、それから学校用に靴を買った——それに仮装用の、低めのヒールでストラップが一本の、オイスターシルクの小さな靴も。今も生産されているといいんだけど。そのころにはもう母さんのサイズを履いていた。それからレストランで昼食をとったわね。切り子でできた水用のゴブレット、ふたり分。父さんはどこだったかしら？　わたしは母さんが何を考えていたのか疑問さえ感じなかったし、わからなかった。マグが何を考えているのかもわからない。あの子は話さないから。岩みたいに。ほら、マグの口元はわたしの母親そっくり。岩の継ぎ目のよう。どうしてマグは話すのなんて大嫌いなのに、教えに行って、一日中話して話して話し続けるのかしら？　グレみたいにぶっきらぼうなことは一度もなかったけど、それはエイモリーがよく思わなかったから。それにしてもわたしと母さんはどうして互いに何も言わなかったんだろう？　母さんはとても我慢強かった。岩よ。それからわたしはポートランドで、母さんはアルティメットでそれぞれ幸せだった……「ええ、そう、謳歌したものだわ」リータはスー・シェパードに答えた。「二十年代というのは、十代を生きるにいい時代だった。とても甘やかされていたの。今とちがってね、かわいそうに。今の十三、四歳っていうのはつらいと思うわ、そうじゃない？　わたしたちはダンスの学校に通っていた。今はエイズに原爆よ。わたしの孫娘はわたしが十八のころより二倍も老けているわ。ある意味でね。あの子は年齢の割に驚くほど幼いところもあるけど。事情は複雑なの。でもまあ、ジュリエットを思い出してもみて！　いいえ、そんなに単純じゃないでしょう？　わたしは楽しい無垢な高校時代を過ごして、すぐに大学に行った。あの暴落まではね。製材所は三十二年、わたしが二年生のときに閉鎖になった。こっちはそのまま愉快に過ごしていたのよ。ただ両親と兄弟はひどく落ち込んでいた。製材所をぱたりと閉めて、仕事を探しにポートランドへやってきた。あのときは誰もがそう。わたしは三年生が終わると学校を辞めた。夏のあいだ大学の経理課で簿記の仕事をもらったんだけど、そのまま続けないかって誘われてね、そうしたってわけ。ようやくパン屋で仕事を見つけて母さんは毎晩働いたけれど、他の家族はみんな無職になってしまったから。男性にとって、あの恐慌はひどいものだった。父が死んだのはあのとき。仕事を探しに探しても見つからなくて、それなのにわたしはと言えば、父のほうがふさわしいような仕事をやってて。もちろん低レベルだし低賃金だけど——一ヶ月六ドルなんて、想像できる?」

「二週間では?」

「いいえ、一ヶ月よ。でもとにかくお金は稼いでいた。父の世代の男性は、他人に頼られる男になれって育てられたの。これは素晴らしいことよね、でも他人に頼らなきゃいけなくて実際にみんなそうしているときでも、頼られないことは許されなかった。全然現実的じゃないっていうか、ほら、まさに何て言うんだったかしら。二重期間《ダブルタイム》?」

「二重拘束《ダブルバインド》ですね」若いスーはさすが頭の回転が速く、録音にぎりぎり入らない程度の音量で、ひざに載せた小さなコンピュータを叩きながら言った。録音機のテープが静かに回転し、リータのだらだらと続く話を記録していた。リータはため息をつく。「だから若くして死んだのね」と言った。「まだ五十歳だった」

しかし父さんとちがって母さんは早死にしなかったし、長男はあてもなくテキサスへ漂流して、母さんの知る限りじゃ嫉妬深い妻に丸呑みにされてしまったし、弟はと言えば糖尿病にウィスキーを注ぎ込んで三十一で死んでしまった。男性はどうも脆すぎるみたい。じゃ、何がマーガレット・ジャミソン・ホルツを動かしていたのかしら？　自立心？　でも、ひとを頼るように育てられたんじゃなかった？　ともかく、ただ自立したいからって生きていけるひとなんていなかった。そうしようとしたところで、最後には満杯のショッピングカートを押しながら出入口で力尽きるだけ。母さんはそんなことなかったわ。ここのデッキに座って砂丘を見渡す、小柄だけどたくましい老女になった。退職者年金なんてもちろんなく、保険金はごくわずかで、ポートランドにある二部屋のアパートの家賃はエイモリーに払ってもらっていたけど、最後まで自立していて、大学に彼らを訪ねるのも年に一、二度で、ここには夏に一ヶ月間来るだけだった。グレの部屋が当時は母さんの部屋だった。思えば落ち着かない話ね、あんまりにも変わったわ！　リータはここのところ、夜更けか空が白み始めるころに目が覚め、ベッドに横になったまま、不安というより急に恐ろしくなって身を震わせながらこう思う。とても落ち着かない、何から何まで全然落ち着かない！

「いつ大学に戻られたんですか？」スー・シェパードが尋ねると、「三十五年」と閑話休題、リータはたわいないことを言うのはやめて答えた。

「それから授業でインマン博士に出会ったんですね」

「いいえ。教育学部の授業はひとつも取っていないわ」

「えっ」スー・シェパードはぽかんとする。

「彼と出会ったのは経理の事務室。わたしがまだ半日制で働いていて、自分で学費を払っていたころのことよ。三ヶ月間お給料をもらっていないって、彼が入ってきてね。昔の人間はそういうまちがいをするのが今のコンピュータと同じくらい得意だったの。どういうわけで彼が教員の給与支払名簿から消されたのか、突き止めるのに何日もかかった。わたしが彼の授業を取ってそこで出会ったって、彼が誰かに言ったのね？」スー・シェパードはそれを認めようとはしなかった。配慮のできる人間だったからだ。「おもしろいわ。それは他に付き合っていた女の話よ、記憶が交錯したんでしょうね。学生はみんな彼に恋をした。彼はものすごく魅力的だったから――フランス訛りのないシャルル・ボワイエだって、わたしも思っていたわ――」

マグが夫をぎりぎり回り込むように玄関を通っていると、正面デッキから彼女たちの笑い声が聞こえた。そばの床にあるフレキシブルアームの電気スタンドの光がぎらっとフィルの視界でちらついたが、本を立てて持っていたのでページはまだ影のなかだった。

「フィル」

「う、うむ」

「立ち上がって、居間で本を読んで」

読み進めながらフィルはにこにこしている。「これを見つけたんだ……」

「インタビューの子が来ているの。昼食までいそうよ。あなたは邪魔。二時間もここにいるじゃない。暗いのに。六歩も歩けば日が当たるじゃない。立ち上がって、居間で本を読んで」

「ひとがさ……」

「そこには誰もいないの！　こ、ここを通ってひとが来るのよ。なのにあなたは――」言葉には気をつけていたつもりだったが、そう言ったことで噴き出した憎悪と憐憫の波は彼まで伝わった。黙ってマグは角を曲がると階段を上がっていった。南西の寝室に行って、ぎゅうぎゅうのクローゼットから品のいいシャツを探した。ポートランドから着てきた綿のセーターは、この穏やかな沿岸の気候には暑すぎた。そうこうしていると夏服の物色になっていく。自分の分を整理し、掛け直したりたたんだりして、フィルの分に移った。塗料がこびりつくひざのすり切れたブルージーンズと、洗濯しないままクローゼットに押し込まれ、ボタンが四つ取れたマドラスシャツを奥から引っ張り出した。ここ浜辺の家でも、彼女の父親の服はいつもきれいで清潔な香りがし、徳の高そうな、そう〈美徳〉の香りがしていた。マグはマドラスシャツを荒っぽく、くずかごに放り投げた。半分はなかに、もう半分は外にだらんと垂れ、片方の短いそでが惨めにもはみ出していた。手を振っているというより、溺れているみたい……でも二十五年も溺れたままなんてことがあるだろうか?

窓が少し開いていたので、高名な教育学者で清潔な身なりの夫について、母親が正面デッキで質問に答える声がマグにも聞こえた。どんな風に本を書いていたのか? ジョン・デューイの理論と決別したのはいつ? ユニセフの仕事で向かった行き先は? 続いてリンゴのほっぺのやり手のお手伝いさんは、彼女の夫たる優秀な雑用係についても問いかける。大学院を中途退学した理由は、壁の積石業者と仲たがいしたのはいつ、印刷ショップの深夜業務で行く羽目になったところとは? ダメ男フィル、彼は自分をそう呼んだ。確証はないがおそらく、絶望を内に秘めた醜い自惚れをひた隠す、お茶目で素直なひと。確かなのは、世間に対するフィルの計り知れない軽蔑を知っているのは彼女だけで、誰が何をしようと、どんな人間だろうと、彼が褒めたり同情したりすることはないということだ。その無関心がもともと防御だったにせよ、かつて守っていたものまでも擦り切らしてしまった。今やフィルは傷つかなくなっている。ひとは彼を傷つけまいとずいぶん用心していた。彼女がライロー博士で、彼が無職の積石工だと知ると、それは男にとってはつらいだろうと踏むわけだ。だがそうじゃないとわかると、落ち着いているし、マッチョでもなく気さくで、とにかくうまくやっていると彼を褒めたのだった。フィルは確かにうまくやっていたし、愛すべき失敗も、つまりやりたいことをやって他に何もしないという大いなる成功も大事にしていた。とても愛らしくて、落ち着いていて、まったくピリピリしていないのも当たり前だ。マグが先週『荒涼館』を教えていて、ぼんやりとした学生がハロルド・スキンポールの何が問題かわからなかったときにカッとなったのも無理はない。「彼のふるまいがまったく無責任だとわからないの?」彼女が義憤からそう言うと、その学生は「なぜ誰もが責任感を持つべきなのかわかりません」と淡々と答えた。実に道教《タオイズム》の公案《コーアン》のようだった。道教徒《タオイスト》の夫人にはいい。絶えず〈無為〉の境地にいる男と結婚して、まったく〈為〉に至らないのはつらいものだし、用心しないとシャツを一万枚も洗うことになってしまうのだ。

　とはいえあのころはもちろん、母が父のシャツの面倒を見ていたわけだけど。

　ジーンズはたとえソ連で百ドルで売っても、ぼろ着にもなりそうになかった。シャツに続けてそれを投げると、くずかごが倒れた。マグは少し恥ずかしくなって、それとシャツを再び取り出すと、クローゼットのすき間に溜め込まれていたポリ袋に詰めた。フィルの無関心のいいところは、あのいけてるぼろのジーンズとマドラスシャツがどこだとか言って降りてきたりしないことだ。彼は衣類に無頓着だった。用意されたものなら何でも着た。「新品の服が必要になる機会などどれも怪しめ」だなんて、ソローは知った風な口をきく。どうせ結婚式のことだろうけど、そう口にする根性もなければ、まして結婚自体彼には無縁だったじゃないか。実際フィルは新しい服が好きだったし、クリスマスや誕生日にもらいたがるのに、どんな贈り物も受け取るだけで、ひとつも大切にしなかった。「フィルは聖人なのよ、マグ」結婚の少し前に彼の母親がそう言ったとき、マグは笑って同意し、そんな大げさもまったく許せると思っていた。しかしあれは母性愛ゆえの妄言なんかじゃなかった。警告だったのだ。

この結婚が続かぬよう父親が望んでいたのは、マグも知っていた。はっきりと口にされたことはなかった。結婚のことも、母親とのことも、もう地中深くに埋められている。娘とのことは聞くまでもない。みんな自分を守っていた。バカらしい。だからマグとグレの会話も少なくなった。それに必要に迫られた問いなんて、実際は正しい問いじゃない。ふたりは結婚しているのだ。とはいえ、ひとつある。誰もしたことのない、マグにもわからないような問いが。きっと知ってしまえば彼女の人生は変わってしまう。頭部がない古代のアポロのトルソーも、「おまえは自分の人生を変えねばならぬ」と言うだろう。でも本当に人生を変えたいと思っているだろうか？　「わたしだったらミコーバー氏みたいな楽天家を見捨てない」とこっそりと言って、マグがクローゼットのもう片方の隅に手を伸ばしてポリ袋を一枚見つけると、なかから赤さび色のウールが出てきた。セーターだ。無言で見つめるうち、クリスマスにグレにあげようと数年前にセールで買って以来、すっかり忘れていたものだと気づいた。「グレ！　これ見て！」とマグは大声を出しながら、廊下を渡って娘の部屋のドアを叩いて開ける。「メリークリスマス！」

言い訳を聞くと、グレはセーターを着てみた。浅黒く丸みのない顔がまじめな表情で、美しい色みのなかから現れた。真剣なまなざしで鏡に映るセーターを見ている。彼女はよろこばせるのが難しい、自分の服は自分で買いたがり、気に入ったものを破れるまで着る子だ。服はほどほどきれいに保管していた。「そでが短いんじゃない、ちょっと」グレは母親語を使って言った。

「まあね。そりゃセール品だったはずだしね。格安だったの、確かシープ・ツリーで。何年も前よ。色が気に入ったの」

「きれい」グレはまだ査定しつつ言った。そでを上げてみる。「ありがとう」と言った。その顔はほんのり赤らんでいた。微笑んでから、ベッドの上で開きっぱなしにしていた本のほうにわざわざ目をやった。口にはされないが、何かがおおむね伝わった。グレは何て言えばいいかわからなかったし、マグもどうやって言わせたらいいかわからなかった。ふたりとも生まれつきの言葉なのにつまずいていた。ぎこちなく遮るように、母親は退室しながら言った。「昼食は一時半ごろよ」

「手伝おうか？」

「大丈夫。デッキでピクニックにするわ。インタビューの子と」

「あの子、いつ帰るの？」

「きっと夕飯前には。その色、よく似合ってる」マグは部屋を出てしまってからドアを閉めた。かつてそう教わったのだ。

　グレはそのオレンジ色のセーターを脱いだ。こんな暖かい日には暑すぎたし、自分が気に入ったかどうかもわからなかった。時間がかかるだろう。慣れるまでしばらくその辺に置いておいて、それからわかる。好きな感じだとは思った。着たことがあるような感触がした。母親が傷つかぬよう、彼女はそれを引出しにしまった。去年、母親が自宅の部屋に入ってきてあたりを見回したことがあったが、グレはふと、そのまなざしがお咎めではなく苦悩に近いと気づいた。乱雑で汚く、ものを大切にしてくれないことが、突き飛ばされたり手を挙げられたりするかのように母親の胸を痛めるのだ。そういうことが、暮らしというものが、普通につらいのだろう。それがわかって、グレはものを片づけようとしたが、大して変わらなかった。もう大学生だ。母さんはせっつき、注文をつけては我慢していたけど、パパと弟たちはまったく気にしていなかった。くだらないTV喜劇《シットコム》みたい。家族と人間がかかわるものはみんな、つまらないTV喜劇《シットコム》。デイヴィッドからの電話を待つのも、まるで昼帯ドラマ《ソープオペラ》。何もかもみんなに等しく起きるし、しょうもないつまらないバカなことも全部、同じことがくり返し起きるだけで、そこから解放されることはない。こびりついて、くっついて、くくりつけられて。たとえば昔よく見た夢、ひとをつかまえて貼りつける壁紙がある部屋の夢、マジックテープの夢。グレは再び教科書を開くと、斑糲岩の性質や粘板岩の起源のところを読んだ。

息子たちはちょうど昼食に間に合うように砂浜から帰ってきた。いつもそう。いまだに。母乳がほとばしり出るのとまったく同時に、隣の部屋の赤ちゃんが泣くみたいに。ふたりがどたばたとバスルームに向かう音で、フィルもようやく玄関の床から立ち上がった。フィルが大皿を正面ポーチのところのテーブルに運び、何とかというインタビューの子に話しかけると、彼女は頬を桃色に染めてよろこんだ。フィルは線が細く小柄で毛むくじゃらのぼんやりとした中年に見えるが、意外と目元が魅惑的、なのだ。口説き落として。行け行け、フィル。かしこそうな子じゃない、とっても、まじめすぎるくらい。フィルが彼女を傷つけることはないだろう。あのフィルなら、ハエ一匹たりとて傷つけまい。聖フィリップ、まだまだいける男。マグはみんなに微笑んで、「取りにおいで」と言った。

スーという子はパパに感じがよく、ふたりで山火事か何かのことを話していた。パパもちょっと愛想笑いを浮かべて、その子に感じよくしていた。実際、頭が悪そうな子でもない。菜食主義者だ。「グレもそうよ」そう言うと、おばあちゃんは「最近の大学はどうなっているんでしょうね？　ヘラジカの生肉を食べていたのよ、昔は」と言った。どうして彼女はいつもグレのやることに眉をひそめるのか？　息子たちのことは言わないのに。ふたりはサラミをそぎ切りにしていた。母さんは、彼らがそれをお皿に載せてサンドイッチを作るのを、卵を温めるタカみたいな顔で見ていた。自分の配役をしっかりつとめている。それが生物学のややこしいところで、茶番《シットコム》なのだ。みんな配役通り。母さんが配る。黒色粘板岩層が水平なだけ、玄武岩の平野が広がる。何でも起こりうる、そこでは。

リータは疲れ切っていた。食べ物はあとから、とワインの瓶を取りに行く。しばらくやり過ごさなくちゃ。朝にちょっと横になっただけじゃ足りなかった。ポートランドから車で来た上に、とっても長い、長い朝だった。それに昔のことを話すなんて最悪。無くなったもの、失ったチャンス、死んだひとたちのこと。そこに行く道路さえ無くなった街。「彼はもう亡くなっている」だの、「いや、彼女は死んでいる」だの、十回も言わなきゃいけなかった。まったく、落ち着かない言い方！　死んでいるはずがない。生きている以外のいるがあるものか。生きていないと言ったら、今はいないということ——つまり過去の存在。「彼はもう死んでいる」なんて、何か別のかたちで存在しているみたいに言う必要はない。「今はいない」とか「以前はいた」くらいでいい。過去は過去形のまま。現在は現在形のまま、そこにあるがまま。だって、よく言うように、ひとが他人のなかに生き続けることはない。まあ、他人を変えはする。エイモリーがいたから、リータはすっかり変わった。でも彼は彼女のなかにも、その記憶にも、自分の本にも、もうどこにも生きていないのだ。彼は行ってしまった。逝った。どうも「逝去した」という言い方は、結局それほどあれじゃない。少なくとも過ぎ去った時制、過去時制のことであって、現在ではない。エイモリーが彼女のところにやってきて、彼女も彼のところに来て、当時の互いの人生を生きて、彼は行ってしまった。去って逝った。婉曲じゃなくて、それともちがう何かだった。母親は……リータの思考が止まる。ワインを飲み干した。自分の母親は別だ。どういう風に？　また難問だ。もちろん死んではいるけど、エイモリーのように去って逝ったように思えなかった。リータはテーブルに戻ると、グラスを赤ワインで再び満たし、ブラウンブレッドの上にサラミとチーズとネギを置いた。

今のリータは美しい。六十年代のきつめで丈の短い見るに堪えないファッションをしていたときは、ちょうど物心ついたマグが遠目で見るとずいぶん巨体で、エイモリーの死からしばらく経って骨髄にあれがあったときに痩せこけたが、今は本当に並ならぬ美しさだ。頬骨の線、細長くやわらかい唇、まつげの長い目元に見事に重なったしわ。ヘラジカの生肉が何だと言っていたっけ？　インタビューの子は聞いておらず、聞こえていても理解できなかっただろうし、エイモリー・インマン夫人が今まさに、夫が牽引していた研究所の印象や、老齢になるにつれてますます関心を失った人間社会に対する所見を話したのだとはわかりもしないだろう。かわいそうな小さな何とかさん。大学っていう最も強靭な中世の残滓の仕事とたくらみに嵌り、少年から成人男性を、そして世間からその両方を隔離するべく作られた助手の地位や、助成金・競争・試験・学位論文とかいう粉砕機に挽かれてしまって。顔を上げて外を見て、リータ・インマンが生きてきたようなあるがままの、風通しのいい場所があると知る余裕なんて何年もなかったのだ。

「ええ、素敵でしょう？　五十五年に買ったのよ、このあたりがかなり安かったときに。まだなかへお招きしていなかったわね。あらやだ！　食後にうちを見て回って。わたしは少し横になることにします、このあとに。きっと浜辺にも行ってみたいでしょう――行きたいところまで子どもたちが散歩に連れて行ってくれるわ、もしお望みなら。マグ、スーはあと一、二時間必要だそうよ。まだ済んでいないみたい……」ひと呼吸置いて、リータは言う。「あの教授の質問が。わたしが話を逸らしてばかりいて」マグったら本当に凛として美しい。岩の継ぎ目のような口元に、銀色に変わりつつあるほの暗い滝のような髪。いつものようにうまく運び、万事行き届いたいい昼食だ。いや、やっぱり母の死にざまは紛れもなく父の、いやエイモリーやクライドやポリーやジムやジーンの死にざまと同じではなかった。何かちがうものがあった。リータは暇乞いをして、そのことを考えなければならなかった。

「地質学だよ」と言葉が出た。声に出た。母さんの耳は猫のようにピンと立ち、眉もかすかに動いたが、目と口はそのままだった。パパはグレの決断ならずっと知っていたという風にふるまった。知っていたかもしれないし、そんなはずはないとも思う。スーという子は、地質学専攻にいる人間や、そこで何をするのかを聞かなきゃいけなくなった。教授の名は二、三しかわからず、グレはそれ以上知らない自分をまぬけに思った。「まあ普通は、石油会社とか採鉱会社とか土地荒らし系の色んな会社に就職。インディアン居留地でウランを見つけるわけ」と言った。ああ、知ったかぶって。スーって子は善かれと思って聞いたのに。みんな善かれとは思う。それがすべてを台無しにする。盛り下げてしまう。「白髪混じりの探鉱老人がたったひとり、ラバをののしりながら、二十年も砂漠で足を引きずって歩いていますってか」パパがそう言って、彼女は笑う。おかしい、パパっておもしろい、でも一瞬、さっと怖くなった。彼の返しがとても早かったからだ。大事だと思って、善かれと思って言ったんだろうか？　彼はグレを愛していて、好いていて、似たところはあったが、彼女が自分と似ていなかったら果たしてどうだっただろう？　母さんは、自分が大学生のころは地質学に新鮮味はなかったけど、今は新しい理論で一変したんだとか言っている。「プレートテクトニクス理論なんて正確には新しくないじゃん」ああ、また知ったかぶり。母さんは善意で言ったのに。スーって子と母さんは科学分野の研究職のキャリアについて話を続けて、おもしろそうに比べたり調子を合わせたりしている。スーは大学にいるけど、ずっと若いし、まだ院生だ。母さんはコミュニティカレッジだけど、年上だし、バークレーから博士号をもらっている。パパは蚊帳の外だった。おばあちゃんはうとうとしているし、トムとサムは大皿を片づけている。グレは言った。「何か笑える。考えてたんだけどさ。あたしたちみんなが——つまりうちの家族が——存在したことなんて誰がわかるっていうの。おじいちゃん以外いない。彼だけが実在のひとなんだ」

スーの目つきが少し変わった。パパは賛同してうなずいた。母さんは入江にいるタカを見つめていた。おばあちゃんは小声で訝しむ。「あら、わたしは別に全然」トムはカモメにパンを投げ、サムはサラミを食べ切ると、母親の声をまねて言った。「名声こそが拍車！」そこへタカが目をしばたたき、獲物に飛びかかった。「グレ、どういう意味？　実在って、教育学部の学部長だってこと？」

「おじいちゃんは重要な存在だった。伝記もあるし。あたしたちはないけど」

「何てことを」おばあちゃんが立ち上がりながら言った。「気にしないでね、ちょっと横になったらわたしもすっかり元気になるわ、きっと」

全員動き始めた。

「あなたたち。お皿を洗って。トム！」

トムが来た。子どもたちは従った。リータは強烈でおかしな誇りが、涙や母乳のように温かく抗いがたいほど湧き上がってくるのを感じた――ふたりにも、そして自分にも。彼らはかわいい。かわいい子らだ。ぶつくさと文句を言い、じゃれて、ぎこちなく、だらしなく、へまをやって、ほら効率よくさっとテーブルを片づけたわ、サムはちょっとたどたどしい声でトムをばかにして、トムはツグミみたいに合間を置きながら愛らしい二音節で言い返している、「バーカ《アス・ホール》……バーカ《アス・ホール》」と。

「砂浜に散歩に行くひと?」

マグ、インタビューの子、フィル、そして驚くことにグレも行くと言った。

〈海岸道路〉を渡り、砂丘のあいだを一列になって向かった。砂浜に着くと、マグは振り向いて、砂丘の草むらの上にちらりとのぞく家の前面の窓や屋根を見てみた。初めて、そう本当に初めてそれを見たときの純粋なうれしさを思い返しながら。グレと息子たちにとって浜辺の家は生まれてからずっとあるものだが、マグにとってはよろこびと結びついていた。子どものころ、ギアハートやネスコウィンにあったよその浜辺の家、たとえば学部長や学長や、インテリの自負から大学の要職にしがみついた金持ちのサマーハウスによく泊まったものだ。大きくなると、インマン学部長は彼女と母親をボツワナやブラジリアやバンコクのもっと異国情緒ある学会に連れて行ったが、やがて彼女は抵抗するようになった。「でもおもしろいところよ」大したことではないかのように母親は言う。「本当に楽しくないの?」するとマグはわめくのだ。「白いキリンみたいな気分を味わうのはもういや。うちにいちゃだめなの? 同じサイズのひとがいるところに」はっきりしないがそう長くは経たないうちに、親子はこの家を見学しに車を走らせた。「どうだい？」小さな居間に立ち、わざわざ優しく、六十歳の微笑みの公人たる父親が尋ねた。尋ねるまでもない。湿地と海のあいだ、長い浜辺の道の先に建つのを見た瞬間から三人ともこの家に夢中だった。「ここがわたしの部屋ね、いい？」マグが南西の寝室から出てきて言った。彼女とフィルはハネムーンの夏をそこで過ごした。

マグは砂地の先にフィルを見た。彼はちょうど水際を歩いていたが、波が深く打ち寄せると、東へカニのように動き、さらに速い波が寄せて土砂を西へさらうとあとについていく。子どもみたいにのめり込み、少し前かがみで、そろりそろりと。彼女は彼と行き会うように向きを変えた。「フィルドッグ」と声をかける。

「マグドッグ」

「まあ、あの子が正解ね。どうしてあんなこと言ったんだと思う？」

「ぼくを守るためかな」

たやすく言ってしまうなんて。あまりに気楽な仮説だ。思いつきもしなかった。

「あり得るわね。それに自分も？　わたしも？　……それから地質学も！　あのコースのこと、気に入っているのかも。それとも本気だったり？」

「まちがいないね」

「あの子にはちょうどいい専攻かもね。今はすべてが実験室ってこと以外は。どうなんだろう、コミュニティカレッジだとただの入門科学の一部門なの。今どきの地質学者が何をやっているのか、ベンジーに聞いてみるわ。まだ小さなハンマーでカンカンやってるのかなあ。あとカーキのパンツ」

「本箱の、あのプリーストリーの小説はさ」そう言うと、フィルがその本やプリーストリーの同時代作家の話を始めたので、マグはザン……とさざめく陸地の端をいっしょに歩きながら耳を傾けた。もし予備試験前に退学していなかったら、フィルは彼女よりずっと先まで出世していただろう。もちろん当時の男性にとってずっと簡単だったと言えばそうだが、特に彼は自然体だったし、ほどよい気立ても、学者に求められる無頓着や情熱も持ち合わせていた。離脱と没入の絶妙なバランスを保って、二十世紀初期の英国フィクションに惹かれていたし、プリーストリーやゴールワージーやベネットについて色々と、そこそこの学校のそこそこの教授職が得られそうな研究書だって書けただろう。少なくとも自尊心に足るくらいは。しかし自尊心なんて聖人には無縁では？　インマン学部長は自尊心たっぷりで尊敬もされていた。フィルに惚れたころは、彼女がいちいち敬意を示す必要もなかったんだろうか？　いやちがう。今もできてないし、可能なときに実は埋め合わせさえしているのだ。フィルに惹かれたのは彼女が強いからで、強さが弱さをひどく必要としたからだった。あなたが弱くなきゃ、わたしはどうやって強くいられるの？　だが何年も、何年もかかってやっと今わかった。お皿を洗うかわいい息子たちや、昼食の席でとんでもないことを言ったグレみたいに、強さとは、強さを必要とし渇望し拠り所とするものなのだ。そのうち、本当は弱いから、繁殖力も衰える。自己防衛しない限りは。グレはフィルや誰かを弁護していたわけじゃない。フィルもそういう風に考えないと。グレはただ、本当は弱いからあんなことを言っただけ。インマン学部長には理解できないどころか、気にもならなかっただろうけど。グレが自分を尊敬していることはわかってるし、それがこの子の自尊心にもなっていると思い込むだけだろう。さて、リータは？　マグは、グレが自分たちは実在しないと言ったとき、リータが何と言ったか思い出せなかった。同意しないというよりも、離れていた。距離をとっていた。リータは距離をとっていた。頭上のカモメみたいに、近づこうとするといつもどこかへ行ってしまい、湾曲した翼で、警戒した冷ややかな視線を向ける。中空の骨で滑空しながら。マグは砂地のほうを振り返った。グレとインタビューの子はずっとうしろで会話をしながらゆっくりと歩いていたので、彼女とフィルとふたりの距離も開いていった。潮が舌を伸ばして二組のあいだの砂を駆け上がり、引く波はそこへ線を引きながらかすかにまたザン……と音を立てた。水平線は青く陰鬱だが、日差しは暑かった。「おっ！」フィルはそう言って、きれいな白いタコノマクラ《サンド・ダラー》を拾った。フィルはいつも使えないドル《ダラー》だとか、価値のないお宝を見つける。冬になるとこの砂浜で日本製のガラスの浮き玉を見つけた。日本がガラスをやめ、プラスチックで生産を始めてから何年も経っていた。他の誰かが発見してから何年も経っていた。フィルが見つけた数個の浮き玉にはカサガイがついている。苔の髭と緑の衣装でおめかしして、大きな波を何年も漂ってきたのだ。まだ弾けていない小さなあぶくや、泡沫の銀河を漂う、緑色で半透明の地球の子たちの上を離れては近づきながら。「それで、『老女物語』だとモーパッサンっぽさはどのくらい？」マグは尋ねた。「ああいう、つまるところ女性とは、みたいなのは？」するとフィルは、海からもらった給与をポケットに入れつつ、かつて父親に質問したときのように答えてくれた。彼女はじっと彼と海とに耳を傾けた。

スーの母親は子宮がんで亡くなった。昨春、大学が終わる前にスーは実家に帰ってその母と過ごした。余命は四ヶ月で、スーはそのことを話すことになった。グレも聞くことになった。光栄でもあり負担でもあり、何かの始まりでもあった。辛抱強く耳を傾けていたグレも合間あいまに顔を上げて、海のかすんだ水平面のほうを見た。さらに、近くにそびえるブレトン岬、あっちの砕けた波のあたりでゆっくりとイソシギのように歩く母さんとパパ、そしてこの茶色く濡れた砂と、足跡をつける自分の汚いスニーカーを眺めた。しかしまたスーのほうへ一心に顔を向けた。スーは話さなければならず、彼女は聞かなければならず、あらゆる道具や拘束具や外科処置や機器類、それにスーがどうやって母親を痛めつける手助けをし、共犯になってしまったのか、最後までありのままを語り切るのを見届けなければならなかった。

「父は男性看護士が母に触るのを嫌がった」とスーは言う。「それは女の仕事だと言って、女性看護士を送らせようとしたの」

スーはカテーテルだの転移だの輸液だのと言ったけど、それぞれが鉄の処女や歯の生えた膣の話みたいに聞こえた。女の仕事、か。「意識が混濁していた母に、腫瘍専門医はモルヒネを投与したほうがいいって言って。でも悪化した。最悪だった。最後の一週間は本当に人生最悪だった」スーの言っていることはわかっても、とにかく途方もなかった。話せるってことは、もう恐れなくていいということ。ただし、その代償に多くのものを失わないといけないみたいだ。

グレの逃避するような視線はブレトン岬のふもとで立ち止まっていた母親と父親を通り越し、白波の向こうの、海が水平になるところへと移っていった。高校生のころ、ブレトン岬の高さから飛び降りたら海に落ちるなんて岩にぶつかるのと同じ、って誰かが言っていたっけ。

「全部話すつもりはなかったのに。ごめんね。まだ乗り越えられていないだけ。向き合い続けないとね」

「そう」グレは言った。

「あなたのおばあさまはとても——美しいひと。ご家族もみんな。みんなから実在を感じるの。あなたとここに来られて感謝してる」

スーが歩みを止めたので、グレも立ち止まった。

「昼食のとき、おじいさまが有名ってことであなたが言ったことだけど」

グレはうなずいた。

「インマン学部長のことで、ご家族に話をしに行くとネイブ教授に言ったときにね、その、誰もが知っていることだけじゃなくて、彼の教育理論と実人生がどう重なっていたかとか、ご家族についてとか、色々聞きたいんですって伝えたら——教授が何て言ったかわかる？「でも、彼らはちっとも重要な存在ではないじゃないか」って」

ふたりの若い女性の歩みは並んだ。

「笑える」グレは口元をほころばせる。かがんで黒い小石を拾った。もちろん玄武岩だ。この沿岸部一帯には、コロンビア川上流の巨大な楯状火山群から流れ出た玄武岩か、もしくは熱水噴出孔から出た枕玄武岩しかないはず。母さんとパパが今よじのぼっているのは、海中から出てきた大きな枕状溶岩なのだ。硬い海からの。

「何を見つけたの?」一所懸命で疲れ切ったスーが尋ねた。グレはさえない黒い小石を見せ、白波のほうにぽいと投げた。

「みんな重要な存在」とスーが言った。「この夏学んだことよ」

悩みを話し切ってがらがらの声で絞り出されたこの言葉はありのままなんだろうか? グレはそう思わなかった。重要なひとなんていない。でも、そう言えなかった。あのバカな教授みたいに、安っぽく愚かに聞こえるかもしれないから。でもあの小石は重要な存在じゃなかったし、彼女も、スーもそうだ。海だってそうだ。重要な存在かどうかは問題じゃない。物事は順位を持たないのだ。

「岬のほうへ行く? 小道があるよ」

スーは腕時計と相談した。「おばあさまが起きたときにお待たせしたくないの。戻ったほうがいいと思う。彼女の話はいつまでも聞いていられる。本当に素晴らしいひとよ」スーは言おうと思っていた通りに、「あなたはとても幸運ね!」と口にした。

「まあね」グレは言った。「ギリシアの、確かギリシア人の言葉だったかな。本人が死ぬまではそう言ってはならぬって」そして声を張り上げる。「ママ! パパ! おーい」自分とスーは帰るという身振りをした。大きな黒い枕状溶岩の上に立った小さなふたりはうなずいて手を振り、母親のほうはタカかカモメみたいな声で何か叫んだが、海が子音を、意味を、すべてかき消した。
　カラスが陸の湿地帯で、カー、コオと鳴いて消えた。あとは海の音だけが、開け放した窓から入ってきて、この部屋と家じゅうを貝殻のなかみたいに満たしている。貝殻のなかって海に似ているけどどこかちがう音がして、血が静脈を流れる音とそっくりってひとは言うんだけど、だったらどうして貝殻から聞こえて、自分の耳や丸めた手からは聞こえないのだろう？　コーヒーカップのなかもそういう音はするけど、小さいし、海の音みたいに寄せては返すこともない。子どものころ、試したことがある、手、カップ、貝殻。コオ、カー、コオ！　黒い大きなひったくりさん、変ね。白い天井の他にはない明かり。実継ぎ《タン・アンド・グローヴ》とはご冗談《タン・イン・チーク》。あの子はどうして、エイモリーだけが実在しただなんて言ったのかしら？　実在を語るにしてはひどいことを言うわ。あの子は気をつけなきゃいけない、強い子だから。マギーよりも強い。父親がとても弱いから。あんなことは正反対なのに、ありのままにものを考えるのは難しいから、天邪鬼になってしまうのね。あの子は捕われないように用心しなくちゃ、ということしか彼女にはわからなかった。カー、アー、コオ！　遠くの湿地帯でカラスが鳴いている。ずっと聞こえているこの音は何？　風ね、きっとヤマヨモギの原っぱを吹く風にちがいない。でもあれはずっと向こうのはず。横になったら考えようと思っていたことは、何だったっけ？

（訳＝中村仁美）

オレゴン州イーサ

Ether, Or

エドナ

もう〈トゥー・ブルー・ムーンズ〉になんて行くもんか。そんなことを思ったのは、今日食料品売り場の整理をしていて、コリーが通りの向こうに渡って店を開けているのを目にしたときだった。ひとりでバーに入ったことなんてなくてさ。キャンディバーを買いに来たスークにわたしはそう言って、そのあと、時々そこでビールでも飲もうかな、本当につぎかたによって味が変わるもんかな、とは思うんだけど、って。スークは、まあ母さんいつも自炊だもんな、って。わたしが、ぜんぜん自分の時間がなかったからさ、四人も旦那がいちゃあね、って言うと、あの子は、そんなの関係ないよ、って。スークは若々しい。息だってすがすがしい。そういえばニードレスが犬みたく物欲しげにこの子を見つめていたっけ。そのとき不意を突かれて思わず胸が痛んで、どういうことかわからなくて。あんなニードレスは見たことなかった。もちろんわかってはいた、スークは二十の女の子で、あの男も人間だって。でもあの男はいつも自分だけで大丈夫みたいな顔をしてたから。他人を頼らない。だから落ち着いてるんだって。シルヴィアはもう何年も何年も前に亡くなっていたけど、それがずいぶん前のことだとは思ってなかった。あの男のことを勘違いしていたのかね。ずっとあの男の店で働いてきた。それは変なことなのかも。それは胸の痛みみたいなもので、何か間違いをやらかして自分はバカだとに気づいたときのような、縫い目を裏返しにしてしまったとか、火をつけっぱなしにしてしまったとか、ああいう。

みんな変なんだ、男なんて。たとえ理解できたとしても面白くはなかったと思う。でもトビー・ウォーカーは、そんな男のなかでもいちばん変わり者だった。よそ者。どこから来たかは知らない。ロジャーは荒野から来て、エイディは海から来たけど、トビーはずっと遠くから来た。でもわたしが来たときにはもうここにいた。素敵なひとで、色黒で、森のように濃い。わたしはあのひとに夢中だった。喜んで夢中になった。今じゃなくて、あのときに戻れたらどんなにいいか！　たぶんもう夢中になんてなれない。しっかり前を向かないといけない。まっすぐ歩き続けないといけない。今の気分は、ネヴァダを横断している開拓者みたいで、必要なものをたくさん背負ってるんだけど、歩いているうちにどんどん物を落としていくっていう。前はピアノを持っていたけど、プラット川を渡る際に沼にはまっちゃって。いいフライパンを持っていたんだけど、重荷になってきたからロッキー山脈に置いてきちゃって。一組の卵巣があったけど、カーソン湿地帯《シンク》にいたころに使い物にならなくなっていて。いい思い出だってあったのに、その破片はぼろぼろと落ちっぱなしで、ヤマヨモギのあいだに、砂丘地帯に散らばったままにしておくしかない。子どもたちもついてきてくれているけど、もう手は離れている。以前は手を取っていたけど、今もつないだままというわけじゃない。もうそばにいてくれるわけじゃない、アーチーもスークも。みんなわたしが何年も前にいたところをまた歩き直してる。以前のわたしよりも、山の西側やオレンジ畑の谷に近づけるのかね？　わたしよりも何年か遅れだ。まだアイオワあたり。まだまだシエラのことは頭にも浮かんでこない。ここに来るまではわたしもそうだった。今じゃ自分のことを、シエラで遭難したドナー隊の一員みたく思い始めてる。

トマス・サン

イーサの町の当てにならんところが、時々邪魔になる。たとえば今朝まだ暗いうちに引き潮を捕まえたくて起床し、ゴム長靴と格子縞のジャケットを着て貝用の熊手とバケツを手に外へ出ていったっていうのに、こいつはまた夜のあいだに内陸側に動いてやがるんだ。まったくクソ荒野とクソヨモギだ。そこをクソ熊手で彫ってもクソ化石しか出てこない。おれが思うに、みんなインディアンのせいだ。隅々まで文明の行き渡った国で、こんなめちゃくちゃなことが起こる町がありえるなんて本当に信じられん。とはいえおれも一九四九年からここに住んでいるから、はした金と引き替えに家や土地を売るわけにはいかないし、好む好まざるを問わず、ここで終わりを迎えるつもりだ。それまであと数年、いや十年か十五年はあるはずだ。しかし最近はどこでも、特にこんな場所では何も当てにできない。だがおれは自分の面倒を見るのは嫌いじゃないし、ここではそれができる。ここイーサでは都市部に比べて政府行政のちょっかいや干渉妨害がそこまでない。ここがふだん政府の想定外の場所になっているからかもしれん、たまのとき以外は。

おれもここに来た当初は、女にそれなりに興味があったが、長い目で見れば男はそんな関心持たないほうがいい。女こそほかの何ものよりも、ましてや政府以上にもっと邪魔者なんだ。〈堅物の独り者のじいさん〉なんて言葉も本で見たことがあるが、隅々まで堅物なんだからそれはまさにおれのことだと、言ってやってもいいくらいだ。そもそも芯がふにゃふにゃしたのは好かん。この厳しい世の中じゃあ、ふにゃふにゃしてちゃどうしようもない。おれは、おふくろの焼くビスケットみたいに堅いんだ。

おれのおふくろJ・J・サンは一九四四年にカンザス州ウィチタで死んだ、七十九だった。おふくろは立派な女だったが、別におれの女一般の経験がおふくろに当てはまるわけじゃない。筒入りのビスケット生地みたいなのができてからは、いつもカウンターの端にぶつけるし強くにぎりすぎて中から生地を飛び出させちまうけども、とにかくおれはそれを買っていて、三十分くらい焼けば、ちょうど好みの中までしっかり堅いいい出来上がりになる。昔は全部丸ごと焼いてたが、あとでちぎって細かく分けられることに気づいた。説明書きなんかいちいち残しておけない、あの筒を開けるときに破けちまうクソ銀紙に必ず小さい文字で印刷されているんだからな。おふくろの老眼鏡を使うんだ。いいものを発明したもんだ。

一九四九年、おれがここに追いかけてきた女は今でもここにいる。まだ情熱のあったごく短い期間のことだ。今なら、結局あの女がおれをひっかけなくてよかった、と言える。ほかの男どもはそこまでツイてなかった。あの女は何度も結婚したりいい仲になったりして、妊娠しては何十年と乳母車を押していた。この町の四十以下はみんなエドナの穴兄弟なんじゃないかって思うことがある。おれはぎりぎり逃げられた。何度かエドナの夢を見たことはある。その夢じゃあ、おれが海に出てボートでサケを釣っていると、エドナが波間から現れてこっちに泳いできて舟に乗り込もうとするんだ。やめてくれっておれはその手をガットナイフで叩いて、指を切り落とすんだけど、その指が海に落ちるとそれぞれ何か小さな生き物に変わって泳ぎ散っていくんだ。それが赤ん坊なのかアザラシなのかはわからん。そのあとエドナも妙ちくりんな音を立ててうしろに続いて泳いでいくんだが、そこでおれは、あいつが何かアザラシかアシカみたいな、南の沿岸の洞窟にいるようなデカブツで、薄茶のバカでかい、つるつるした太っちょが水中にいるんだと気づくんだ。

こんな夢を見るいわれなんてないから、しんどくなる。おれはそんなことをするような人間じゃねえんだ。おれが食料品店に入って、ちょうどエドナがレジにいたりなんかすると、夢のなかであいつが出した妙ちくりんな音をつい思い出して、気持ちが悪くなる。あいつがレジをちゃんと打って、おれがちゃんとお釣りを受け取れるか確かめるために、おれはあいつのレジの引き出しを開け閉めする手元とか、キーを叩く指とかを見とかないといけない。女の何が悪いかっていうと、当てにならないってことだ。あいつらはまだ完全に文明化されてない。

ロジャー・ヒドゥンストーン

たまにしか町には来ない。今も昔も。行って着けたらそれでいいわけで、わざわざ道を探したりはしない。二十万エーカーの牧場を経営しているから、やることはたくさんある。たまに空を見上げるが、昨夜は満月だったはずなのに今は新月だ、なんてこともある。焼き印を押したあとのウシみたいに、夏が次から次へとめぐっていく。なのに冬となれば、小川の水のように数週間は凍りっぱなしで、しばらく物事が止まったままになることもある。ここ高地の荒野では冬の空気がしんと澄んでくる。山々の峰が一望できたことさえある、北のベイカーやレーニアに始まり、ここから東へはフッドとジェファーソン、それにスリーフィンガード・ジャックにシスターズ、南はシャスタやラッセンまで、いずれもが日差しを浴びて八百いや一千マイルにわたってそびえ立っていた。空を飛んでいたときのことだ。地上からは地表のほとんどは見えないが、そのほかの宙の部分、星空は見える。

二名乗りのセスナと引き替えにクォーターホースの牝馬を手に入れていたから、普段はフォードの小型貨物車《ピックアップ》だが、時々シボレーにも乗る。道路に数フィート以上の雪さえ積もっていなければ、どの車でも町まで行ける。今も昔もこの町に来て、朝食にカフェでデンバーオムレッツを食べたり、妻と息子のところを訪ねたりするのは嫌いじゃない。〈トゥー・ブルー・ムーンズ〉で一杯やって、その晩はモーテルに泊まる。翌朝にはもう早々に牧場に戻って、留守のあいだに何事かないか確かめる。いつも何かしらあるからな。

エドナが牧場まで来たのは、結婚しているあいだもたった一度きりだった。三週間滞在した。ベッドのなかで忙しくて、覚えていることと言ったら馬乗りの仕方を覚えたがったことくらいだ。セスナの下取り代に千五百ドルを上乗せして手に入れた調教馬のサリーに乗せることにした。とても頼りになる馬で、共和党員よりも賢かった。ただエドナは十分も経たないうちに、その牝馬に我を失わせてしまった。その膝の動きがどういう合図になるのか、何とか説明しようとはしたが、エドナはブロンコに乗るときみたくきゃあきゃあ言いながら毛並みをひっかくばかりだった。いやはやそのまま牧場の外へ飛び出してしまい、全力疾走でオンタリオ州まであと半分というところまで行ってしまった。こっちも年寄りで粕毛の去勢馬に乗っていたが、戻ってくるまでは姿も見えなかった。サリーは揺るがない馬だが、その夜のエドナは傷つきやすく繊細だった。愛情がみんな急に抜け出てしまったと言い出した。彼女がイーサに戻りたいと言ったのは、それからほどなくのことだったので、おおまかな意味では確かにそうだったのだろう。食料品店の仕事はやめたものと思っていたが、実際には一ヶ月の休みをもらっただけで、クリスマスには余分の仕事まであるから必要だとニードレスも言っていたらしい。ふたりして車で戻るころには、町は出てきた地点よりもちょっと西、オチョコ山脈のそばのとてもきれいな場所に見つかったから、子どもたちと一緒にエドナの家で幸せなクリスマス・シーズンを過ごした。
　アーチーを身ごもらせたのは、そこなのか牧場なのかはわからない。牧場だったと思いたい。そうすれば、いつかこちらへ戻ってくる理由にもなるだろう。ここを誰に任せていいのかわからない。チャーリー・エチェヴェリアは家畜の扱いはうまいが、二日先のことは考えられず買い手との取引もできないし、相手が企業ならなおさらだ。ここを営利企業には渡したくない。手伝いの連中はいい若者たちだが、残らないしやりたがらないだろう。カウボーイは土地を欲しがらない。土地は自分を縛る。そこに縛りつけられることになる。二十万エーカーという土地が石のように重くのしかかることがある。心はもう崖の際まで行っている。そして獣たちがその土地をさまよい声を上げている。飼い牛たちも子牛とともに、凍った砂のように三月の雪を平地に吹かせていく風のなか、立ちつくしている。家畜たちの辛抱を、自分もなんとか理解しようとしている。

　グレイシー・フェイン

　昨日、大通りであの牧場主のじいさんを見かけたんだけど、ヒドゥンストーンさんって昔エドナと結婚してたってね。行き先がわかってるみたいな歩き方だったけど、その道が海の崖に突き当たったときなんか、きっと間抜けな顔してたんだろうな。引き返してヒールの高いブーツで戻ってきたんだけど、長い脚でさ、カウボーイがやるように猫みたく足を下ろすんだよ。

やせっぽちの老人。そのまま〈トゥー・ブルー・ムーンズ〉に入っていった。たぶんオレゴン州東部に戻る気付けに、酒を飲むつもりかな。あたしはこの町が東でも西でも気にしないし、どこだとしてもどうでもいい。ここを出てポートランドに行って、あたしはインターマウンテン社、つまり大手のトラック会社でトラックの運転手になるのさ。五歳でじいちゃんのトラクターで運転を覚えてさ。十のときには親父のダッジ・ラムに乗り始めて、免許を取ってからは母親やニードレスさんのために小型貨物車《ピックアップ》や配達用のバンを運転してきた。去年の夏ジェイズにあいつの大型トレーラーで教わったんだ。うまくできたし。あたし天才だからね。ジェイズもそう言ってた。1－5での運転はいまいちつかめてないけど、一度二度だけだったから。わき寄せとか駐車とかシフトの上げ下げとかもっと練習が必要だってずっと言われてたけど。練習するのあたしは別によかったんだけど、ただ さ、車を止めるとあいつ、シート裏に作ってあるあのベッドのところにあたしを押し倒したがってさ、ジーンズを脱がされて、それでなんか教習を続けるよりも先にちょっとふたりでヤルはめになってさ。あたしの気持ちとしては、長めに運転していろいろ学んでから、ちょっとセックスしてコーヒー飲んで、そのあと帰りは別の道を運転して、たとえば坂道でブレーキとかそういうのを練習できればって思うんだけど。でも男ってたぶん優先順位が違うんだよね。こっちが運転してる最中なのに、うしろから手を回してきて、あたしのおっぱいを両方揉むんだよ。あいつこんなに大きい手だからさ、どっちのおっぱいにも一度に手が伸びるってわけ。気持ちよかったけど、教えるほうの集中力は途切れるみたいで。いつもあいつ言うんだよ、「ああいいぜ最高だぜ」って、あたしの運転が最高ってことかと思うんだけど、そのうちほら、はあはあ言い出すから、こっちはシフトダウンしなくちゃいけなくなって、場所を見つけて車を停めて、またベッドのところへ入ってやる。ハメてるときに頭のなかではいつもギアチェンジの練習をしてたから、それは役に立った。あいつのを上に、また下にってシフトできたからさ。あいつのシフトがほんとに上がったときなんか、あたしも「八十マイルだ！」って大声上げたりして。「ケツにケーサツが来るぞ！」って、あのサイレン音を出してやる。だから、あたしのCB無線の名前はサイレーン。ジェイズは八月にルートを変えちゃったからさ。そのときあたしはあたしでプランを立てたんだ。まずは食料品店でドライバーやって金を貯めて、十七になったらポートランドに行ってインターマウンテン社に就職する。シアトルからLAまで1-5で運転してみたいな、それかソルトレークシティまで走るのもいいかも。自分のトラックが買えるようになるまではね。そういうプランを立てたんだ。

トビニー・ウォーカー

若者はみんなイーサから出たがる。小さな町のアメリカの若者なら都会へ出ていきたくなるものなのだ。実際そうしているやつもおるし、出て行くにしてもどこへ行くつもりかなどという話のやめどきに来ているやつだっておる。そうしてみんな今いるところにやってきたわけだ。やつらの問題は、もし問題だとして、おのれの問題と少しも変わらん。われらの前には好機という窓があって、そいつはいずれ閉まる。昔は子どもが道を渡るみたいに簡単に歩いて渡っていたというのに、自分は足が不自由になり、歩くのをやめるしかなかった。だからここが自らの好機で絶頂で全盛期というわけだ。

初対面のときエドナが、こちらに妙なことを言った。ちょうど話をしていて、何の話かは思い出せんが、彼女は話をやめてこっちをじっと見てきてな。「あなたって胎児みたいな目をしてるのね」と言いおった。「胎児みたいに物事を見てる」どう返事をしたかは忘れたが、あとになってようやく、どうして彼女には生まれてもいない胎児の目つきがわかるのかふしぎに思った、そもそもそれは子宮内の胎児のことなのか、それとも孕めなかった子どものことなのかも疑問だった。もしかしたら、彼女は生まれたばかりの子どものことを言っていたのかもしれん。いずれにせよ、意図があってその言葉を使ったのだろう。

はじめてここに立ち寄ったとき、事故が起こる前には町もなく、もちろん集落もなかった。幾人かがここを通りがかって、ひと季節くらい野営をすることもあったが、境目もなく名前もついておらんただの場所だった。当時の人々は、今ほど定住しようと思うとらんかった。どこまでも川が流れ続ける限りは川のまま。ダムを建設するのもビーバーだけだ。イーサはいつもたくさんのなわばりを覆い隠すことで、その所有権を保っておった。ただしその所有はずっと連続しているわけじゃあない。

以前よく出くわした者どもは、たいてい山中の川からフンバグ・クリークを下ってきたと言っておったが、イーサそのものは知るかぎりカスケード山脈に含まれたことは一度もなかった。その西までは人影を目にすることがあったが、たいていはそれよりも西で、森や酪農地帯に囲まれた沿岸地域の西のこともよくあったし、時には海のそばのこともあった。荒れ地もあった。めずらしい場所だ。中心地に戻ってそのことを伝えたいが、もう自分は歩けない。ここで自分の最盛期を迎えねばな。

J・ニードレス

みんなカリフォルニア人なんていないと思ってる。あの約束の地から外には誰も出てこない。そこは行かなきゃいけない場所なんだと。荒野で死んで、道ばたに墓を掘る。自分はカリフォルニア出身で、そこで生まれたんだが、そのことをちょっと考えてみてくれ。自分の生まれはサンアルカディオ渓谷だ。果樹園。何もない青茶けた山々のふもとにオレンジの花が咲く白いふところみたいな。空気のような、澄んだ水のような太陽の光、ひとの住みか、本当の場所。わが家は丘陵地帯にある小さな農園屋敷で、谷を見下ろすように建っていた。父は会社の経営者だった。オレンジの花は白くて甘い香りだ。「天国のはずれ」と、母がある朝、洗濯物を干していたときに言ったことがあった。母のその言葉が忘れられない。自分たちは天国のはずれに住んでいる、と。

母は自分が六つのとき死んだ。母のことはそれ以外あまり覚えていない。今ようやくわかってきた、妻が亡くなってからもうずいぶん経つが、自分もまた先立たれていたのだと。妻の死は娘のコリーが六つのときだった。当時はそこに何か意味があるような気がしていたが、もしそうだとしても自分にはそれが何なのかわからなかった。

十年前、コリーが二十一のとき、誕生日だからディズニーランドに行きたいと言った。この父親と一緒に。どうしてそんなところまで引きずり出してくれちまったんだ。頭からびしょ濡れのネズミみたいな格好の連中を見るために大金を使っちまった。そうでない場所みたいに見えるようこさえられた場所だった。それがそこのポイントなんだろう。衛生的な状態になるまで汚れを落として、汚れに触らなくてもいいよう汚れに見えるようなものを振りまいておく。人間とウォルトはそこをコントロールしている。宇宙でも海でもスペインのお城でも、どんな場所にもいられるし、衛生的で汚れがない。子どものころなら気に入っていたかもしれない、何かを成し遂げたいと思っていたあのころなら。ただ考えは変わって、食料品店に落ち着いた。

コリーが父親の育った場所を見たがったから、サンアルカディオまで車で行った。そこには何もなかった、自分が考えていたような場所は何も。屋根と家と通りと家だけ。濃いスモッグで山が覆われ、太陽も緑に見えた。ちくしょう、ここからたたき出してくれ、太陽の色が変わっちまった、と自分は言った。コリーは家を探したいと言ったが、こっちも真剣だった。ここから離れさせてくれ、場所は正しいが時代が違う、と口に出した。ウォルト・ディズニーは自分の敷地の汚れは好きに落とせても、ここはもうかけ離れてる。ここは自分の敷地なのに。

そんなふうに感じた。なんだか自分の持ち物だったはずなのに、汚れを全部取りのぞいたあとでも、その下にはセメントと何かの電子配線があるだけ。どちらかと言えば見たくはなかった。ここを通り過ぎる連中は、その場にじっとしていない町に住むなんて耐えられないと言うが、やつらはロサンゼルスに行ったことがあるのだろうか？　そう言いたくなるところなんてどこにでもある。

ああ、もうカリフォルニアがないなら、自分には何があるのか？　結構な商売か。コリーもまだここにいる。あの子は頭がいい。よくしゃべる。理想の経営と言えるくらいあのバーをうまく回している。夫もうまく取り回してる。母がいた、妻がいた、と口に出すとき、それはどういう意味か？　それは、オレンジの花の匂いとか、白さとか太陽の光とかを覚えてるってことだ。それを大事に持ち歩いてる。コリーナとシルヴィア、それぞれの名前を持ち歩いてる。でも今の自分には何があるのか？

まだ手元にない存在も、手の届くところに毎日ある。日曜を除く毎日。でも手を伸ばせない。町の男はみんな彼女に子どもを生ませて、自分が彼女にやったものと言えば週給だけだ。彼女が信頼してくれているのはわかる。それが悩みの種なんだ。もう手遅れだ。ああ、彼女が自分をベッドに入れたくなる理由？　医療保険の給付金のためか？

エマ・ボードリー

今や何もかもが連続殺人犯。最低限の理由もなく、殺す相手を個人的に知りもしないままに、次々と計画殺人を犯していくひとりの男に、みんな注目して当然だなんて言う始末。実は最近そういう男が都会に現れて、三人の幼い少年たちをいたぶり拷問したあげく、拷問中の写真ばかりか、殺したあとでその死体の写真まで撮ったというのです。当局はこの写真の扱いをどうするか話し合っています。写真集にすれば大金を稼ぐことだってできますからね。その男はまるで悪夢のように、また別の男の子についてくるよう誘っていたので、警察に逮捕されました。カリフォルニアやテキサス、それから確かシカゴにも、数え切れないくらいの死体をバラバラにして埋めた男たちがいたでしょう。もちろん歴史を遡れば、貧しい女性たちを惨殺した切り裂きジャックがいますし、彼はイギリス王室の一員だったとか言うじゃありませんか。彼の時代以前にも、数多くの連続殺人犯がいたことは間違いありませんが、その多くが王室帝室の一員だったり将軍だったりして、何千何万という人間を殺したものです。ただし戦争ではひとりずつではなく、多かれ少なかれ同時に殺していくものですから、大量殺人者ではあっても、連続殺人鬼ではありません。けれどそこに違いはないと思うのです、本当は。殺された人間からしてみれば、それは一度しか起こらないのですから。

イーサに連続殺人犯がいたら、それは驚くべきことです。そういう人物はほとんど何かの戦争での兵士ですが、デスクワークでもさせておかないと、大量殺人者になるかもしれません。ここでは誰が連続殺人鬼になるかなんて考えもつきません。いちばん標的にされにくいのが自分なのは間違いありません。目立たないことは二つの効果があります。目立っていると、かつてほど周囲がわからなくなることがよくあります。しかし目立たなければ、連続殺人鬼の被害者にはなりにくいのです。

噂にのぼるくらい自然と注目される対象に、連続殺人鬼の被害者が入っていないのは妙なことです。そう思うのは、三十五年間も幼い子どもたちを教えてきたからでしょうが、この三人の小さな男の子たちのことを思うくらいですから、おそらく自分は普通ではないのでしょう。三歳か四歳だったというではありませんか。その全人生がネコと同じくらいのほんの数年しかなかっただなんて、もうわけがわかりません。その子たちの世界にいきなり、母親じゃなくひとりの男が現れて、どんなふうに傷つけるつもりかを告げたあと、それを実行していくのですから、その子たちの人生には恐怖と苦痛しかなかったことでしょう。そうして恐怖と苦痛のうちに死んだのです。ですが記者たちが語るのは、どんなふうに切り刻まれたとか、どんな感じに腐敗していたとか、その子たちについてはそれだけなのです。みんな成人男性ではなく男の子たちです。誰からも関心を引かれない、ただの死体。それなのに連続殺人鬼のことは繰り返し何から何まで伝えて、その精神分析とか、両親の影響のせいでこうなったとか議論したり、切り裂きジャックや切り裂きヒトラーでも目の当たりにしたがごとく彼は不滅だとか言い始めたりするわけです。連続殺人の前にこの拷問された少年たちをひたすら陵辱撮影したこの男の名前は、このあたりの誰もが思い出せることでしょう。その男の名はウェストリー・ドッドだと報道されていますが、少年たちの名前はどうでしょうか?

もちろんあらためて彼を殺したのはわれわれ大衆です。それがあの男の望みでした。われわれに自分を殺させたかったのです。あの男を絞首刑にするのが大量殺人なのか連続殺人なのかは判断しようがありません。戦争のようにわれわれみなでやったというなら、大量殺人でありますが、民主的にわれわれがそれぞれでやったというなら、それは連続殺人でもあるのでしょう。どちらかと言えば連続殺人鬼であるくらいなら連続殺人の被害者でありたいものですが、選択の余地はありません。

自分の選択肢は減っていくばかりです。おのれの性欲というものは自分の立場には不適切なものでしたから、あまり多くあったわけではありませんし、自分の恋に落ちた相手もそのことは知りませんでした。住むところとして何か新しい選択肢になるのですから、イーサが別の場所に出てきたときには嬉しくなるものです。自分ではやりようもなかったことですから。自分にできるのはとてもささやかな選択だけ。朝食に何を食べようか、オートミールかコーンフレークか、それとも果物一つだけ？　キウイフルーツは食料品店で一個十五セントでしたから半ダース買いました。少し前まではキウイなんていちばん外国風のもので、確かニュージーランド産で一個一ドルだったと思うのですが、今ではウィラメット渓谷じゅうで栽培されています。でも、ニュージーランドの人々からすればウィラメット渓谷はかなり異国なのかもしれませんね。口に含んだときの清涼感が好きで、その果肉も同じようにさわやかで、中に見えるつややかな緑色がまるで翡翠の石のようで、好ましく思います。今でもそういうのは完璧にはっきり見えるのです。他人と一緒にいるときに限って、自分の目はますます透明になりますから、相手が何をしているのか見えなくなるときがあって、まるでこちらの目が空気であるみたいに、相手はこちらをまっすぐ見透かして、言うんです。「ねえエマ、人生ではあなたはどんな扱い？」

人生では自分は連続殺人の被害者みたいな扱いです、ありがとう。

彼女はこちらを見ているのでしょうか、見透かしているのでしょうか。こちらからはとても目を向けられません。彼女は恥ずかしがり屋で、水晶の夢に囚われています。彼女の世話ができればいいのですが。お世話が必要なのです。お茶を一杯。ハーブティーとかエキナセアとか、たぶん彼女の免疫システムを高めないといけないんです。彼女は手を動かす人間ではありませんが、こちらはそういう人間です。彼女の夢にはまだまだ遠いのです。

ローはまだこちらを見ています。もちろんローは鳥やモグラに関しては連続で殺しています。とはいえこちらも鳥が半殺しのままだとあたふたするのですが、写真を撮るあの男とは違うわけです。以前ヒドゥンストーンさんが教えてくれましたが、猫にはネズミや鳥を生かしておく本能があって、それを子猫に与えて狩りのしつけをするのが普通だから、残酷に見えても思いやりなのだと。子猫を殺す雄猫がいるのは今ならわかりますが、子猫を育てながら思いやりを持って狩りのしつけをする雄なんていないと思います。それをするのは女王猫です。王室出身の切り裂きジャックは雄猫というわけです。でもローは去勢されてますから、女王のように振る舞うかもしれませんし、少なくとも子猫がいたらおじさんのようなものですから、狩り用の鳥を持ってくるかもしれません。知りませんけど。ほかの猫ともあまり交わりません。家のそばにいて、鳥やモグラやこちらを見張っているのです。自分の目立たなさが誰にも有効じゃないと気づくのが、夜中に目を覚ますとローがベッドの枕元に座っていて、こちらをじっと見つめているときです。妙な行為で、ちょっと不気味な感じがします。その視線で目が覚めるんでしょう。でも、闇のなかでもローにはこちらがわかると知れたのですから、いい目覚めだと思うのです。

エドナ

今すぐに答えがほしい。わたしは十四のときからずっと自分で自分の魂を作ってきた。そう言う以外にどう言っていいかわからないし、十四になって人生が自分のものになって責任を知るようになったあのとき、そう言うことにしたんだから。それ以来、別のましな言い方を見つける時間もなかった。言葉としては応答責任《レスポンシビリティ》なのだから答えないといけないってこと。でも答えられない。たぶん答えたくないのかもしれないけど、答えないといけない。それで答えるとき、まさに自分の魂を作っていて、そこに形やら大きさやらが生まれて、何か力みたいなのが宿る。そのことがわかったのは、知識として身についたのが、わたしが十三から十四になりたてのころ、シスキュー山脈で長い冬を過ごしたときのこと。それからは多かれ少なかれその理解のもとで働いてきた。ずっと働いてきたのさ。自分の手に委ねられたことをやってきた、精一杯やってきた、全身全霊で打ち込むしかなかった。仕事は途切れずあった、ウェイトレスとか店員とかもだけど、まず第一にいつも、子どもたちを育てながら、きちんと健康でそれなりに安心できる生活が送れるよう家を切り盛りするっていう普通の仕事があるわけ。それから男性の必要に応じること。そっちのほうが先に来てしまうかも。男の求めに応じること、男を悦ばせること、自分を悦ばせること、それだけしか考えてないとか他人様は言うかもしれないけど、いい感じの男にどうかと訊かれて、そういう求めに応じるのが本当に喜びなのかどうかは、神様にしかわからないじゃない。でも頭のなかの順序としては、子どもはその子どもの父親よりも前に来る。わたしは長女で下の子が四人いて、父親が蒸発してしまったから、そんなふうに思えるのかも。まあ確かに、子どもを見るからこそそれがわたしの責任なのだし、それがずっと答えようとしている問いなのさ。この家でちゃんと暮らせるのか、子どもはどうやれば正しく育つのか、どうすれば信頼されるのか。

ただ今のわたしには自分の問いがある。誰にも問いを投げかけたことがなかったし、答えるのにとても忙しかったからさ。でもこの冬に六十歳になって、わたしも問いのための時間を持つべきだと思ったから。でも求めるのは難しい。そうとも。家事をしながら子どもたちを育て、愛の営みをしつつ生活費を稼いでいるあいだもずっと何となく、そのときは勝手に来るものと思っていたし、それがみんな合流してまとまっていく場所がどこかにあるものと思っていた。たぶんそれは、自分の言っていた言葉、自分の人生、あらゆる種類の仕事、あちらこちらにあるだけの言葉なんだけど、最後にはその言葉全部が一つの文になって、その文が読めるようになると思っていたわけ。自分の魂を作ってきたのだから、それが何のためのものだったのかがわかるはずだって。

でも、自分の魂を作ってきたところで、それをどうすればいいのかもわからない。欲しがるやつが誰かいるの？　六十年生きてきた。これから自分がすることは、今までしてきたことと同じで、それが少なくなっただけで、そのうちどんどん弱って病気になって小さくなって、自分の範囲も縮んで縮んで、死んでいく。自分が何をしたか何を作ったか何を知っているかは関係ない。言葉には何の意味もない。エマとこのことを話したほうがよさそう。「自分が思っている以上に老けているのよ」とか「まあエドナあなたって全然老けない」とかそういうことを、そういうくだらないことを言わないのは彼女だけなのさ。トビー・ウォーカーも口数の多いほうじゃなかったけど、今ではもう無口だ。独り言を口にするだけ。まだここに住んでいるわが子たち、アーチーとスークにしても、そんな話はしたがらない。若いと年を取ることがどうしても信じられないみたい。

だったら、自分が引き受けた責任はそのとき役に立つだけで、あとになったら無駄なのか——使い捨てなの？　じゃあ役に立つって何？　やった仕事はみんな過ぎた話だって。何にもならないって。でも自分が間違っているのかも。そうだといいけど、自分はもっと死ぬことに期待したい。たぶん別の場所に行くことは、ある種の応答であるみたいに、それだけの価値があるはず。シスキュー山脈でのあの冬、星空の下、モミのあいだの雪道を歩きながら、自分が宇宙と同じ大きさで、宇宙と同じものなんだと感じたときのように。わたしが前に歩き続けたら、この栄光がわたしを待っているはず。やがてわたしも栄光のうちへと入ってゆく。そのことはわかる。だからそのために魂を作った。栄光のために作ったのさ。

だから今わたしはたくさん栄光を知っている。思い上がっているわけじゃない。でももう長くはない。勝手に集まって住めるところ、家を作ってくれるわけじゃない。もう過ぎたことで、これからも年月は過ぎる。何が残るの？　痛みや胃酸過多や癌や脈拍数や腱膜瘤に縮こまって忘れたり考えたりして、とうとう世界全体が小便みたいなにおいのする部屋になることが、あらゆる仕事の行き着く果てなのか、赤ちゃんの蹴る足、子どもたちの目、愛らしい手、荒々しいカウボーイ、水面の光、雪原の上の星空の終わりにあるものなの？　そのあらゆるもののどこかに、まだ栄光があるはずなのさ。

アーヴィン・マス

わたくし、しばらく〈トビー〉・ウォーカー氏のことを注目しておりまして、あれこれ調べましたところ、もし説明を求められましたらば、確信を持って言えると思います。この〈ウォーカー氏〉はアメリカ人ではありませんと。わたくしの調査ではそれ以上のことがわかっております。しかし、こうした〈グレーゾーン〉のようなものがあるにしても、人間は往々にしていきなりは受け入れられないものです。訓練が必要です。

この案件に注意を引かれることになったそもそもの始まりは、まったく別件の調査で町の記録を精査していたときのことです。ここではそれは、オジー・ジーン・フェイン夫人が、現在わたくしが経営者であるところのアーヴィン・マス不動産の手にその資産を委ねられた時点での、フェイン家の地所の法的権利を調べていた折のこと、と言うに留めておきましょう。一九三九年にフェーン家地所の敷地東側の境界線についての係争があり、この種のことについて細部を確認しておきたいと思ったものですから、調べてみたのです。わたくしも見つけて驚いたのですが、一九〇六年に開発された隣地はその一九〇六年のその日以来、なんとトビニー・ウォーカーの名義になっていたのです！　わたくしその時点で、この〈トビニー・ウォーカー〉が当然〈トビー・ウォーカー氏の父親〉であると思い込んでいたので、その案件についてはさほど疑問にも思わなかったのですが、やがてエッセル／エンマーの土地に関する別件で調べているとですね、町の記録では、一八八〇年に〈トビニー・ウォーカー〉という名前が、その土地（ラッシュ通りとゴアマン通りのあいだの大通り）にあった貸馬車屋の購入者として示されていたのです。

そのあとほどなくしてニードレス食料品店で日用品を購入していた折、わたくしウォーカー氏とじかに出くわしました。そこで冗談めかして、あなたの父親と祖父にお目にかかっていたんですよ、と言ったんです。もちろんこれは単なるご挨拶ですよ。すると〈トビー〉・ウォーカー氏は、耳を疑うような返事をなさったのです。不意を突かれるようなものが続いたのです。笑いながらでしたが。その正確なお言葉は、わたくしが保証できるところでは、次の通りでした。「あなたが時間旅行できるとは思いもしませんでしたな！」

これに続いてわたくし出来るだけ、告発者業務の関連で調べてわかっていたその同姓同名の人物たちについて、まじめに訊ねようとしました。ところが次のような茶化したお言葉を返されただけでした。「ほら、ずいぶん長いことここに住んどるからさ」それから「ああルイスとクラークが通りがかったときのことは覚えとるよ」。この発言は、オレゴン大移住路の有名な探検家たちを指してのことで、確かに一八〇六年にオレゴン州にいたことがあとになってわかりました。

そのすぐあと、トビー・ウォーカー氏は〈歩み〉去ったので、会話は終了しました。

わたくしは証拠から確信しております、この〈ウォーカー氏〉は外国からの不法移民で、この素晴らしい町の創立者、すなわち一八八〇年に貸馬車屋を購入したトビニー・ウォーカーを詐称しているのだと。わたくしなりの推理がございます。

わたくしの調査によりますと、トマス・ジェファーソン大統領の派遣したルイス&クラーク探検隊は、この素晴らしい町イーサがその歴史上長らくその所在地としてきた範囲を通過してはいなかったのです。イーサがそこまで北にあったことはありませんでした。

もしイーサが、美しいオレゴン海岸と荒野のリゾート地としてその運命を果たそうと前進し、わたくしが思い描く通り、中核となるモーテルやRV施設やテーマパークなどを含む市街地のエンターテインメント・センターと起業家の集まるビジネス・コミュニティを不足なく備えるのであれば、ウォーカー〈氏〉に象徴されるものが今後も続いてゆくことでしょう。上昇志向と自己改革のために、移動しつつも継続して家や不動産を売買するのがアメリカ流です。停滞はアメリカ流の敵なのです。一九〇六年から同じ人物が同じ物件を所有するのは不自然であり、アメリカ的ではありません。イーサはアメリカの町であり、常に動いているのです。それがその宿命なのです。だからこそわたくしは専門家を名乗れるわけです。

スターラ・ワリノウ・アメシスト

恋の練習中。フランス人俳優のジェラールに恋をしていたんだけど、名字の発音が難しくて。フランス人に惹かれるの。『新スタートレック』の再放送を見てると、ジャン＝リュック・ピカード艦長に恋をしちゃうんだけど、ライカー中佐は無理。十二のころはヒースクリフに恋をしていて、ミス・フレッフに『嵐が丘』を読ませてもらったこともある。それからスティングが変になる前はスティングに恋をしてた時期もあって。ウォーフ中尉も好きかなって思うこともあるけど、クリンゴン人だから額にシワがあって出っ張ってるから結構変なんだけど、まあそこまで変じゃないかな。TVだから宇宙人だって言ってるけどほんとはマイケル・ドーンって名前の人間なんだ。ちょっと変な感じ。つまり映画とTV以外で本物の黒人を見たことないってこと。イーサにいるのはみんな白人だから。だからここだと黒人はほんとに宇宙人ってことになる。そんなひとがドラッグストアみたいなとこに入ってきて、背がすらっとしていて、ダークブラウンの肌に黒い目で、それからすごく柔らかくて傷つきやすそうな唇をしてて、ほんとに低くしぶい声で何かを訊いてきたら、どうなっちゃうんだろうって思って。「アスピリンはどこにありますか?」みたいに。それでアスピリンみたいなのがあるところを教えてあげるの。棚の前、わたしのそばに立つ彼は、本当に大きくて背が高くて色黒で、彼からぬくもりが伝わってくるのがわかるの、鉄製の薪ストーブみたいに。すごい低音ヴォイスでわたしに言うわけ、「ぼくはこの町に居場所がない」って。で、わたしも返すの、「わたしも」って、すると「ぼくと一緒に来ない？」ってほんとにほんとに素敵に、〈来いよ〉みたいなんじゃなくて、ふたりの囚人が一緒に刑務所から抜け出す方法をささやき合うみたいな感じで。わたしがうなずくと、彼は言うの。「黄昏時に、ガソリンスタンドの裏で」

たそがれどき。

その言葉大好き。たそがれ。その声の響きそのものみたい。

こんなふうに彼のことを思うと変な気持ちになることがあって。つまり、彼は実在してるから。それがウォーフでも構わない。だってウォーフは昔の番組の再放送に出てくる宇宙人だけど。でもマイケル・ドーンは実在する。だから彼のことをそういうふうにお話として妄想すると、胸が苦しくなることがあって。だってそれって彼をおもちゃにしてるみたいだし、お人形ごっこみたいなことをしてるってことだから。彼には不公平なことみたいに思えて。ちょっと恥ずかしくなってくるの、彼が実際の人生をどう過ごしてるのかって、聞いたこともない田舎町のバカな女の子とは何の関係もなしにって考えるとね。だから誰か別のひとを作り上げてそういう物語を作ろうとしたんだけど。でもうまくいかなくて。

この春はほんとに、モーリー・ストロンバーグに恋をしようとしたけど、うまくいかなかった。彼、ほんとに顔がよくて。バスケットでシュートを決めてるとこを目にして、このひとと恋ができたらなあって思ったの。脚と腕がすらりとしてて、動きもしなやかで、クーガーみたいなんだけど、おでこは狭くて髪は短く黒みがかったブロンドで、小麦色の肌。でも彼はいつもジョーの仲間うちでつるんでスポーツや車の話をしてて、授業中にジョーとわたしの話をしていたことがあったんだけど、「ああスターラね、まあ、〈彼女〉は〈本〉を読んでるし」って、言葉通りの意味じゃなくて、たぶんわたしは別の星から来た宇宙人みたいに、ちょっと全然違う生き物みたいだってことだと思う。ウォーフやマイケル・ドーンがここで感じるみたいな。たぶんOKってこと、ここじゃないとこならOKみたいな。ほかのとこならOK？　イーサはもうほかのどこかには入らない、みたいなこと？　つまり昔ここに住んでいたのはインディアンだけど、今はそのひとたちは誰もいないんじゃないかってこと？　だったらここは誰の居場所なのか、それはどこってことになるのか。

一ヶ月くらい前、ママが父親のところを出た理由を教えてくれた。そんなこと全然覚えてなかったけど。父親のことなんて何にも。イーサに来る前のことは何も思い出せない。ママの話では、昔はシアトルに住んでいて、水晶とかオイルとかニューエイジ系のものを売ってる店を構えてたとかで、ある夜、目が覚めてトイレに行こうとしたら、そいつがわたしの部屋にいて、わたしを抱きしめてたとか。どんなふうに抱きしめてたとか、細かく話したがるもんだから、わたし言ったの、「それってそいつがわたしに、性的な乱暴をしてたってこと？」するとママが「そう」って言うから、「でママはどうしたの？」って。取っ組み合いでもしたのかなって思ったわけ。でも何も言えなかったって言うの。そいつが怖かったからって。ママが言うには、「ほら、彼にとってはわたしもあなたも、所有物みたいなものだから。わたしが言うことを聞かないと、ほんとに怒り狂っちゃうから」。ふたりはマリファナとかきついやつにハマってたんだと思うし、その話は時々してくれるから。とにかく次の日、そいつが店に出てるあいだに、ママは家にあった水晶とかそういうのを持って出てったわけ、今でもうちにあるけど。あと今もそうだけどキッチンの缶に貯めてあったお金を引っつかんで、ポートランド行きのバスにわたしを連れて乗り込んだ。それでポートランドで知り合ったひとが、ここまで送ってくれたって。そんなの全然覚えてない。ここで生まれたみたいな気がしてた。そいつが探しに来たりはしてないのって訊いたけど、わからないって、もし探しててもここにいるのを見つけるのは難しいはずって。ママは苗字をアメシストに変えてね、お気に入りの石だったから。ほんとの名前はワリノウ、ポーランド人だって。

そいつの名前はわたし知らない。何をしてたかもわかんない。どうでもいい。何もなかったのと一緒。誰のものにもなるつもりはないし。

わかるのはこれだけ、わたしはいろんなひとを愛するつもりなんだって。向こうは知らないだろうけど。でもわたしはすごい恋人になるつもり。やり方は知ってる。練習してきたし。ひとが誰かのものになるとか、みんな自分のものになったりモノと結ばれたりするとか、そういうんじゃなくて。結婚式と夫とワックスがけ不要のキッチン床がほしかったから、チェルシーがティムと結婚したみたいなね。あの子は自分のものが欲しかっただけ。

わたしはモノは欲しくないけど、練習はしたい。まあ、この小屋にふたりで住んでて、台所もないしもちろんワックスがけ不要の床なんてないし、ゴミ焼却炉で料理してて、周りには水晶だらけだし、ママが捨て猫を拾ってくるから猫のおしっこだらけだし、ママはマイレラ美容院で掃除みたいなことしてて、ごはんの代わりに〈ホステストゥインキーズ〉のスポンジケーキ食べるからニキビだらけで。ママにはそれが全部あるのが大事。でもわたしはそういうのを手放さないと。

恋の練習には、たぶんセックスが必要だと思ったから、去年の夏にダニーとセックスしたの。ママがコンドームを買ってきてくれて、ベイベリーのキャンドルを囲んで手をつないで〈大人の女への道〉の話をしてくれた。ママはダニーもそこにいてほしかったみたいだけど、わたしが説得してやめさせた。セックスはOKだった、けど、わたしがほんとにしようとしてたのは恋をすることで。そっちはうまくいかなかった。たぶんやり方が間違ってた。ただ彼がセックス慣れしただけで、秋にはずっと何度も来て、「なあスターラ、必要だって自分でもわかってるんだろ」なんて言う。必要なのはダニー自身だってことは絶対に言いたがらなかった。自分に必要なら、あいつよりも自分でやるほうがもっとうまくできるんだけど。ってことは、口にはしなかった。でも、やめてって言っても放してくれなかったときには、もうちょっとで言いそうになった。最終的にダナと付き合い始めてくれなかったら、言ってやってたかもね。

ここには恋の相手になりそうなひとは、ほかにいないってわかってる。アーチーと練習できたらって思うけど、グレイシー・フェインがいるんだから、役に立てそうにないし。バカみたい。アーチーのお父さんのヒドゥンストーンさんに、今度近くに寄ったときに、そこの牧場で働けないか訊いてみようと思ったけど。ママのほうに会いに行ってもいいかも。牧場で働くひととかカウボーイがいるかもしれない。それか時々アーチーが出てきたり、グレイシーがいなくなったりするかも。もちろんヒドゥンストーンさんもいるし。アーチーにそっくり。実際そっちのほうが男前だし。でも年取りすぎてるかな。荒野みたいな顔だし。そういえば目がママのターコイズの指輪と同じ色。でもコックとかそういうのが必要なのかどうかわかんないし、十五歳は若すぎるかもしれないし。

J・ニードレス

ホホヴァー族がどこから来たのかは知る由もない。ベラルーシだと言ったやつがいた。それならわかる。みんな大柄で背が高く体重もあるし、毛色はブロンドが強くてほとんど銀髪で、小さな青い目をしている。こちらの顔を見ない。鼻は新じゃがのようだ。女たちは話さないし、子どもも声を出さない。しゃべるのは男だけで、「ひど箱、イーストばん。ざん箱、ぷたにぐ」というあんばいだ。こんにちはも、さようならも、ありがとうもない。でも正直だ。現金で払ってもくれる。町に来るときにはみんな頭から足元まで着飾っていて、女はロングドレスを身につけて、袖や裾に派手なものがじゃらじゃら付いている。小さな女の子も女と同じで、赤ん坊も同じ長いスカートを履いていて、みんな髪を隠すボンネットをかぶっている。赤ん坊でさえ顔を上げない。男と少年は長ズボンにシャツとコートを着ている。ここは荒野のまんなかで、七月の気温は百五度だってのに。東海岸のアーミッシュみたいなもんだろうか。ホホヴァー族にはボタンだけはある。たくさんボタンがある。女性の着るベストには千個くらいのボタンがある。男の前ボタンも同様だ。必然的に動きも鈍くなる。だがみんな、自分の地域に戻ればボタンは問題ない、と言う。全部外すんだと。裸になって教会に行くんだと。トム・サンもその通りだと言っていたし、コニーも日曜には、ほかの子たちと一緒に一度ならずそこへこっそり出かけて、ホホヴァー族がみんなして全裸で丘を越えながら自分たちの言葉で歌っていたのを見たことがあるという。揃って背が高く肥えた白肌のケツも乳もでかい女たちが丘を歩いていく姿は圧巻だとか。裸足でもある。教会でいったい何をしているのかはわからん。トムは姦淫をするとか言ってたが、トム・サンなんて地面の穴とクソとの区別もつかねえ野郎さ。口からでまかせだ。知ってるやつであの丘を越えたのはいない。

日曜には歌声が聞こえてくることもあるとか。

まあアメリカの宗教はふしぎなものだ。キリスト教徒によれば、何でも一つしかないというが、それどころか、何にでも一つ以上あるように思えてくる。ここイーサにだってあるさ、知っているだけでもバプテスト派はもちろん、メソジスト派、クリスチャンサイエンス、ルーテル派、長老派、町に教会はないがカトリック、それからクエーカーひとり、信仰をやめたユダヤ人ひとり、魔女ひとり、ホホヴァー族に、グルというのかつまり農園に大勢いる連中のあれだ。はずみとかでなく無宗教になった連中はほとんどここに数えてない。

この規模の町にしては、かなりの種類だ。しかも連中はお互いの教会をお試し体験したり、入れ替わったりしている。町の性質上、自分たちも落ち着きがないのかもしれん。いずれにせよ、イーサの人々はふつう長生きだが、トビー・ウォーカーほどじゃない。自分たちには、いろんなことを試す時間がある。娘のコリーは十代のころはバプテスト派、ジム・フライに恋をしていたころはメソジスト、そのあとはルーテル派にはまっていた。メソジストで結婚したが、本を読んで今はクエーカーになっている。近ごろはパール・W・アメシストって魔女と話をしたり、『水晶とあなた』って本を読んだりしてるから、また変わるかもな。

エドナは、その本全体をたわ言だと言う。ただエドナはかなり強い精神を持っているほうだ。エドナは、おれの宗教みたいなものだ。おれも数年前に改宗した。

農園の連中、つまりグルの連中については、十年前やってきたときにちょっとした騒動を起こしている。いや六十年代だったかもしれん。意識したときにはもうしばらく居ついてたようにも思える。妻はまだ生きていた。とにかく、宗教と力関係が何かしらぐちゃぐちゃになっているケースだ。こういうのは例外がありそうでないわけだが。

やつらがイーサに来たとき、しこたま大金を持っていてだいぶばらまいた。こっちのほうにはあまり投げてくれなかったが。古い農園屋敷と隣接する三十エーカーの牧草地を買ったんだ。周囲にフェンスを作って、クソなことにそのフェンスに電気を流しやがった。牛が入ってこないよう微弱なショックを与えるとかそういうんじゃなくて、蹴っただけでゾウが死ぬようなやつだ。古い屋敷を改築して納屋や小屋を建てて、発電機も置いた。フェンス内の連中は、フェンス内のほかの連中とすべてを共有することになってた。フェンス外からは、いちばん上のグルがほかのやつより多くモノを共有しているように見えたんだが。そこは力関係の部分だろう。社会主義。ペストじみた社会主義。ネズミが媒介してワクチンはない。正直ここいらのやつらは動揺してたよ。鉄のカーテンの向こうの全人口に、カリフォルニアのヒッピーも加えたのが、来週の火曜日にでも引っ越してくると思っていた。市民の権利を守るために州兵を連れてくるとか噂してた。個人的には州兵よりヒッピーのほうがいいな。ヒッピーは非武装だからな。臭いだけで殺したとかいう噂もあるが。だが当時ここには包囲戦だという見立てがあった。農園内にこもるのは電気柵と社会主義で、農園外にこもるのは外国人でなく白人で、誰とも何も共有しないという市民の権利だった。

初めはグルの連中がオレンジ色のTシャツを着て町に入ってきて、ちょっとした買い物をしたり、礼儀正しく話したりしてた。若者たちも屋敷に招待された。彼らは当時そいつを修行村《オシュ・ロム》とか呼んでたな。コリーから、マリーゴールドのある祭壇とグル・ジャヤ・ジャヤ・ジャヤの大きな写真のことを教わった。だが連中も本当は気さくなやつらでないし、親しげな応対をされることもなかった。たちまち町へはやってこなくなって、ただオレンジ色のビュイックを走らせて自動車用の門を出入りするようになった。そのうちにグル・ジャヤ・ジャヤ・ジャヤがインドからオシュ・ロムを訪ねてくることになっていた。が、一度も来なかった。その代わり南米へ行って、ナチス残党の老人のためにオシュ・ロムを設立したとかいう話だ。ナチス残党の老人どもなら、おそらくオレゴンの若者よりも共有できる金はたんまりあっただろう。それか、オシュ・ロムを見に来たが、連中が言ってたほどのところではなかったとかな。

Tシャツが色あせたり、ビュイックが壊れたりするのを見ていると何だか気が滅入ってくる。ビュイックは三台以上あるとも思えないし、オシュ・ロムには十人十五人も残っているとも思えん。連中は今でも野菜類を育てていて、ナス、いろんな種類のピーマン、葉野菜、カボチャ、トマト、トウモロコシ、豆類、ブルーベリー、ラズベリー、イチゴ、マリオンベリー、メロンを栽培している。質はそれなりにいい。気候の変化が激しいここで、作物を育てるにはちょっとした技術が必要だ。きれいに灌漑をしていて、農薬も使わない。虫を手で摘み取ってる姿も見られてな。何年も前に、うちの青果売り場に出さないかと取引をしたが、後悔はしていない。イーサは自給自足の場所みたいなもんだ。コテージグローブやプリンビルの業者とは、いつもの所在移動があるたびに、切り替えていたからな。今週は山の反対側にあるからと、詫びの電話を入れて、カンタロープメロンをキャンセルする羽目になる。グル連中との取引は簡単だ。連中はこっちと一緒に位置転換してくれるからな。

やつらが有機栽培以外で何を信じてるのかは知らん。グル・ジャヤ・ジャヤ・ジャヤは熱心な信仰を集めているのかもしらんが、たぶん人間は何でも信仰することができる。まあ、こっちもエドナを信じてるしな。

アーチー・ヒドゥンストーン

父さんは先週も町で足止めを食らった。所在地が東に戻るか確かめようと、しばらく様子を見ていたようだが、とうとう旧式のフォードをユージーンまで運転してマッケンジー川沿いのハイウェイを遡って牧場に戻っていった。滞在したいとは言うものの、そうしてしまうとチャーリー・エチェヴェリアが何かしらの問題を起こしてしまう。だから二晩とか三泊以上その場所から離れようにも離れられない。こんなふうに沿岸部に町が出現してしまうと、父にとってはたいへんだ。

父がぼくに戻ってきてほしいと思っていることはわかってる。ぼく自身もそうすべきだと思う。父と暮らすべきなのだ。母さんには、イーサがそっち側に出ているときに会えばいい。いや、そうじゃない。自分が何をしたいのか、心を整理しておかないと。ぼくは大学に行ったほうがいい。この町を出ていったほうがいい。抜け出すべきだ。

グレイシーはぼくと会ったことがないと思う。彼女と会えそうなことをぼくは何もしていない。セミトレーラーも運転してないし。

できるようにならないと。ぼくがトラックを運転したら、彼女も見てくれるかも。1-5を出れば、または84から下りてくれれば、イーサを通過できる。彼女がのぼせてたあのクソも、去年の夏には何度も来てた。いつもセブンイレブンにゲータレードを買いに来てた。ぼくは坊主と声をかけられて。よお坊主、二十五セントで釣りをくれよ。彼女はやつのトレーラートラックに座ったままギアをいじってた。店内には一度も入らなかった。見向きもしなかった。ジーンズを脱いだまま腰掛けてるんじゃないかなって、いつも想像してた。トラックのシートにおしり丸出しで。どうしてそう思ったのかはわからない。たぶんそうだろうけど。

クソにおうセミを運転するのも嫌だし、クソ荒野で牛に餌をやるのも嫌で、クソみたいなホステストゥインキーズを紫髪のイカれた女に売るのも嫌気がする。大学に行くべきだな。何かを学んで。スポーツカーを運転して。ミアータがいい。一生クソにゲータレードを売る気か？

ぼくはどこかにあるどこかにいるべきなんだ。

紙の月の夢を見たぼくは、マッチを擦って、そいつに火をつけた。新聞紙みたいに燃え上がって、屋根の上に火の粉を落とし始めた、燃えかすだ。母さんが食料品店から出てきて、「なら海に行く」と言った。それで目が覚めた。ヤマヨモギの丘があったところに海の音が聞こえた。

父さんには牧場以外のところにいるぼくを誇りに思ってもらいたい。でも、父の住む場所はそこだけ。父さんはそこで暮らそうとは言ってくれない。ぼくには無理だとわかってるから。ぼくはそうすべきなのに。

エドナ

ああ子どもたちがわたしの魂を叩く、胸を叩くみたいに。だから叫びたくなる、やめて！干からびてるの！もう何年も前に飲み干したじゃない！かわいそうでいとしいおバカなアーチー。あの子にいったい何をしてあげられるだろう？父親は自分に必要な荒野を見つけた。アーチーが見つけたのは、離れるのが怖くなるような小さなオアシスだけ。

紙の月の夢を見たわたし、アーチーがマッチの箱を手に家から出てきて、それに火をつけようとしたから、怖くなったわたしは海に飛び込んだ。

エイディは海から来た。あの朝、あの浜辺には彼以外の足跡がなくて、波打ち際からわたしに近づいてきた。最近、男たちのことばかり考えている。ニードレスのことばかり考えてる。なぜかはわからない。わたしが彼と結婚しなかったからか。そうしたわけ、そうなった原因、思いつくのはいくつかある。でもどれも筋が通らない。トム・サンと寝るなんて誰が思いつく？　でもわたしはそんな求めを、どうやって断り続ければいいのか。通りを挟んでわたしを見るたびに、いつもあいつの股間がはち切れそうになる。あいつと寝るのは、洞窟内で寝るようなもの。暗くて居心地が悪くて音が響いて、クマが遠くから戻ってくる。骨。でも燃え盛る炎。トムの真の魂はあの燃え盛る火。でもあいつはそれに絶対気づかない。あいつはその火を飢えさせ、湿った灰でくすぶらせ、自分自身を洞窟にして、自らその冷たい地面に座って骨をしゃぶる。女たちの骨だ。

でもモリイはそのあいつの炎から掠め取った燃えさしだ。モリイが恋しい。今度また町が東に移ったら、ペンドルトンに行って、娘と孫たちに会いに行こう。あの子からは来ない。イーサのさまよいかたが気に入らなかったのさ。あの子は一ヶ所に落ち着くタイプだ。始終動き回ると子どもたちが不安になると言う。わたしの見てきた限りでは、あの子がよくないかたちで不安になったことなんてなかったんだけど。きっと反対しているのは夫のエリックだ。あいつは俗物だ。刑務所の職員。なんて仕事。毎晩みんなが閉じ込められている場所から出てくるなんて、鎖付きの鉄球でご満足？　泳ごうとするならお前を沈めるぞ。

エイディはどこから泳いできたんだっけ。どこか深いところ。ギリシャ人だと言ってたり、オーストラリアの船で働いてたと言ってたり、ほかのどこでも話さない言語をしゃべるフィリピンの島に住んでたとか言ってたり、海のカヌーで生まれたとも言ってたり。どれも真実ってこともありえる。その反対も。アーチーは海に行くべきなのさ。海軍か沿岸警備隊に入るのは。でもだめ、彼が溺れちまう。

タッドは自分が溺れないとわかってる。あの子はエイディの息子だから水中で呼吸ができる。タッドは今どこにいるのかね。それもまた引きずっていることの一つ、わからないこと、子どもの居場所を知らないことが。止まらないからこそ感じるのを止めたい引きずる痛み。でも時にはそのおかげで向きが変わって、気づけば別のほうを向いている。ブラックベリーのトゲに引っかかったり、引き波に引っかかったりしたときの体みたいに。月が潮を引かせるように。

ずっとアーチーのことを考えていた。ずっとニードレスのことを考えていた。彼がスークに目を向けるのを見てからずっと。何のことかはわかってる、自分が見たあの別の夢のこと。アーチーの夢を見たすぐあと、何かの夢を見て、それがつかみがたくて、何だか長い長い砂浜にいるみたいなので、確かわたしは砂浜に打ち上げられてて、そう、そうだ、浜に打ち上げ取り残されて、身動きができなくて。干からびていたから水に戻ることもできなくて。そのとき、誰かが浜辺のはるか遠くからこっちに向かって歩いてくるのが見えて。彼の歩く先の砂浜に足跡があって。その足跡を踏むたび、足を上げたときにはもう消えていて。そのまままっすぐこっちに向かってきて、もしたどり着けば、わたしは水中に戻れて大丈夫だとわかった。近づいてきてそれが彼だと悟った。ニードレスだった。妙な夢。

アーチーが海に行ったら、溺れてしまう。あの子は父親のように荒野の人間だから。

スーキー、そうスークはトビー・ウォーカーの娘。本人も知ってる。以前彼女が教えてくれたのであって、わたしが教えたわけじゃない。スークはわが道を行く子。彼が知っているかはわからない。知らないと思う。目と髪はわたしと同じ。だからほかの可能性もありそうだった。訊かれない限り言わないのが正しいことなんだと思う。トビーには自分に確信があったから訊いてこなかった。でもわたしも、その夜のことは覚えてる。彼女を身ごもった瞬間のことはわかってる。海に飛び込む魚のように、川を遡って岩や瀬を飛び越えて輝く鮭のように、自分のなかで子種が跳ねるのを感じた。トビーは以前、自分には子どもができないと言っていた——「どんな女性とでも生まれん」と悲しそうな顔で言った。その夜、彼はそばに寄り添って、自分がどこから来たのかを教えてくれた。でもわたしからは訊かなかった。たぶんわたしにも確信していることがあるからね。自分には人生は一つしかないし、広がりもないし、隠れ場を歩く自由もないってこと。

それでもわたしは彼に言った、そんなの大したことじゃないって、わたしがその気になれば念じるだけで妊娠できるからって。それでたぶん実際そうなった。スーキーを感じて、サケのように赤く素早く輝くように生まれ出てきた。彼女がいちばん美しい子どもで少女で女性。あの子は何だってここイーサに留まろうとするのかね？　エマみたいな未婚の年増教師になりたいの？　ガソリンを入れたり、パーマをかけたり、食料品店の店員になったり？　ここで誰に出会えるっていうの？　まあ、わたしがちゃんと会えたかどうかも誰にもわからない。あの子は言う、好きだよ、これから目覚める場所がどこかわからないのも好き。あの子はわたしと似ている。でもまだ引きずっているものがある、乾いた憧れがある。ああ、わたしは子どもを持ちすぎたのかも。わたしは北緯四十度の羅針盤のように、こっちへ、あっちへと曲がっていく。でも最後はいつも同じ道を行く。うしろに消えていく足跡に自分の足を合わせていく。

山からの下りは遠い道のり。足が痛む。

トビニー・ウォーカー

人間は時間を縛る動物だと、ひとは言う。そうだろうか。われらのほうこそ時に縛られ、時間に制限されておる。われわれはある場所から別の場所へと移動するが、ある時間から別の時間へと移動するのは、記憶と心、夢と予言のうちだけだ。ただし時間はわれらを旅する。われわれをその道として用いて、止まることなく常に一方向へと進む。このフリーウェイには出口がない。

〈われら〉とあえて言うのは、自分ももう帰化市民だからだ。以前は市民ではなかったのだ。かつてのおのれにとって時というのは、エマの猫にとっての裏庭のようなものだった。境界線も柵も関係なかった。だが立ち止まることを、定住することを、参加することを余儀なくされた。今の自分はアメリカ人だ。遭難者だ。悲嘆にくれた。

正直のところ、イーサが留まらずさまようのは、おのれのせいなのかもと思っとった。事故の影響だ。自分がまっすぐ歩く力をなくしたことで、位置関係にねじれを与えたのだろうか？

自分の移動が止まったから、町が移動し始めたのか？　だとしたら、その仕組みがわからん。筋は通っておるが、事実とは思えん。ひょっとすると自分の責任から逃れているだけなのかもな。だが自分の覚えとる限り、イーサが町であったときから、そこは紛れもなく常にアメリカの町で、人が出ていくようなところではなかった。そこに住んでおっても、そう思うことなどないような場所なのだ。何かが欠けておる。不安定になっておる。山脈のあいだのどこかへ逸れて、ほかのところで欠けておったものをある次元で補うのだ。動き続けなければ、モールに捕まってしまう。どこかへ行ったところで誰も驚かない。白人男性には自らの重荷がある。そしてどこにもその重荷を下ろす場所がない。町を出るのは簡単だが戻ってくるのは厄介だ。出てきたところへ戻ってみても、新しいモールの駐車場と風船でできた黄色い巨大な微笑みピエロしかおらん。そんなものだけが、そこにあるべきものなのか？　そう思ってはいけない、さもないとこれから持つものがすべてになってしまいかねない――アスファルトと、軽量コンクリートブロックと、少年の微笑むピンぼけの写真だけ。その子はほかの多くの人間とともに殺された。それ以上のものもあるにはある、そのなかに過去の栄光がある。だがたまたま以外では見つけるのも難しい。ロジャー・ヒドゥンストーンだけが、旧式フォードや老馬に乗って好きなときに戻ってこられる。なぜならロジャーが持っておるのは荒野と本物の心だけだからだ。そしてもちろんエドナはどこにおっても、そうだ。そこが彼女の生きる場所だからだ。

予言をしよう。スターラとロジャーがお互いの優しい腕で抱き合って寝るのは、彼女が十六、彼は六十のときだ。それと同じころ、グレイシーとアーチーはホホヴァー族への道中、後部座席のマットレスで愛し合いながらその小型貨物車《ピックアップ》を揺らしてぐちゃぐちゃにする。そのころアーヴィン・マスとトマス・サンが修行村《アシュラム》の農民たちと酔っぱらって一晩中踊って歌って泣いており、同時刻エマ・ボドリーとパール・アメシストが猫と水晶に囲まれながらお互いの輝く瞳を長々と見つめあい、同じ夜、ついに店主のニードレスがエドナのもとにやってくる。彼のもとに彼女が生むのは、まさに喜びの子どもだ。そしてオレンジの木がイーサの通りに花を咲かせるだろう。

（訳＝大久保ゆう）

四時半

Half Past Four

新生活

スティーヴンは顔を赤らめた。脳天の禿げた色白の男が鮮やかなピンク色に染まる。彼はアンを片手でハグし、頬にキスを受けていた。「久しぶりだね、ハニー」とどうにか体を離し、目を合わさないようにしながら必死に微笑もうとする。「エラは出かけたところだよ。ちょうど十分前にね。ビル・ホビー宛にタイプするものがあったんだ。戻ってくるまでいなよ。おまえに会い損ねたらすごく悔しがるから」

「わかった」とアン。「ママは元気だよ。流行りのインフルエンザに罹ったけど、ほかの人みたいにひどくはならなかった。みんなは大丈夫だった?」

「ああ、大丈夫。コーヒーでもどうだ? コーラがいい? 中に入りなよ」スティーヴンは脇にどいてアンを先に行かせ、淡褐色の木製の家具がひしめく狭いリビングを抜けてキッチンに入っていくと、金属製の黄色いブラインドから差し込む陽の光がカウンターに滲んだ縞を描いていた。

「うわ、暑い」アンは言った。

「コーヒーがいい？　エラとよく飲むデカフェのシナモン・モカとか。たしかに暑いな。今日が土曜でよかったよ。この上のどこかにあるんだけど」

「別にいいよ」

「コーラは？」スティーヴンは戸棚を閉めて冷蔵庫のドアを開けた。

「じゃあそれ。もしあれば、ダイエット・コーラがいい」

カウンターの脇に立った彼女は、彼がグラスと氷と二リットルくらいのコーラのペットボトルを出すのを眺めていた。このキッチンの戸棚や冷蔵庫のドアを、我が物顔で開けて回って覗くようなことはしたくなかったし、自分のうちのようにブラインドの角度を変えて日差しを遮ることもしたくなかった。スティーヴンが細長いプラスチック製のコップにコーラを入れたので、それを半分飲んだ。「いいね」と彼女は言った。「悪くない」

「外に行こう」

「野球じゃないよね？」

「ガーデニングしてたんだ。トディと」

アンはその少年は母親と出かけたものだと思っていた。というより、母親にいつもくっついている存在だと思い込んでいた。アンはエラがいないならトディもいないと予想していただけに、がっかりした。

アンの父親は、アンを家に入れたときと同じように、向かうほうを指して彼女を先に行かせた。彼女を裏口へ導き、脇にどいて先に行かせ、洗濯機と乾燥機とモップの入ったバケツとほうきの横を通って網戸へ向かい、コンクリートの段差を下りて裏庭へ出ていった。

彼は網戸を片足でバタンと閉めて、家の壁のすぐ前にある花壇と灌木で仕切られた芝生とのあいだに伸びるレンガの通路――幅はレンガ二つ分――で、彼女に並んだ。芝生には、白塗りだが剥げた箇所が錆びている小さなスチールチェアが二つあり、それらはセットのテーブルを挟んで向かい合っていた。トディはその奥の、裏庭を囲む低木の陰で咲く大きなアベリアの近くで、背を向けてしゃがんでいた。

トディの体は以前見たときよりも大きく、成人のように広い背中をしていた。

「ほらほら、トディ。アンが来たよ！」とスティーヴンは言った。日焼けした白い肌はまだピンク色だった。赤面しているのではないかもしれない。暑さのせいかもしれない。その囲われた庭では、白い家の壁から照り返すギラギラした陽の光が、暖炉の炎のように皮膚を焼いた。このひとは「お姉ちゃんだよ」と言うつもりだろうか？　彼の声は陽気で大きかった。それでもトディは返事をしない。

アンは庭を見回した。そこは床が芝生でできた、風のない空間だった。背の高い緑の壁に、眩しい天井。雑草が生えていても、土に汚れた感じはせず、淡い色の綺麗なポピーがホースのラックの隣で揺れている。アンは振り返ってポピーを見た。芝生の奥の陰でしゃがんでいるずんぐりした人影には近づかない。トディを見たくなかったのだ。父親は彼女を無理にトディのそばに行かせて対面させることはできなかった。トディのことを恐れていたら、アンの赤ん坊を守ろうとしただろうが、それは愚かなことだし、偏見だ。「これ、とてもすてき」と彼女は言って、ゆったり開いたポピーの柔らかい花びらに触れた。「綺麗な色。いい庭だね、パパ。こまめに手入れをしたんでしょ」

「裏庭に来たことなかったっけ?」

アンはうなずいた。ベッドルームにすら入ったことがない。スティーヴンとエラが結婚してから三度か四度この家を訪れたことはあった。一度は日曜のブランチだった。エラがリビングで料理をトレイで振る舞い、トディはTVに釘付けになっていた。アンが初めてこの家に来たのは、エラがまだスティーヴンの妻ではなく部下の女性販売員だったときだ。スティーヴンが書類か何かを渡しておこうとして、車に乗せていたアンと一緒にエラの家に立ち寄ったのだ。アンは高校生で、父親とエラが靴のオーダーについて話し合っているあいだ、リビングでぼうっと立っていた。アンはエラに知的障害のある子がいることを知っていた。部屋に来ないでほしいと思っていたが、見てみたくもあった。エラの夫が何らかの原因で急死したとき、アンの父親はディナーで真剣にこう言った。「よかったな、あの二人はあの家をもらえるんだな」。するとアンの母親はこう言った。「かわいそうに、気の毒な子、ほらあの、ダウン症なんだって」。父親と母親はダウン症の人間が普通どう死ぬか、そして死が救いになることを話した。けれども、息子はまだ生きていたし、スティーヴンはその家に暮らしている。

「日除けが欲しい」とアンはスチールチェアのほうに歩いていった。「こっちで話そうよ、パパ」

スティーヴンは彼女についていった。椅子に座った娘は、サンダルを脱いで裸足の足を芝生で冷やしていたが、彼は立ったままだった。彼女は彼を見上げた。彼の毛のない額の曲線に陽の光が輝いていた。広くて見栄えがよく、混み合った顔面の上部にある剥き出しの丘だった。顔は平凡。パーツが寄っている――顎、平べったい唇、鼻の穴、ふっくらした鼻、小さいがパッチリした不安げな青い目。カリフォルニアのばかでかい丘のような額だけが空いていた。

「ねえ、パパ」とアンは言った。「最近どうしてるの？」

「順調。とても順調」と彼は少し顔を背けた。「〈ウォールナット・クリーク〉は順調にいってる。ウォーキング用のシューズが売れてる」彼はかがみ、硬くて短い芝生から小さなタンポポを抜いた。「ウォーキング用はランニング用よりモールで倍売れる。で、おまえは仕事を探してるんだろ？　クリムと話したか？」

「うん、何週間か前に」アンはあくびをした。まだ暑い上に新しい土の匂いのせいで眠くなったのだ。彼女は何にでも眠くなる。目を覚ますと眠くなった。またあくびをした。「ごめんごめん。六月に仕事があるかもって言ってた」

「いいぞ。よかったな。いい会社だぞ」とスティーヴンは庭を見回しながら言った。そして二、三歩彼女から離れた。「いいつながりだ」

「でも、わたしは赤ちゃんがいるから七月から働けなくなる。だから、いいのかな」

「ひとと知り合えば、何かのきっかけになる」スティーヴンはぼんやりと言った。彼はアベリアに近い芝生の端に行って、元気よく大きな声で「おーい、すごいじゃないか、トディ！ほら、見てくれ、自慢の息子だ。すばらしい」と言った。

真っ黒い髪の下の青白いぼやけた顔が、暗がりで一瞬彼のほうを向いた。

「すごいぞ。やり切ったな。おまえは本当に土いじりがうまい」スティーヴンは振り返り、とろけていく白い空気の向こうのアンに日陰から話しかけた。「トディはここに花をもっと植えようとしてるんだ。秋に咲かせるように球根とか」

氷が溶けてできた水を飲み干したアンが、ドワーフチェアから立ち上がると、白いTシャツが椅子の錆で汚れていた。父親のそばに行き、土がほじられた場所を見る。その大柄な少年はじっとしゃがみ込んだまま、園芸用の熊手を持って頭を下に傾けていた。

「ほら、あの角までやってみたらどうだ？」とスティーヴンは前のほうを差した。「あそこまで掘ってみるか」

少年はうなずき、力強くゆっくり掘っていった。両手は白くて分厚い。短くて幅の広い爪に泥が入り込んでいた。

「あのバラの木まで全部掘ってしまってはどうだ。球根を植えるから間隔を開けて。うまくやるんだよ」

トディがまた彼を見上げた。アンはそのぼんやりした口もとを、その黒髪がかかった上唇を見た。「うん、うん」とトディは身をかがめて作業を始めた。

「バラの木のところで曲がろう」スティーヴンはアンをチラッと見た。彼の顔はリラックスしている。顔のパーツが寄っていなかった。「この子は農夫になる才能を持って生まれた」と彼は言った。「どんな植物だって育てられる。教えてくれるんだ。そうだろ、トディ？　教えてくれ」

「まあね」と低い声が言った。頭を下げたまま、太い指を土の中でうねらせる。

スティーヴンはアンに微笑んだ。「教えてくれ」と彼は言った。

「素敵」とアン。口角を硬らせて、同情的な声を出した。「ねえパパ、わたしは健康維持機構《パーマネンテ》にいくついでに顔を出しただけだから。検査があるんだよ。これは大丈夫、キッチンに自分で置いておくから。その門から出てくれね。会えてよかった、パパ」

「もう行くのか」

「うん。近くに来たから挨拶しようと思ったんだ。エラによろしくね。会えなくて残念」彼女はサンダルに足を通した。そして空のグラスをキッチンに持っていき、シンクに置いて水を注ぎ、レンガの小道で禿げた頭に陽を浴びている父親のところに戻ってきた。彼女は石段に片足を乗せてサンダルを締め直した。「足首がすっかり腫れちゃったよ」と彼女は言った。「シェル先生に塩分はダメって言われてる。食事で塩をかけちゃダメなんだよ。卵にも」

「そうだな、塩分は控えろってよく言うよな」とスティーヴンは言った。

「そう、それ」間を置いてからアンは言った。「まあ、妊娠してるからなんだけど。わたしは血圧が高いし、浮腫の気があるから気をつけないと」彼女は父親を見た。彼は芝生の向こうを見ていた。

「ねえ、パパ、父親のいない赤ちゃんにだって、おじいちゃんがいてもいいんだよ」と彼女は言った。そして笑い、顔を赤らめた。赤い熱が顔を覆い、頭皮がチクチクした。

「ああ、その通りだ」と彼は言った。「なあ、おまえ」と言いかけたが、言い切っていたとしても彼女は理解できなかっただろう。「みんな元気でいないとな」

「そうだね。じゃあ元気でね、パパ」と彼女は彼に近寄り頬にキスした。唇に残った彼の汗の塩気を感じながら、レンガの小道を進むと門があり、そのわきにはゴミ箱があった。満開の紫のジャガランダを潜って歩道に出て、それから門を閉めた。

壊さないこと

「背中がかゆい」

アンは園芸用の熊手に手を伸ばして、弟の背骨を鉄の鉤形で優しく掻いた。

「違う。ここ」彼は胴体に腕を巻きつけるようにしてその場所を指そうとする。爪に泥が入り込んだ太い指が空を掻く。

アンは体を前に出し、指で背中を強く掻いてやった。「ここでいいの?」

「うん」

「レモネードが飲みたいな」

「あー、うん」とトッドが言うわきで、彼女は立ち上がって膝の土をはたいた。腰ではなく膝を曲げなくては手が届かなかったのだ。

クリーム色のキッチンは暑く、蜂の巣の内部みたいに閉じている。黄色い光に満ちた房室、甘い蜜の匂いがするが、空気のない場所。幼虫なら大喜びだ。アンはインスタントのレモネードを作り、細長いプラスチック製のグラスに氷を入れてから注ぎ、外に持って出て、背後の網戸を蹴って閉めた。

「はい、トッド」

彼は膝をついたまま上半身を起こして、熊手を右手に持ったまま左手でグラスを受け取った。そしてレモネードをグラス半分飲むと、それを持ったまま土を掘ろうとして身をかがめた。

「そこに置いて」とアン。「木のそばに」

彼は雑草の生えた地面にグラスをそっと置き、土を掘っていった。「いいじゃない!」アンはレモネードをすすりながら言ったので、芝生のスプリンクラーのように口からツバを噴き出した。頭が日陰に足が日向になるように芝生に座り、ゆっくり氷を噛んだ。

「掘ってないじゃないか」と、しばらくしてトッドが言った。

「うん」

しばらくして彼女は言った。「レモネード、飲みなよ。氷が溶けてなくなっちゃう」

彼は熊手を置いてグラスをとった。レモネードを飲み干すと、空のグラスを元の場所に置いた。

「ねえ、アン」と彼は言った。土を掘る手は止めていて、青白い肌を晒して肉厚の背中を彼女に向け、ひざまづいていた。

「なに?」

「パパはクリスマスに帰ってくるの?」

彼女は一瞬意味がわからなかった。眠すぎたのだ。「帰ってこない」と彼女は言った。「帰ってこないよ。わかってるでしょ」

「クリスマスに来ると思ってた」彼女の弟はほとんど聞き取れない声で言った。

「クリスマスは新しい奥さんのマリーと過ごすんだと思う。今はそこで暮らしてるんだし、自分の家だからね。〈リバーサイド〉の」

「来るかもって思ってた。クリスマスに」

「いやいや、来ないよ」

トッドは黙った。熊手を掴んで、下に置いた。納得していないのがアンにはわかったけれど、なにが問題なのかわからなかったし、面倒に巻き込まれたくなかった。彼女はクスノキの幹に寄りかかるように座った。足に陽が当たり、足に草がチクチク刺さり、胸のあいだを汗が流れる。赤ん坊が宇宙の左側の奥深くで優しく動いたのがわかった。

「クリスマスに来てって聞いてみようよ」とトッド。

「あのね」とアン。「無理だよ。パパはママと離婚してマリーと結婚したんだから。そうでしょ? パパは彼女とクリスマスを過ごす。マリーと。わたしたちはここで、いつもと同じクリスマスを過ごすんだよ」彼女は彼がうなずくのを待った。うなずいてくれたかわからなかったが、話を続けることにした。「どうしても会いたいなら、手紙でそう伝えよう」

「会いに行けるかもね」

やった、サイコーだ。こんにちは、パパ、あなたのバカ息子と生活保護を受けてるお腹の大きい未婚の娘ですよ、こんにちは、マリー！ 可笑しいけど笑うほどではなかった。「無理だよ」と彼女は言った。「ねえ、バラの木まで掘っていけば、ママが買ったカンナの球根も植えられるよ。すごくいい感じになると思う。赤い花が咲くよ。大きな赤いユリ」

トッドは熊手を手に取り、そして同じ場所に置いた。

「クリスマスのあとに来るよね」と彼は言った。

「何しに？ どうして来るの？」

「赤ちゃんがいるから」彼女の弟はぼんやりとした低い声で言った。「ああ」とアンは言った。

「そっかそっか。オーケー。ねえ、トディ。もうすぐ赤ちゃんが生まれるよね」

「クリスマスのあと」

「そう。その赤ちゃんはわたしの子ども。わたしたちの子ども。あなたとママが、子育てを助けてくれるんだよね？ それだけがわたしの望み。それだけ。赤ちゃんに必要なのはそれだけ。あなたとママだけ。わかる？」彼女は彼がうなずくのを待った。「子守を手伝ってくれるよね。赤ちゃんが泣いたらわたしに教えてね。一緒に遊んであげてね。学校にいる女の子、あなたが面倒を見てるサンディと同じように。いい、トディ？」

「ああ、わかった」弟は時折見せる男らしい淡々とした口調でそう言った。まるで、大人の男がどこかから彼を通して話しているかのように。地面に膝をついたまま体をまっすぐに起こし、ジーンズの腿の部分を両手で広げ、顔と胴体には草が照り返すギラギラした光で陰ができていた。「でも年配の親でしょ」と彼は言った。

元親だよ、とアンは口まで出かかった。「そうだけど、それがどうかした?」

「年配の夫婦にはダウン症の子ができやすい」

「年配の母親はそう。たしかに。それで?」

彼女はトッドのずんぐりした顔を、上唇の端のまばらなひげを見た。彼は目を逸らした。

「だから、その赤ちゃんはダウン症かもしれない」と彼は言った。

「うん、ありえるね。でもさあ、わたしは年配の母親じゃないよ」

「でもパパは」

「ああ」アンは間を置いてから「そうだね」と言った。ゆっくり日陰に移動し、トッドが掘り起こしたばかりの土に裸足で入った。「ねえトッド。パパはあなたの父親だよ。わたしにとっても父親。でもこの赤ちゃんの父親じゃないんだよ。そうでしょ?」トッドはうなずかない。「この赤ちゃんには別の父親がいる。あなたはそのひとを知らない。ここにはいない。〈デイヴィス〉に住んでる。わたしがいた街。パパは——この赤ちゃんと関係ないよ。興味もない。新しい家族がいる。新しい奥さん。きっと二人には子どもができる。年配の親になる。だけどこの子の親にはなれない。わたしはこの子を産む。わたしたちの赤ちゃんだよ。この子に父親はいないんだよ。おじいちゃんだっていない。いるのは、わたしとママとあなた。そうでしょ? あなたは叔父さんになるんだよ。知ってた? 赤ちゃんの叔父さんのトッド」

「うん」トッドは不満げだ。「そうだね」

数ヶ月前、彼女は泣けるときはずっと泣いていたが、今は体内にある宇宙に遠くから囲われている。あらゆる感情は彼方からやってきて、静かで滑らかで、深くて柔らかいものになる。まるで、大海原のどこかから崩れずに到達する大波のように。彼女はもう泣かないが、泣くことと、塩の味のする痛みについて考えた。彼女は園芸用の三又の熊手を手に取って、その手を伸ばしてトッドの頭を掻こうとした。彼は届かないところに移動していた。

「ちょっと、みんな」と二人の母親の声がして、背後の網戸がバタンと閉まった。

「ああ、エラ」とアンが言った。

「やあ、ママだ」とトッドは言ってから背を向けて、かがんで土を掘ろうとした。

「冷蔵庫にレモネードがあるよ」とアンが言った。

「何してるの? その古い球根を植えるの? いつだったか忘れたけど、わたしが全部掘ったんだよ。もう育たないよ。カンナは育つはず。うわー、暑い。ダウンタウンは暑いね」彼女はヒールの高いサンダルを履き、ストッキングと、黄色いコットンのシャツワンピースと、シルクのスカーフを身につけ、メイクをし、マニキュアをし、染めた髪をヘアスプレーでセットし、上下とも秘書らしくきめた服装。完璧な甲冑だ。彼女はそんな姿で芝生を横切った。そして身をかがめて息子の頭のてっぺんにキスをし、サンダルのつま先でアンの裸足の足の裏を蹴った。「二人とも泥だらけ」と彼女は言った。「あー、暑い! シャワー浴びてくる」彼女は芝生を横切り戻っていった。網戸がバンと閉まる。アンはガードルから解放された柔らかい襞を想像した。初めて体験する体内の宇宙から出てくる、ぬるいしぶきで落ちる化粧を。彼女がいる場所までのその優しい距離を。

虎

エラはノースリーブの黄色いワンピースに黒いエナメルのベルトを巻き、パーティ用の黒玉のイヤリングをしていた。髪はヘアスプレーでセットしてある。「誰が来るの?」アンはソファから訊ねた。

「昨日言ったでしょ。スティーヴン・サンディーズ」エラはウェッジヒールのサンダルを突っかけて、サーカスのポニーのようにパカパカと通り過ぎた。ヘアスプレーと香水の匂いがかすかに残る。

「それは?」

「ブティックで買った黄色のドレス」

「違う、香水のことだよ」

「発音できない」エラはキッチンから大声で言った。

「ジャルダン・バガテール」

「それね。「バガテール」の部分、ちゃんと言えてるじゃない。昔、バガテルをして遊んだなあ。それはそうと、わたしは「それくださいって」って指差して言っただけ。〈クリムズ〉でテスターを試したんだ。いい香りでしょ」

「うん。昨日の夜ちょっともらった」

「え?」

「いいからいいから」

アンはだるそうに片脚を上げ、銃の照準を覗くみたいに脚のラインをじっくり見た。爪先を扇状に広げて点検し、指をぴっと閉じ、そして広げる。「エクササイズ、エクササイズ。おーしえてくれたエークササイズ、いーつもしてるよ」彼女はもう片方の脚を上げながら元気よく歌った。「ジャルダン、ジャルダン、すべてをバガテルに」

「え?」

「なんでもなーい」

エラは赤いカンナの花瓶を持ってリビングルームに戻ってきた。「下着《ロンドン》見えてる、下着《フランス》見えてる」と言って観察した。

「エクササイズしてるよ。スティーヴン・サンドマンが来たら、ここに寝て呼吸エクササイズをするからね。ハー、アー、ハー、アー、ハー、アー、ハー、アー。そのひと、誰なの?」

「サンディーズね。会計士。出かける前に一杯飲みに来てって言ったの」

「どこ行くの?」

「新しいベトナムのお店。ビールとワインを出す許可は取ってるみたい」

「そのひと、いいひとなの？　スティーヴン・サンドパイパーだっけ？」

「親しいわけじゃないんだけど」とエラはすっと真顔になった。「まあ、オフィスで知り合ってだいぶ経つけどね。何年か前に離婚してる」

「ハー、アー、ハー、アー、ハー、アー」アンが言った。

エラはカンナを活けた花瓶を離れて見た。「変じゃない？」

「ものすごくいい。わたし、どうしたらいいの？　ここで横になって下着を見せて子犬みたいにハーハー言えばいい？」

「中庭の椅子に座ろうと思ってる」

「じゃあ、カンナは前を通り過ぎるだけだね」

「一緒にいてよ」

「一緒にいれば好印象かもね」アンは言った。腰を下ろしてあぐらのような格好になった。

「エプロンをつけてメイドになってもいいよ。エプロンある？　よくある白い小さな帽子みたいなやつも。カナッペを振る舞うよ。サンドパピーさん、カナッペをどうぞ。サンドプープーさん、カノピーをどうぞ」

「静かにして」と母親は言った。「くだらないこと言わないで。中庭、寒くないといいんだけど」彼女はキッチンにパタパタと戻っていった。

「本当に好印象を与えたいなら」とアンは大きめの声で言った。「わたしを隠したほうがいいよ」

パッと戸口に現れたエラは、口元をきゅっと締めていて、小さな青い瞳を飛行場のライトのように燃やしていた。「そんなこと言わないで、アン」

「だって、わたしはだらしないし、下着が見えてるし、髪洗ってないし、見てこの足の裏」

エラはしばらく睨んでいたが、背中を向けてキッチンに戻っていった。アンはあぐらをやめて立ち上がった。そしてキッチンの入り口に行った。

「ママ一人のほうがいいんじゃないかと思って」

「わたしは娘を会わせたいの」とエラは力を込めてクリームチーズをすりつぶした。

「着替えるね。ママ、すごくいい香り。秒殺だよ」アンは、母親の首のつけ根をクンクンと嗅いだ。その滑らかでほのかに染みのある皮膚は、母親が「やめてやめて、くすぐったい」と頭を振ってやんわり抵抗すると、柔らかな曲線のしわを二つ浮かべた。

「妖婦《ヴァンプ》」とアンは母親の耳元で情熱的に囁いた。

「やめてったら」

アンはバスルームに行きシャワーを浴びた。シャワーの音と湯気と湯のしずくを楽しみながら、ゆっくり時間をかけて浴びる。裸で廊下に出ると男性の声が聞こえたので、バスルームに飛び込んでドアを閉め、声を聞こうとして少し開けた。二人はカンナの近くまで来ていた。アンはバスルームからさっと出ると、廊下を歩いて自分の部屋に向かった。ビキニを身につけ、丸いお腹を寛容に包み込む肌触りのいいシャツワンピースをかぶる。それから、髪を指でとかしながら熱いドライヤーをかけ、口紅を塗ってから拭き取り、姿見で全身を確認すると、裸足のままゆったりと廊下を進んでいき、カンナを通り過ぎて石を敷き詰めた小さなテラスに出た。

スティーヴン・サンディーズは涼しげなキャンバス地のグレーのスポーツコートに、白いシャツをノーネクタイで着ていた。彼は立ち上がって彼女にしっかりと握手をした。笑顔を浮かべると白い歯が見えたが、白すぎるというほどではなかった。綺麗に染まった白髪。痩せていて、日焼けしていて、健康的で歳は五十前後。口元は締まっていたが、唇は紫っぽくなく、すべてが管理されていた。クールだ。だが無理はしていない。どうする？　行くしかないよ、ママ。ジャルダン・ド・ビッグ・オテルの香水をつけて！　アンは母親にウインクし、足首を交差させて言った。「レモネードを持ってくるの忘れた。飲みたかった？　アイスボックスに入ってるんだけど」エラは、西洋の産業支配から誰よりも離れている人間なので、アイスボックスとかカナッペと言ったり足首で足を組んだりしない。

アンがレモネードを入れたグラスを持って戻ってくると、スティーヴンが話をしていた。彼女は白い蜘蛛の巣のような椅子に、くるまれるように座った。行儀のいい女の子みたいに静かに。アンはレモネードを啜った。スティーヴンとエラは二杯目のマルガリータを飲んだ。スティーヴンの声は柔らかいが、ガリガリするというか、ややハスキーだ。とてもセクシーで優しい声。気が利く女の子っぽくレモネードを飲んだら、さっと消えないと。さっとどこに？　寝室のTVを見に？　え？　待って、いい天気なのに？　バガテールの庭で鬼ごっこを続けるよ。捕まえてみなさいよ。このひと、息子がなんとかって言った？

「そうだなあ」と彼はため息をついた。腹の底から深く息をはいた。上目遣いでエラを見て、苦笑いをして「本当に全部聞きたいの？」と言った。

彼女が「いいえ」と言うことになっているのだろうか？

「ええ」とエラは言った。

「わかった。長くてつまらない話だよ。法廷闘争は退屈だ。ハリウッド映画の法廷シーンとは違う。できるだけ短く言うと、マリーと別れたとき、本当に腹が立って、なんというか、途方にくれて、いくつかの合意を急いでしまったんだ。手短に言うと、彼女には息子を任せられないって結論せざるを得なかったんだ。それで、よくある争いに突入してるってわけだ。本音を言えば、面会権を与えたくないけど、必要なら妥協する。裁判官は母親の肩をもつと思うけど、ぼくは勝つ気でいるよ。勝つつもりだ。こっちには腕のいい弁護士がいる。早く進めばいいんだけどね。遅れや手続きを待つのはかなりしんどいもんだよ。あの子はもう、彼女と毎日いちゃダメだ。治療できる病みたいなものだよ。ぼくは治療法を知ってる。だけど治療をさせてもらえないんだ」うわ。強い信念と、冷静さ。揺るぎない自信。アンは彼の顔を横目でチラッと見た。ハンサムで、真面目で、優しくて、悲しい。神のようだ。もしかして、うぬぼれ屋なのかな。彼は正しいのかな。

「その、そのひとはお酒を飲んでるの？」エラは思い切って弱々しい声で言い、グラスを置いた。

「アル中かどうかは問題じゃないんだよ」とスティーヴンは抑制の効いた優しい口調で答えた。そしてマルガリータのスラッシュに目を落とした。「そのう、こういう話は苦手なんだ。

結婚して十一年。いい時間だった」

「そうね」とエラは哀れむ声で呟いた。彼の控えめな言い方に潜む苦しみに当惑した。でも、普通スティーヴンのほうが当惑するのでは?

「でも」と彼は言った。「どうしたものかな。神のみぞ知るだ。仕事はないがクレジットカードはある。養育費はどこにいくんだろうね。トッドは二年のあいだに三校通った。無秩序、自由奔放、でもそれだけじゃない。子どもが不貞に晒されている」

アンは怯えた。思ってもみなかった。借金、醜聞、機能不全。オーケー。だが、不貞は耐えられない。彼女の子を不貞に晒すとしたら。無防備で、弱くて、無力で、剥き出しの子を。子どもを産み、その子を不貞に晒すとしたら。母親になることで、女性の人生の、彼女の人生の、醜聞や、機能不全や、不貞に子どもを晒すとしたら。父親は裁判所のまっ白な命令書を携えて〈リバーサイド〉から来るだろう。そして子どもは取り上げられ保護されるのだ。二度と会えない。面会権はない。生得権もない。死産になる、母親に晒される前に、不貞によって死ぬのだ。

エラは唇を噛み目を伏せていた。スティーヴンが口にした一言ですべてを理解した。アンは聞いていなかった。「女だ」と言ったのだろうか?

「あの子をほっとけない理由がわかっただろ」スティーヴンは辛そう顔をしていなかったが、椅子の肘掛を強く握っていた。

エラは首を振って同意した。

「あと、その女の友人たち。全員、同類だ。悪びれもしない」

アンはひどい人間がゾロゾロいるのを理解した。

スティーヴンは話しているあいだ、強張って痙攣するように頭を動かした。「だからあの子はひとりぼっち。そいつらと。八歳。いい子だよ。矢のようにまっすぐだ。わたしには無理だ。耐えられない。あいつらのことを考えると。あいつらといるのを。知ってるんだ、それを」

スタッカートの破裂音がするたびに、アンは機関銃の炎に襲われるようだった。レモネードのグラスを板石に置いてゆっくり立ち上がり、かつて男と過ごした〈マルガリータビル〉の記憶から立ち去った。ぼんやり笑みを浮かべて血を流しながら。彼が彼女に撃ち込んだ穴から邪悪な月の血を、九ヶ月分の血を流しながら。背後で、彼女の母親がスティーヴンを慰めているような声が聞こえた。それから、弱々しい声で「アン?」と呼ばれた。

「ママ、すぐ戻るね」

アンがたそがれ時の薄明かりに燃えるカンナを通り過ぎるとき、エラの声が聞こえた。

「アンは大学を一年休学するつもり。妊娠五ヶ月だから」彼女は奇妙な口調で牽制するように自慢げに話した。悪びれもせずに。

アンはバスルームに向かった。シャワーを浴びたとき、着古した下着とショーツとTシャツを脱いで置いたままにしていた。だから二人が家の外に出る前に、彼がおしっこをしにバスルームに来てそれを見たかもしれないし、彼女の母親も見て死ぬほど驚いたかもしれない。彼女は服を拾った。弾痕は母親の声で塞がれた。血は涙へと昇華しエーテル化していた。汚れた服や濡れたタオルを洗濯物カゴに放り込みながらすすり泣き、感謝するように涙し、顔を洗ってから母の虎の香水〈ジャルダン・バガテール〉の瓶を開けて、香りをかげるように手と顔につけた。

インランドでの生活

ダフィ・スラングはリュックサックを背負って出ていき、振り向いて「七時ごろに戻る」と言った。彼女のバイクが轟音を立てて走り去ると、あとには静寂が残った。リビングルームに新聞の日曜版が散らばっている。正午を過ぎて、ようやく誰かが起きてきた。

「まったく、ねえ」とエラは漫画の紙面を床に落とし、「生理はいつも同じタイミングで来てくれないかな。二十四時間以内に」と言った。

「どうしたの？　よくそう言うよね。それだといいんだけど」

「うん、生理が来なくなってきてるから。まあいいか。自業自得だ」エラは鼻を鳴らす。

「コーヒーおかわり」彼女は立ち上がりキッチンへ急いだ。「飲む？」と大声で訊いた。

「今はいい」

エラは足を引きずるように戻ってきた。羽のような飾りがついたヒールの低いピンクのミュールを履いている。足を上げると脱げてしまう。

「それ、ださいよ、エラ。ほんとに」

「ダフィが通販で買ってくれたんだよ」エラはカウチに座り、コーヒーカップをテーブルに置き片足を上げてミュールを見た。「わたしにぴったりだって思ったんだって。スティーヴンが昔買ってくれたやつにそっくり。失敗だね」

「学校の授業で作ったものを親が使うはめになるパターンみたい」

「女が男のネクタイを買うのに似てる。ほんとそうだよね。わたしはペイズリーが大好きだけどスティーヴンはすごく嫌ってた。あのクネクネが虫に見えるんだって。そんなの知らなかったから、素敵なペイズリーのネクタイをいつも買ってあげてた」

「不思議じゃない？」

「何が？」

「なんて言うか、わかり合っていないってことが。二人ともそうだと思ってたっていうか、二人とも同じ場所にいると思ってたけど勘違いだったっていうか。エラのその履き物みたいなことだよ。わたしたちが相手のことを考えるのに、それを認めたくはなくてっていうか。自分を奮い立たせて、母親の家を売る相談をしようと電話をかけたこととか。やっても無駄。でもうまくいく。時々ね」

「うん」とエラは言った。「時々」と彼女はピンクのフェザーのついた両足をコーヒーテーブルの縁に乗せて、小さな明るい水色の目で値踏みするように見つめていた。腹違いの妹のアン――かなり大柄だが十五歳年下――は床に座り、漫画や広告、コーヒーカップに囲まれている。紫色のスウェットパンツを履き、無表情な黄色い丸顔《スマイリー》の赤いスウェットシャツを着ていて、丸顔のそばに〈よい一日を《ハヴ・ア・デイ》〉と書いてある。

「ママはわたしが四年生のとき作ったあのニワトリの灰皿を死ぬまで使ってた」とエラが言った。

「タバコをやめた後もね。エラ、パパのこと好きだった？」

エラは自分の足をじっと見た。「うん」と答える。「好きだったよ。本当のパパのことを全部覚えてるわけじゃないけど。パパが殺されたときわたしはまだ六歳で、パパはそれまで一年間海外にいた。ママは泣いたけど、わたしは泣きもしなかったんじゃないかな。だから、二人のパパのことを比べられないけど。ママとビルが結婚したとき、ママと一緒にいられなくなるのが嫌だった。こうやってだらだらできないでしょ。女だけでだらだらしたい。それも、ダフィと一緒にいる理由。ダフィがいいのは、その、ジェンダーじゃなくてセックスと関係あると思う。ダフィとはそこまで楽じゃない、気を張ってないといけない。ママとはすごく楽。あなたとも」

「楽すぎたり？」

「どうかな。そうかも。そこがいいんだけど。とにかく。ビルに嫉妬はしなかった。優しいひとだった。実は、彼に夢中になってた時期があるんだ。ママと取り合おうとしたんだよ。練習ってことで……」

エラは珍しく微笑んだ。薄くて長い唇がうっとりする弧を描く。

「わたし、片っ端から一目ぼれしたんだ。数学の先生。バスの運転手。新聞配達の男の子。

よくやるよね、新聞配達の男の子がやってくるのを陽が登る前から窓のところで待ってたよ」

「相手はいつも男？」

エラはうなずいた。「あのころは女性が発明されてなかったから」とエラ。アンは床の上で体を伸ばし、まず紫色の脚を片方上げてから、そのつま先を天井に向け、次にもう片方の足を上げた。「何歳で結婚したの？」と彼女は尋ねた。

「十九。若すぎるでしょ。新鮮な卵より若い。でもね、わたしはそんなに馬鹿じゃなかった。スティーヴンは本当にいい男だったんだよ。王子様だね。アンは酔ったところしか覚えてないでしょ？」

「結婚式のこと覚えてるよ」

「そうだ、介添えをしたんだよね」

「マリーおばさんの背の低いガキが指輪を運ぶ係で、わたしたちとけんかになったね」

「ああ、そうそう。マリーおばさんは泣き出して、まさか家族にマイノリティがいるなんてって言った。それでママが怒って、ビルのことはスペイン系って言ってよ、って言って、マリーおばさんはそうしたんだよね。「スペイン野郎、スペイン野郎」ってわめいた。かんかんになってた。それで、ビルの弟の獣医が彼女を聖具室に閉じ込めた。そんなわけで、出だしは悪かったね。でもスティーヴンのことは、本当に聡明で素敵なひとだったと思ってる。こんなことはダフィに言えない。なんか傷つけてしまいそう。彼女は自信がないからね。でも彼にフェアでいるために、言わなきゃいけないときもある。自分にも。彼がアル中になったのは、フェアな目に合ってなさすぎたから。それで結局、わたしは家を出ないといけなくなった。まあよかったんだけど。なるようになったよ。でも、彼がああなった理由と結末を考えると、なんていうか、やっぱりフェアじゃなかったんだよ」

「彼から連絡あった?」

エラは首をふった。

「この一年くらい考えてるけど、死んだんじゃないかな」と、彼女は静かな声のまま言った。「ずっと落ち込んでたからね。だけどもうわからない」

「真剣に付き合ったのは彼だけ?」

エラはうなずいた。

しばらくして、エラはピンクのフェザーのついた足を見ながら言った。「酔っぱらいとのセックスって、最高に燃えるかっていうとそうでもないよ。ダフィとならそうなるけど」彼女は顔を赤らめた。青白い頬が、かすかに鮮やかなピンクにふっと染まり、ゆっくり戻っていった。「ダフィはすごく優しいよ」

「彼女のこと、好きだよ」とアンが言った。

エラはため息をついた。フェザーのついたミュールを足から抜いて床に落とし、カウチで体を丸めた。「何? 告白の時間なの?」と、彼女は言った。「知りたかったんだけど、どうして赤ちゃんの父親と一緒にいたくなかったの? 嫌なやつだった?」

「やめてよ」

「ごめん」

「違う。恥ずかしい話なんだよ。トッドは十七歳。もう十八歳かも。わたしが教えたコンピューター・プログラミングの学生」アンは立ち上がって、背中を伸ばして上半身を前に倒して顔を隠すように頭を膝まで下げ、再びまっすぐ立った。微笑んでいた。

「彼はわかってるの？」

「ううん」

「中絶は考えなかったの？」

「考えたよ。でもね。不注意だったのはわたしだから。どうして気をつけなかったんだろうね。教えるのをやめたくなったよ。〈リバーサイド〉を出ていきたくなった。このベイのあたりに住んで仕事をしたい。出直して、したいことを見つけたい。仕事はすぐ見つかるから、心配してない。いずれはプログラミングの世界に入って、コンサルティングとかしてみたい。子どもを産めるし、産んだらパートタイムで働く。そして赤ちゃんと二人でゆっくり暮らしたい。わたしはあらゆることに飛び込んできたから。だけど、わたしは母親タイプだと思う。妻タイプや恋人タイプというよりも」

「わかるかも」とエラは言った。

「まあ、そんなわけでちょっとスピードを落としたいんだよ。長期プランがある。五十、五十過ぎ、六十過ぎかな、それくらいの会社役員を見つけて結婚する。ママはパパと結婚する、でしょ？」

彼女はまた上半身を膝の高さまで倒し、笑いながら起き上がった。

「バカ」とエラは言った。「バカな妹。ハネムーンに行くときは、ここに赤ちゃんを置いていっていいよ」

「エラおばちゃんと」

「ダフィおじさんも。ダフィが赤ちゃんと一緒にいるのを見たことない」

「ダフィって彼女の本名?」

「話したのがバレたら殺されるな。マリーっていうんだよ」

「怖い怖い」二人は新聞のいろいろな記事を広げては折り、ゆっくりめくった。アンはノーザンコースト山脈にあるリゾートの写真を見たり、旅行会社の広告を読んだり、ハワイへ飛んだり、アラスカをクルーズしたりした。

「マリーおばさんの小さなバカ息子はどうしてる?」

「ウェインね。カリフォルニア大学ロサンゼルス校で経営学の学位を取ったよ」

「やっぱりね」

「ねえ、何座? 魚座?」

「まあね」

「今日は長期的な計画を立てて大切なさそり座を探すのにうってつけの日です、って書いてある。これ、あなたの大切なパパのことだね」

「ていうか、十一月ってさそり座だっけ?」

「そう。二十四日までって書いてある」

「オーケー。それ、長期プランのことだね。頭に入れておく」

しばらくしてエラは「十七歳」と読み上げた。

「よーく、わかった」とアンは読みながら言った。

ミラー

河原から上がったところにある芝生の下の隅に、赤いカンナが植えられていた。その強烈な色彩の向こうには、ガンバレルブルーの川がある。赤い線と青い線が、スティーヴンのミラー仕上げのサングラスに映っていて、レンズの表面で上下に揺れ、彼の表情を不可解に変えているようだった。トッドはイライラしてそこから目を逸らした。すかさずスティーヴンが訊ねた。

「どうした?」

「ミラーサングラスはやめてほしい」

「きみが映ってるのわかる?」とスティーヴンは笑いながらゆっくりサングラスを外した。

「そんなに変かな?」

「顔にできてる縞模様しか見えないよ。映画に出てくるロボットみたいだ。ミラーサングラスはとげとげしいよ。黒人の男の人がかけたらかっこいいけど。ハンク・ウィリアムズ・ジュニア」

「ミラーサングラスをかけると守られるんだ。軟体動物の隠れ家。保護擬態。この旅行のために買ったんだ」サングラスをしていないスティーヴンの表情は柔らかい。パン生地のようでもゴムのようでもないが、時の経過で磨耗した石や木のように洗練されている。顔のしわはどれも立派で、唇や鼻やまぶたに細かい傷があるが、不鮮明なのは何年も摩擦を受けてきたせいだ。トッドは自分の大きくて滑らかな手と膝と太ももに目を落とした。自意識が不快感に対して敏感になっている。彼はサングラスを持ったスティーヴンの手を見た。

「いや、きみの言う通りだ」とスティーヴン。「とげとげしいよ」握っているサングラスの虫のように湾曲した面にその顔が映った。顔の背後には、暗い山に臨むホテルの白いファサードが映っている。「ぼくはきみを見て、きみはぼくが見えない……きみをいつも見ていたい。これをかけるとよく見えるんだ。同じようにきみに見られなくてもいい」

「顔を見たい」とトッドが言ったが、スティーヴンはまたサングラスをかけようとしていた。

「こうすると川をじっくり見られる、らしい。これをかけているとき、いつもきみのことをじっと、じっと見てる。集中して見てる。信じられないよ。きみがここに来るなんて。来たかったなんて。プレゼントをくれようとしてたなんて。きみを見るときはこれをつけないと。きみは十九。まぶしすぎるよ。何も言わなくていいよ。プレゼントだと思ってるから。ぼくにとってはこれもプレゼント」彼はミラーサングラスをかけると、滑らかで優しい声になり、何も言わせなかった。

トッドは「贈り物は反対側にも来るよ。たいていは」とあきらめずに言った。

「いや、いや」スティーヴンは呟くように言った。「たいしたものじゃないよ」

「これ全部？」トッドは赤いカンナと、白いホテルと、暗い尾根と、川を見回した。

「これ全部」とスティーヴンは繰り返した。「それとガートルードさんにアリス・Bさん。なんてこった、あの女たちは精神病院の中をさまようように追ってくるぞ。見ちゃだめだ」

トッドはすでに、二人の女性が芝生のあいだの道を川のほうから上ってくるのを肩越しに見ていた。年上の女性が先を行き、若い女性がかなり後ろのほうで釣り竿を持っていた。年上のほうがトッドを見ながらかなり大きい二匹のマスを掲げて、「朝ごはん」と大声で言った。

トッドはうなずいてVサインをした。

「彼女たちは魚釣りをするんだな」スティーヴンは呟くように言った。「鯨を捕る。ファイブスタッドポーカーをする。ジャイアントセコイアを伐採する。ミサイルを配置する。熊のはらわたを取る。神よ、どうか彼女たちから暇を奪い、我らにかかわらないようにしてください。釣りをする男臭いレズどもなんて、今はごめんだ。どこかへ行きそうか？」

「そうだね」

「よかった」湾曲した黒い表面全体で、また赤いカンナが光った。「ぼくたちが乗ろうとしていたボートが持ってかれそうだ。川に行こう」

「うん」トッドは立ち上がった。

「行きたい？　タージオくん」

トッドはうなずいた。

「ぼくが言うことに遠慮しなくていいよ。やりたいことだけして。きみが嬉しいとぼくも嬉しいんだ」

「行こう」

「行こう」スティーヴンは笑いながら繰り返して立ち上がった。

ダム湖のゆるやかに動く水面で、トッドはボートにオールを積み込んで滑り込むように乗り込み、シートに仰向けになった。

スティーヴンは彼の後ろでハスキーな声でささやくようにフランス語で歌った。「わたしの父の庭で……」

一度黙り、それから、優しい声を出した。

魂よ、それを覚えていますか
オートゥイユ駅発の　昔の電車のことを

「春休みは宿題がない」トッドは言った。

「誰にもこれを翻訳できないよ」

トッドはスティーヴンが羽のような指で左耳の縁を撫でたのがわかった。

水の上は静まり返っていた。トッドはボートを漕いで出た汗の塩気を唇で味わった。彼の後ろの舳先に座るスティーヴンは何も音を発せず、何も言わなかった。

「女性の片方がシートの下にフライボックスを置いていってる」トッドはそう言いながら見下ろした。

「どんなことがあっても彼女たちに届けるよ。ホテルのデスクに持っていく。それかボートの外に置いとく。彼女たちは待っている。これでおびき寄せるつもりなんだ。なんてあなたは親切なの、あなたとあなたのお父さんと話したくて仕方なかった、わたしはアリス・Bでこちらはガーティーで、ここは素敵だけど、男の子だけの場所じゃないよ、ここは〈レズビアンの爆発〉」

トッドは笑った。また耳のあたりに羽根が触れる感じがした。くすぐったいのを堪えながらもう一度笑った。

彼がボートでひじをついて横になっていると、無色の空と、日の光に輝く一筋の尾根しか見えなかった。

「あのさ」と彼は言った。「あなたは彼女たちを勘違いしてる。昨日の夜、あの女の子は、コックのマリーっていう女の子に話しかけてたでしょ。テラスでさ、ぼくがマリファナをやろうと部屋から出たとき、昨日の夜遅くに。彼女は兄が死んだから母親とここに来たって話してた。母親は兄の看病やらなんやらをしてた。ずっと病気をしてたか脳をやられたみたい。兄が死んで、彼女は母親に休憩や気持ちの切り替えをしてもらいたくて連れてきたんだ。つまり、本当は母親と娘だってこと。ぼくがホテルに入っていったときに宿泊客名簿を見たら、エラ・サンダーソンとアン・サンダーソンって書いてあったよ」

トッドの背後はずっと静かだった。頭を後ろに傾けていくと、逆さまのスティーヴンの顔と、空を映す黒いサングラスが見えた。

「それは重要なの？」スティーヴンの声はひどくもの悲しかった。

「ううん」

トッドは頭を上げて、ダムで山陵が狭くなっている場所の向こうの、色のない水の向こうの、色のない空を見た。

「ぜんぜん重要じゃない」と彼は言った。

「ぼくはボートを沈められるよ」と彼の後ろで、悲しげな優しい声が言った。「石と同じように」

「そうだね」

「わかった……？」

「うん。ここが真ん中。水と空の。だから沈むのは宙を舞うことだね。重要じゃない。真ん中では。さあ」

だいぶ時間が経ってから、トッドはシートに座り直し、オールをもう一度セットし、音のない長いストロークでダムの縁から漕ぎ始め、ダムの縁から離れていった。彼は周りを見なかった。

土塁

アンの父親は最近、牧場の家を下ったところにある泉で池を作った。昼食をすますと、二人は歩いて池を見に行った。馬たちは池の向こうの草のない金色の高い丘をじっと見ていた。最高水位を示す水線から夏季の水線まで、土手は草がなくぬかるんでいて、そこは赤身がかっていた。いくらか大きすぎるボートがとても小さな波止場の脇に引き上げられていた。水着姿の二人はその波止場で腰を下ろし、ぬるい水の中に足をたらしていた。昼に食事をとりすぎ、ワインを飲みすぎていたので、泳ぐにはもう少し時間を置きたい。赤ん坊はハイハイせず寝ているようだったが、眠っているのが左右に三十センチから六十センチの距離に水がある場所だったので、アンはなんとなく落ち着かない。だから赤ん坊の様子を頻繁に確認していたし、赤ん坊が寝ているフランネルの毛布に片方の手でずっと触れていた。過保護な気持ちを隠したり自分に言い訳をするように、赤ん坊に目をやるたびに、頭を日差しから守ってあげようとして脱いで被せたコットンのシャツを動かした。

「それじゃあ」と父親は言った。「おまえの暮らしぶりを教えてくれ。住んでる場所。同居してる女性のこと。まずはそれを」

「サン・パブロにある古い家の一階。寝室は二つ。トディの部屋にはウォークインクローゼット。上の階には日本人の老夫婦。近所の人は少しガサツだけど、素敵な人が大勢いる。わたしたちの地区は問題ない。これでいい？　それと、マリー。彼女はレズビアン。わたしたちは別々に暮らしてる。彼女はトディに興味がある」

「え?」

「子守を手伝いたいんだって」とアンは緊張しながら急に笑ったが、その声は本物だった。

「彼女はコンピュータのプログラミングとカウンセリングをしてるから、家で仕事することが多いんだけど、育児はうまく分担できてる。それぞれにワイフがいるからかも」

「いいね」とスティーヴンは言った。

「一人じゃできないことをお願いできる。そうやって退屈な作業もこなしてる」

「おれが結婚した女たちとは違うな」と彼女の父親は言った。「じゃあ、もう男に興味がないんだな」

「ないよ。今言った通り、マリーとわたしは別々に住んでる。彼女にはレズビアンの友達がいる。わたしにはストレートの友達が多いけど、今はまあ、男にあまり興味ないな。そのうちまた男が気になるようになるんだろうけど。辛くはないよ。わたしはこの赤ちゃんが欲しかった。今はできるだけ一緒にいたい。子守は不規則になるけど、出かけるときはマリーにお願いできるし、この子が起きてるときはたいていわたしがいる。そんなわけで、今は本当にいい感じ。そのうち変わるんだろうけど……」

彼女は話しながら父親の存在を感じた。三十から六十センチの距離に座っている。物理的な圧力。大いなる苛立ち。父親はブルドーザーの刃のように、高くて硬い反り返った実物の凶器のようだった。この土地の主にはすっきり除去する権利がある。奇妙な子育て、半端なカップル、住まいが別々の同性愛者、隠れ家、その場しのぎ――こういう下草を一掃してもいいのだ。刃が前に来た。
「ペニーと離婚してから、これまでの人生をじっくり振り返ってみた。ここに座ったり、牧場の周りでドリーに乗りながら」彼女の父親は話しているあいだ高い丘にある池を見渡し、草を食む牝馬と子馬や白い去勢馬を眺めた。「二度の結婚のことを考えたよ。なぜか特に一度目のほうを。わかってきたんだ、おれはペニーと結婚する前すべてをごまかしてたんだ。おれはおまえの母親に与えられた苦しみをうまく処理してなかった。否定したんだ。マッチョ、タフガイ。本物の男は苦しみを感じない。いつまでもこんなバカな考えをしてたっていい。だけど、しまいには捕われてしまう。そして気づくんだ。自分を苦しめていただけだって。というわけで、もっと昔に片づけておくべきだった問題を今ごろ片づけてるってわけさ。もう手遅れなこともある。ずっと時間を、結婚生活を無駄にしてたって事実に向き合わなきゃいけない。最初の結婚の処理すべき問題から始めて、終わる。なるほど、オーケー。取り戻したり、失ったり。だから優先順位をつけてる。何が重要か。最初にどれを考えるべきか。こうすることで、自分の本当の失敗が何かわかってきた。何だと思う？」

彼がライトブルーの澄んだ瞳であまりに鋭く見つめたので、彼女はたじろいだ。彼はうっすら笑みを浮かべ、彼女が何と言うか注意深く待った。

「ママとの離婚かな」彼女はそう言うと、俯いて言葉を飲み込んだ。うまくいってなかったことをわかっていたのだ。彼が口を開かなかったので顔を見た。まだ笑みを浮かべていた。なんてハンサムなんだろう。ローマ帝国の将軍にそっくりだ。短く刈り込んだ髪にシルバーブルーの瞳、細長い唇に尖った鼻、首には牛の革ひもで作った平原インディアンのビーズのお守り。よく日焼けしている。彼は夏場の牧場では、ショーツにビーチサンダルという格好か、裸でいた。

「それは失敗じゃない」と彼は言った。「離婚は正解だったよ。ここを買うことも。次へ進まないといけなかったから。エラは次に進む気がない。行動し、移動し、成長することができない。彼女の強みは動かずにいることだ。まったく、なんて長所だ。でもそこにすべてがある。だから周りにクソが積み上がっていくし、彼女はそれを除こうとしない。まいったよ、それで壁を作るんだから。クソの要塞。自分を守るためだ。ありえないけど、変化から身を守るために。ありえないけど、自由から身を守るために。おれは彼女の要塞を突破しないといけなかった。息苦しかった。生き埋めだった。彼女を連れ出そうとした。でも来ようとしなかった。動こうとしなかった。エラは決して自由を利用しなかった。自分自身の自由であれ、他人の自由であれ。おれはそのころ、死ぬほど自由が欲しかったから、何としてでも手に入れようとした。それで失敗したんだ」

彼女は結局その失敗が何のことかわからずじまいだったが、彼が何も言わなかったので、口に出さないといけなかった。「よくわからないんだけど」そう言いながら、きっと自分に関係のあることだと思い、胸が苦しくなった。そして眠っている赤ん坊を肩越しにチラッと見た。

「おまえを置いていったことだ」と父親は静かに言った。「親権は争わなかったことだ」

彼女は理解した。それが彼にとって大切なことだったし、彼女にもそのはずだったということを。それでも胸がひたすら苦しくなった。斜めに土に入り込んですべてを根こそぎにする刃に押しやられているようだ。彼女は赤ん坊に目をやり、その子の脚が日差しから隠れるように、必要ないのにワイシャツの裾をわざわざ動かした。

「彼女はね、今さらそれを考えてもって思ってる」父親の穏やかな声が聞こえた。

「そうなんだ。毎年夏は会うようにしてたけど」と彼女は顔を赤らめた。

刃が前に動く。地面を平らげ、すっきりさせる。「生きていくには自由が必要だったし、おまえも監獄の一部だと思ってた。エラの一部。おまえと彼女を切り離すことなんて無理だった。わかるか？　彼女はその可能性を考えることさえ許してくれなかった。おまえは彼女だった。おまえは彼女の母性で、彼女は偉大なる母だった。彼女はおまえを土塁の壁にしっかり取り込んだ。そしておれがそれを買った。おまえが男だったら、おれは現実をもっと早く理解できたと思う。おまえに自分の姿を見ただろうし、権利を主張したと思う。おれにはおまえをクソの要塞から、土塁から取り出す権利がある。おまえが自由でいる当然の権利を与えるおれの権利。そうだろ？　でもおれはわからなかった。考えなかった。ただ逃げたんだ、おまえを人質として置き去りにして。それを認めるのに十二年かかった。認めてることはわかってくれ」

アンは、尻の脇にいる赤ん坊の毛布の端についていたエノコログサをとった。「うん、わかった」と彼女は言った。「たぶんそれでよかったんだよ、とにかくママとわたしには。ペニーは十代の継子が周りにいるのを嫌がる」

「おれがおまえの親権を求めて、もし争っておれが勝っていたら、ペニーが望むものも望まないものも、どうでもよくなってただろう。彼女と結婚しなかったと思う。ある失敗が別の失敗を生む。おまえはここに住んでたかもしれない。夏はここにいたかもしれない。いい学校に通ったかもな。四年制の大学――イースタンスクール、スミス、ヴァッサーとか。サン・パブロでレズビアンと同棲して電話会社で夜勤なんてしてないかもしれない。おまえを責めてるんじゃない。自分を責めてるんだ。どうしてエラは変わらないんだ。変わらないにもほどがある。おまえを混ぜ込んで、自分がいる土に、未来のない罠に閉じ込めようとした。アン、おまえは子どもの未来にどんな呪いをかけるつもりだ？」

だけど幸運にもわたしには仕事がある、とアンは考えた。物事がしょっちゅう変わらないってすばらしいよ。ていうか、ママと十年も会ってないのにどうしてわかるの？　そんなことが頭に浮かんだ。それらは影か下草にすぎず、そのなかを彼女の意識がウサギのように飛び跳ねた。

「わかった」と彼女は言った。「これまで通り、本当に大丈夫だから」そして、トディのことが気になってきて、気持ちを抑えられず父親に背を向け、眠る赤ん坊を跪いて上から覗き込み、子が目を覚ましていたふりをした。「ほら、こっち、こっちだよ。眠いんだよね」赤ん坊は首が座っておらず、目はそれぞれ別の方向を向いていて、膝の上に寝かせるとすぐに眠りに落ちた。彼の小さいけれど温くて確かな重みは、彼がそこにいることを実感できた。彼女はつま先で池の水をかいた。「心配しないで。パパ。わたしは本当に幸せだから。もしパパが幸せじゃないなら、幸せになってほしい」

「幸せなんだな」と彼は光る目で一瞥した。彼女はその蔑むような狙いすました視線に覚えがあった。それが雰囲気をひっくり返した。

「うん」彼女は言った。「話しておきたいことがある」

彼女が言葉を探しているあいだ、スティーヴンは案の定だとばかりに言った。「何かあると思ってたよ。父親について言いたいことがあるんだろ」

「そうじゃない」アンはそれをやり過ごしながら曖昧に言った。「クリニックの人たちに言われたんだけど、トディには脳の障害があるみたい。たぶん生まれたときから。だから成長が遅いっていうか。わたしたちはかなり早くから気づいてた。どの程度の障害かはまだわからないんだけど、そこまでひどくないみたい。ただ、間違いなく損傷があるんだって」彼女は赤ん坊の小さな耳のピンク色の縁を指の腹でそっと撫でた。「だからね。ちょっと考えないといけない。慣れるってことを。思ったより大ごとじゃない。でも、ある意味では大ごとだよ」

「何かしてるのか?」

「何もできないよ。今のところは。様子を見てる。観察してる。まだ五ヶ月だからね。クリニックが見つけたのは――」

「どうやって直すんだ?」

「どうしようもないんだって」

「ただ受け入れろってことか」

彼女は黙っていた。

「アン、おれの孫なんだ」

彼女はうなずいた。

「除け者にしないでくれ。父親に怒るのはいいが、男たちに八つ当たりしちゃダメだ。去勢した奴らに加わらないでくれ。まったく！　力を貸すよ。腕のいい医者を見つける。一緒に解決しよう。穴を掘って、そういう恐怖や、古くさい妻たちの物語を抱えて隠れないでくれ。子どもを窒息させないでくれ。受け入れられない。この子の誕生を台無しにした助産師の言葉なんて聞けるか。まいったな、アン。この子にそんな仕打ちはダメだ。やってはいけないことがあるんだよ」

「健康維持機構《パーマネンテ》に連れていった」アンは言った。

「健康維持機構なんかに。一流の医者や専門家や神経科医じゃないとダメだ。ビルなら推薦してくれる。家に戻ったら優秀な医者に連絡をとるよ。電話する。なんてこった。そういう話をしてたんだよ。やっぱりか。おまえを置き去りにしたのは沼地だったか。なんてこった。今日ずっとこの子とおれに挟まれてたのに、よく話さないでいられたな」

「これはパパの失敗じゃないんだよ」

「おれの失敗だ」と彼は言った。「本当に。まったく。もしおれが——」

彼女は遮った。「この子の生き方なんだよ。みんなと同じように、彼にも一番ふさわしい生き方がある。わたしたちにできるのは、それを支えること。それを見つけようよ。お願いだから、「直す」なんて言わないで。ねえ、わたしちょっと泳ぎたい。この子を抱いてて」

彼女には赤ん坊が驚き怯えてすらいるのがわかったが、赤ん坊は何も言わなかった。彼女は艶々に汗ばんだピンク色の赤ん坊を、日焼けで色あせた体毛がまばらに生えた父親の細い太ももに慎重に移した。そして父親の立派な大きな手が小さな頭を抱えるのを見た。彼女は立ち上がり、狭い桟橋の端まで三歩進んで、雨風に晒されてきた灰色の厚板に立った。水は浅く、彼女は飛び込まなかったが、バシャっと水に入るとヌルヌルした水草が一瞬足に絡まった。彼女は泳いだ。十メートルから十五メートルほど進み、そこで少し水に浮き、水をかいて振り返り桟橋を見た。スティーヴンは太陽が注ぐ中でじっと座っていた。彼の頭が赤ん坊を覆う格好になっていたので、彼女は父親の影にいる赤ん坊が見えなかった。

写真

エラは台所のシンクの古い錆を落とそうとして、漂白剤を泡立たせて擦っていると、集合住宅に住む若い女性がスティーヴンと話しているのが見えた。シンクを水で流したあと、キッチンのがらくた用の引き出しからサングラスを出して、それを食器用の布巾で少し磨いてから顔にかけて裏庭に出た。

スティーヴンはフェンスのそばにある野菜畑で草取りをしていたが、若い女性はフェンスの反対側に立っていたので、頭と肩しか見えない。カンガルーの袋のようなものに赤ん坊を入れ、胸のあたりにくくりつけていた。赤ん坊は眠っていたし、子猫の背中のような小さくてなめらかな頭以外は見えなかった。スティーヴンはいつものようにかがんで作業をしていて、若い女性のことは気にしていないようだった。ところが、エラが外に出て網戸をバンと閉める直前、「インゲン豆」と言う彼の声が聞こえた。

若い女性は顔を上げて、「あ、こんにちは、ホビーさん！」と明るい声で言った。スティーヴンはかがんで草刈りを続けていた。

エラはランドリーの付近まで来て、午後の早い時間に干しておいた服を触ってみた。スティーヴンのTシャツとエラの黄色いウォッシュのドレスはもう乾いていたが、スティーヴンのジーンズは思っていた通りまだ湿っている。洗濯物に触れたのは、表に出てきたことのただの口実だった。

「とっても素敵な庭ですね」と若い女性は言った。

八つのアパートからなる隣の集合住宅は、十年前にこの兄妹が建てたもので、その裏はセメントと車庫しかなく、かつて大きなジャカランダのあるパニスの庭があった場所だ。子どもの遊び場はなかった。赤ん坊がまだ小さいうちに、その若い女性が引っ越そうとしていたとしてもおかしくない。生活保護やフードスタンプの人たちが留まることは決してなく、無職の男性や夫のいない若い女性たちは、暑くて狭いアパートの中で大きなラジカセで大音量で音楽をかけ、夜になると麻薬を吸っていた。

「スティーヴンさんとはお店で知り合ったんです」と若い女性は言った。「先週、食料品を家まで運んでくださって。とても助かりました。わたしは赤ちゃんを連れていて、腕が取れそうになっていたから」

スティーヴンは顔を上げずに「はは」と笑った。

「こちらのお住まいは、もう長いんですか？」と若い女性は訊ねた。エラはジーンズを洗濯物干しに掛け直し、何かしようとしていた。ジーンズの縫い目を合わせて答えた。「兄は生まれてからずっとここですよ。彼の持ち家なんです」

「そうなんですか？　素敵」と若い女性は言った。「生まれてからずっと？　すごい。スティーヴンさん、おいくつですか？」

エラとしては、彼に口をきいてもらえずいい気味だ、という展開になると思っていたが、かなり間を置いてから彼が言った。「よん、四十四」

「四十四年ここに？　すごい。家もすごい」

「昔はね」とエラ。「子どものころはこのあたりのどの家も一世帯向けだった」彼女は素っ気なく言ったが、若い女性は別に上から目線ではなく、楽しくお話をしていただけなのは、一応はわかっていた。彼女はスティーヴンにちゃんと接しただけなのだ。たいていの人がするように、彼を素通りするのでもなければ、彼の右耳が少し悪いとはいえ聾者に向かうように大声を出したりすることもない。スティーヴンは立ち上がって膝の土を丁寧に払うと、芝生を横切って家に入り、網戸を足で引っ掛けるようにして閉めた。

エラは洗濯場周りにあるコンクリートでできた小さな土間に腰を下ろし、芝生に混ざっていたタンポポの塊を引っ張っていた。何年も前からそこにあり、毎年そこに生えてきたタンポポだ。根こそぎにしない限りなくならないし、根はコンクリートの下に潜り込んでいる。

「わたし、失礼なこと言いましたか？」と若い女性は乳母車に赤ん坊を移しながら訊ねた。

「いいえ」とエラ。「たぶん、あなたに見せたい写真があるんですよ。家の写真」

「素敵なひと」と若い女性は言った。彼女の声は低く、ややハスキーだ。子どもの声のように切れ間がある。かつては〈ウィスキー・ボイス〉と呼ばれていたが、単に子どもらしいだけだ。赤ん坊のいる赤ん坊、とTVで言われていた。

「あなたもずっとここにお住まいですか？　ホビーさん」

エラはタンポポの根元の土をほじっていたが、サングラスを外してその若い女性をよく見た。

「夫とわたしはリゾートホテルを経営していました」と彼女は言った。「セコイアの森の田舎、川のほとりでね。一八八〇年代に建てられたかなり古いホテルで、まあまあ有名でした。二十七年間オーナーをしていました。夫が亡くなった後はわたしがもう二年続けました。母が亡くなってスティーヴンが家を引き継いだとき、わたしは引退して彼とここに住むことにしたんです。彼は他人と暮らしたことがありません。五十四歳なんですよ、四十四じゃなくて。数字に弱いの」

若い女性は熱心に聞いた。「リゾートの権利は売っちゃったんですか？　まだオーナーなんですか？」

「売却済みです」エラは言った。

「どんなリゾートでしたか？」

「北のほうにある大きなカントリーホテル。二十六部屋。高い天井。川に面したテラス型のダイニングルーム。そこを買ったとき、キッチンと配管をすっかりモダンに作り直しました。そんなホテル。エレガントでした。モーテルの前。一週間とか一ヶ月とか滞在する人がいました。家族連れや一人客の中には、毎年夏や秋に来る人も。帰るときに次の年の予約をしていくんです。マス釣りや乗馬や山歩きもできたんですよ。モーテルの名前は〈オールド・リバー・イン〉。本にも何度か載りました。今のオーナーには〈ベッド&ブレックファースト〉と呼ばれてます」エラはタンポポの根元に指を突っ込んで、土の闇の中にある棘が生えたタンポポの根元をほじっていった。根が折れた。草取りか熊手を持ってくるべきだった。

「とても素敵です」と若い女は言った。「そんな場所を経営してたなんて」

エラは、四半世紀のあいだ働きっぱなしだったことや、ホテルのせいで彼女は消耗し、最終的にはビルまで死に二人の人生は食い尽くされ、抵当権や再抵当権や〈ベッド&ブレックファースト〉からの支払いではここで生活するのに十分ではないことを語ってもよかった。しかしこの若い女性は、川上の緑の尾根や芝生に建つ宿を、エラが見た通り、古く壮麗で美しい、人界から離れたものとしてその目で見たかのように声をつかえさせていたので、エラは「大変でしたよ」とだけ言って、優しく微笑んだ。

スティーヴンが家から出てきて、まっすぐに芝生を横切りながら一度顔を上げて若い女性に目をやったが、手に持った写真にまた目を落とした。それは、家のポーチにいるママとパパが写っている額装した写真で、家を買った年に撮影されたものだった。家の正面の階段に座るピナフォアドレスを着たエラと、乳母車に乗った赤ん坊のスティーヴンも写っている。若い女性はそれを手に取っていつまでも見ていた。

「これがママ。これがパパ。これがエラ。これがぼくで、赤ちゃん」と彼は言って、「はは」と静かに笑った。

若い女性も笑って、鼻をすすり、はばかることなく鼻と目を拭った。「こんなに小さい木が」と彼女は言った。「この写真を撮ってからずっとガーデニングをし続けているんですね」彼女は写真をフェンス越しにスティーヴンへ丁寧に返した。「見せてくれて、ありがとうございます」その小さなウィスキー・ボイスがあまりにも悲しげだったので、エラは顔を背けて土の中で爪をこすりながら、若い女性がいなくなるまで壊れた根を意味もなくつかみ取ろうとしていた。なぜなら、若い女性がもう知っていることしか言うべきことがなかったのだ。

ストーリー

アンは白塗りのスチールチェアに背中を伸ばして座っていた。旗が飾ってあるその小さなテラスは家の裏手にあった。彼女は白い服を着て裸足だ。その背後の、テラスの北側にはアベリアの茂みがあり、花が満開になっている。彼女の子どもは芝生に面したテラスの端で、プラスチックのおもちゃを散らかしていたが、彼女のそばにいた。エラはキッチンから黄色い金属のブラインド越しに二人を見つめている。ブラインドのおかげで午後の暑い日差しが天井に向かって差し込み、天井の低いその空間は火のついた蜜蝋キャンドルの蝋のように輝いていた。トッドはおもちゃを動かしていたが、エラは彼がおもちゃを動かしたり置いたりするパターンがわからなかった。無作為に動かしているようだった。無言で次々におもちゃを持つ。語られるお話はない。動物の人形を落とし、ちぎれたタンポポの花の部分をつまみ、それを落とす。ごくたまに鼻歌かフーンという音を出した。エラにもはっきり聞き取れるリズミカルで鼻にかかった音。「アンハンハン、アンハンハン、ハンハン……」音を出すとき、横に揺れたり激しく体を揺すったりした。分厚いレンズのメガネが顔を隠していたが、楽しげでリラックスしているのはわかる。彼はかわいい子どもだった。

彼の母親のアンは陽の光を浴びてとても美しかった。青色い肌が汗で輝き、黒い髪は緩やかに流れながら淡いクリーム色の小さなアベリアの花と蔭とに映えている。昔、こんなに綺麗になる気配があったかな。エラは子どものころのアンをどこにでもいそうな子だと思っていて、さらにいえば、アンへの感情を抑え込みアンの魅力を考えないようにした。魅力を見つけたら、失うだけだとわかっていた。なぜなら、スティーヴンとマリーはめったに〈ウエスト〉に来なかったし、二人が離婚したあと、マリーは子どもだけ行かせるのを嫌がった。アンに会わないでいるうちに三、四年が経った。孫の人生は子どもの人生よりもあっという間に過ぎていく。

昔のスティーヴンはかわいい子どもだったが、今でもかわいい。人々は、彼が赤ちゃん用の小さな青と白のカバーオールを着て乳母車に乗っていたり、母親と手をつないで旧キャッシュ・アンド・キャリーマーケットまで歩いていく姿に、立ち止まって見惚れた。彼の青い目は眩しいほど澄き透っていたし、髪はもじゃもじゃだった。そして、一部の男の子にあるそんな無邪気な表情、疑うことを知らない表情を十代になるまでずっと保っていた。そのころのスティーヴンはお話を作った。朝から晩まで物語を話していたし、彼女がカンカンになるまで続けることもあった。スティーヴンはテーブルで穏やかに話した。ウッド・ドッグの延々と続く物語をぶつぶつと。アレって何だっけ……そうパンチャ。パンチャや、自分で創り出した登場人物。当時はTVがなく、兵士や戦車や怪物といったピカピカのプラスチックのおもちゃもなかった。みんなで牧場に住んでいたが、シャーリーが娘たちと現れるまで遊び相手がいなかった。だから彼は、エラには理解不能の終わりのない冒険譚を語り、おもちゃの車やブロック用の端材のかけら、古い木製の糸巻き、スプールのようなもの、木の洗濯ばさみ、そしてハスキーで単調なささやき声で遊んだ。「こうしてみんなはやってきた。ルルルルルン、ルルルルルン。みんな一度立ち止まり、それからまた進んでいった。ルルルルルン。ルルルルルン。ルルルルルン。道が途切れ、みんなはバラバラになって、落っこちた、ぴゅううううん、助けて、助けて、パンチャはどこ？」そうやって遊んだのだ。夜もベッドの中で遊んだ。

「スティーヴン？」

「何？」

「静かにして。寝なさい」

「寝てるでしょ、ママ！」立派な怒りだった。彼女は笑うのを堪えた。ドアに忍び寄って一分もするとまた囁き声が聞こえてくる。「それでね、みんなが言ったんだ。行こう、湖に行こうって。湖にはこのボートがあって、ウッド・ドッグは沈んでいったの。バン、バシャ、助けて、助けて、パンチャはどこ？　ウッド・ドックはここにいるぞ」しまいには小さなあくび。そして沈黙。

そのみんなはどこに行った？　どうなった？　昔は愉快だったかわいいあの子は、世界のあらゆるものを物語に取り込んでいたのに、今となっては、三回結婚した電話会社の役人である自分のことさえ、まったく理解していないのではあるまいか。彼の初婚時にできた一人っ子が白い椅子に座っていて、視線の先にあるのは、その子が未婚出産した一人っ子がいつまでも前後に揺れ続けてフーンとハミングをしている姿だ、という話を。

「アン」とエラはブラインドを上げながら言った。「ダイエット・コーラとレモネード、どっちがいい？」

「レモネードがいい、おばあちゃん」

それでどうなったの？　彼女は冷蔵庫から氷を出し、食器棚からグラスを降ろしながら、もう一度訊いた。なんでそのお話は辻褄が合わなかったの？　彼女はスティーヴンに期待していた。見事なことを言ってくれるはずだ、と。ありきたりな言葉ではなく。もちろんハッピーエンドを期待するのはバカらしい。飾り気のないリアリズムにありがちな、希望もプライドもないアンのような気の毒な子の話のほうがましだろうか。「彼はなんでも一人でできるわけじゃないけど、ちょっとくらい自立してくれてもよかったのに」というふうに、すごく短いお話をしたほうが誠実でよかっただろうか。ほかのお話はどれも嘘だったのだろうか。作り話だったのだろうか。

彼女は細長いタンブラーを二つとプラスチックのカップをトレイに置き、それらに氷とレモネードを入れると、チッと舌打ちをしてトッドのカップから氷を出してレモネードを足した。動物の形のクラッカーを四枚並べてトレイに乗せて運び、外に出てから足でうしろの網戸をバンと閉めた。アンは立ち上がって彼女からトレイを受け取り、グラグラした鉄製のテーブルに置いた。テーブルの渦巻きの飾りは長年繰り返し塗り直された白いエナメルが固まっているが、所々サビてもいた。

「誰かクッキーを食べて」エラは優しく言った。

「うん、もらう」とアンは言った。「ほしいほしい。トッド。ほらこれ。おばあちゃんがくれたよ」

分厚い小さな眼鏡がじっと見つめた。男の子は立ち上がるとテーブルにやってきた。

「おばあちゃんがクッキーくれるって、トッド」と若い母親がはっきりと真顔で言った。

男の子はじっと立っていた。

エラは動物のクラッカーを一枚手に取った。「はい、どうぞ」と彼女は言った。「これは虎、かな。虎が歩いてきたよ」彼女はトレイの上でクラッカーを歩かせ、縁をぴょんと飛び越えさせ、テーブルの縁まで歩かせた。四歳児がちゃんと見ていたかわからなかった。

「手を出して、トッド」と母親は言った。

男の子は開いた手をテーブルに向けてゆっくり上げる。

「ぴょん」エラがその手に虎を飛び込ませる。

「食べて、トッド。すごくおいしいよ」

男の子はぼうっと立っていた。クラッカーが手のひらにある。彼はそれをまた見た。「ぴょん」と彼は言った。

「そうそう。ぴょん。トディにぴょん」エラは言った。目に涙が溢れた。彼女はトレイの上で別のクラッカーを歩かせた。「これは豚ね。ぴょんもできるんだよ。トディ。ぴょんさせたい？」

「ぴょん！」と子どもが言う。

お話がまったくないよりはよかった。

「ぴょん」とひいおばあさんが言った。


（訳＝小磯洋光）

幻実篇——外宇宙・内なる地

背き続けて

Betrayals

「惑星Oでは四千年のあいだ戦争が起こっていない」と本にはある。「そしてゲセンでは戦争の起こったことが一切ない」ここでその女は読むのをやめて、目を休ませる。そもそもゆっくり読む練習だったし、ティクリがかっついて食べるように言葉をまとめてむさぼろうというわけでもなかった。「戦争の起こったことが一切ない」この言葉が彼女の頭のなかにくっきりと残りながらも、どこまでも暗くぬるりとした疑念に包まれて沈んでいく。そんな世界とはどんなものか、戦争のない世界なんて？　実在する世界なのだろうか。平和こそがかつては本物の生――自ら働き学び、そして働き学ばせるために子どもを育てるという生き方だった。労働も学習も子どもも食らい尽くす戦争こそ、現実の否定だった。ただし思い返せば、わが同胞は否定することしか知らなかった。力ばかりが濫用される暗闇のなかで生まれて、わたしたちは平和を得がたい導きの光として、自分たちの世界の外にあるものとした。自分たちにわかる行動は闘争だけ。同胞の誰かがその生において何かしらの平穏を得られるとしたら、戦争が続くことの否定だが、そんなものは影の陰であって、疑念が二重になるだけだ。

雲の陰が沼地を覆い、ひざ上の本のページをかげらせたので、ため息をつきながら目を閉じて、彼女は考える。「わたしは嘘つきだ」それから目を開けて、別の世界のこと、彼方にある現実についての読書をさらに進めた。

日差しも薄いなか尻尾といっしょにぐるり丸まって眠っていたティクリが、彼女の真似をするように息を吐いて、寝ぼけて見えないノミをひっかく。外に出ていたグブも、沼の茎草のあいだで狩りをしていた。彼女からその様子は見えなかったが時折、茎の葉先が揺れていたし、一度は沼鳥が怒って鳴きながら飛び上がってもいた。

イスシの変わった社会慣習の記述にのめり込むうち、門のところを入ってくるまでワーダのことに気づかなかった。「ああ、もう来てたのね」と不意を突かれて、なんてのろまでぐずな老人だと、いつもだったら他人に感じているような気持ちを自分に対して抱くのだった。普段なら、疲れ切ったり体調を崩したりしない限り、年を取ったとは思わないのに。結局のところ、ひとり暮らしが彼女にとってはよかったのだろう。「どうぞお入り」と声をかけて身を起こしたが、本が落ちたので拾い上げると、後ろでくくったはずの髪がほどけそうになっていることに気づく。「さっと鞄を取ってすぐに出かけるから」

「急ぎません」と答える青年の声は穏やかだった。「エイッドもまだしばらく来そうにありませんし」

どうもありがとう、あわてて家を出ていかなくてもいいとわざわざ伝えてくれて、とヨスは思ったものの口には出さなかった。自分のことでいっぱいの青年は癪に障るが初々しい。家のなかに戻って買い物かごを手に取り、髪を結び直して帯で縛ると、玄関へと出ていく。さきほどまで彼女の座っていた椅子に腰掛けていたワーダも、当の家主が出てくるとさっと立ち上がる。はにかみ屋の青年で、ふたりの恋人たちでも彼のほうが気の優しい、とヨスは考える。「どうぞ楽しんで」とあえて微笑むのは、向こうが気恥ずかしがるとわかっているからだ。「数時間したら戻ってくるから──日暮れ前には」歩いて門へと行き、自分の身体を通すと、ワーダのやってきた道のりを進んでいった。小径に沿ってゆくと、沼地を抜けて里へと向かう板敷きの曲がりくねった土手道が現れる。

おそらく道すがらエイッドには出会わない。その少女は北のほうから沼の小径のひとつを選んでやってくるはずで、ワーダとは別の時間に違う方角から里を出るのだが、それも毎週何時間かこの若いふたりが同じ時間に抜け出していることを誰にも悟られないためだった。ふたりは狂おしいほどの恋に落ちていてその逢瀬も三年になるが、あの諍いさえなければ恋人たちは結ばれて久しくなっているはずだった。ワーダの父とエイッドのおじが、かつての〈組合〉の土地再配分の割り当てで揉めて、お互いの家族のあいだに確執が生まれてしまい、今のところは流血沙汰手前で済んでいるものの、恋愛結婚などお話にならないのだった。この土地には重い意味があり、貧しいながらもこの一族はどちらも、里を導く立場になりたがっていた。この遺恨は収めようもない。そのため里全体が二分された。エイッドとワーダは行く当てもなく、街で生計を立てるだけの技能もなく、ほかの里に自分たちを受け入れてくれそうな縁者もいない。若者たちの情熱も老人どもの憎悪に絡みとられて動けない。ヨスがふたりに行き会ったのは一年前のこと、沼地にある小島のひんやりした地面で互いに抱き合っている——そんなふたりをたまたま見つけたのだ、かつてひと組の沼鹿の仔たちが母鹿に置き去りにされたまま草の巣のなかしっかり抱きしめ合っているところを彼女が見つけたのと同じように。このふたりの寄る辺なくおびえながらも美しい様子がまさに仔鹿のようで、しかも「言わないで」とすがるものだから、何もできようはずがない。寒さにうちふるえるふたり、素足を泥まみれにしたエイッド、そして子どものように互いにしがみつく。「うちに来なさい」彼女の声にはすごみがあった。「お願いだから！」とゆっくり足を踏み出す。びくびくしながらふたりもついてゆく。「一時間とそこらで戻ってくるから」と言ったのは、彼女がふたりを屋内に押し込んだときのことで、その一部屋だけの家には寝台のはまった凹室とすぐそばに煙突があるだけだった。「泥で汚さないでね！」

と同時に、警戒しながら道のあたりをうかがった。誰かがふたりを捜しに出ているといけない。そうして里に出ようというところには、〈仔鹿たち〉は彼女の家で甘いひとときを過ごすというわけだった。

なにぶん物知らずなふたりだったので、どうしてお礼をしていいかもわかっていなかった。泥炭を切り出すのが仕事のワーダは、怪しまれずに煖炉の燃料を届けることもできようが、実際のふたりは花を一本くれるくらいだった。とはいえいつも寝台はきっちり整えてくれていた。ひょっとすると実はそこまで感謝はしていないのかもしれない。その必要があるだろうか？彼女が提供したのは、そもそもふたりにあって当然のものにすぎない。寝台に、幸せのひとときと、つかの間の平穏だ。ほかの誰もそれを恵んでくれなかったのは、ふたりが悪いわけでもないし、だからといって彼女がことさら善いことをしたのでもない。

その日の用向きはエィッドのおじの店へ行くことだった。彼は里で菓子を売っていた。二年前彼女がここへ越してきた時分、信仰から精進に努めようとして、無味の穀物ひと椀、真水ひと口で生きようとしたが、たちまち音を上げたことがあった。穀物だけの食生活から下痢になった上に、湖沼の水は飲めるものでなかったのだ。それから買うなり自分で育てるなりした新鮮な野菜をいつも食べるようになり、飲むものは街で購った果実酒か瓶詰めの水や果汁、さらに甘い菓子を大量にため込んでおくのだ——乾燥果実、干した木の実、豆板《まめいた》のほか、エィッドの母やおばたちの作った焼き菓子があって、それはてっぺんに堅果の仁をおし抱いた分厚い円盤状の菓子なのだが、硬くねっちょりして味はないけれども気持ちとしては満足できる代物だった。そういったものをかごいっぱいに買い込み、飴色の豆板も一輪もとめたあとは、そのおばさんたちと世間話をする。浅黒い肌で目のさとい小柄な女たちで、昨晩はウアッド老の通夜に出ていたらしくその話をしていた。「あの連中は」——つまりワーダの家族で、それとなく軽蔑して嗤っているわけだが——いつも通り不作法で酔っ払い喧嘩をふっかけてきては気持ち悪くなりあちらこちらに嘔吐する、鼻持ちならない成り上がりの田舎者なのだという。そして新聞販売所に立ち寄ってひとつ取り上げると(聖典『アルカムイェ』だけを読み暗記するというもうひとつの誓いも長らく果たされていない)、ちょうどワーダの母もそこにいたので、「あの連中」——今度はエィッドの家族だ——が昨晩の通夜でどれだけでかい態度で喧嘩をふっかけてきてあちらこちらに嘔吐したかを聞くことができた。ただ耳にしただけでなく、つっこんで訊ねたので、噂話をまるまる引き出せた。愉快だと彼女は思った。

なんて愚かなんだろう、と土手道をたどって帰宅しながら彼女は考える。遠巻きに見て黙っておけると考えるなんて、なんて自分は愚かなんだろう、と。何事にも我関せず、なんてできるわけがない。束縛《しがらみ》からは自由にはなれないし、自分にはその価値もない。年を取っても振り切れなかった。サフナンを失っても振りほどけなかった。

「五人の兵の前にふたりは立っていた。その剣を掲げながら、エナルはカムイェに告げた。わが手はそなたの死をつかんだぞ、わが主《しゅ》よ！　カムイェは答えた。弟よ、あれらがつかんでいるのはそなたの死ぞ」

確かにこの章句は暗記している。みんなもここを憶えている。そのあとエナルはその剣を手放した。なぜなら彼は英雄かつ聖者であるばかりか、主の弟でもあったからだ。けれどもわたしは自分の死を手放せない。最後までしがみついて、愛おしくも憎くも思いながら、食べて飲んで、耳を澄ませて、寝台に置いて悼む、つまり放す以外のあらゆることをするだろう。

考えるのをやめて顔を上げると、沼地も午後になっていた。雲のかたちなく霞がかった青空が、湾曲した遠くの溝の水に映り込み、沼に広がる赤茶けた葉や茎のあいだで日差しが照り輝いていた。めったにない穏やかな西の風が吹いている。申し分ない日だ。世界の美しさ、まさに世界の美だ！　わが手の剣がわたしのほうへ向いた。どうして美にわたしを殺させようとするのですか、わが主よ？

足取りは重く、不意に少し引っぱられてかぶっていた頭巾が締まる。このぶんでは今にも沼地のあたりを大声で叫び回ってしまいそうだ、アベルカムのように。

するとまさにその当人が現れた。思い浮かべれば影が差す。よろよろと自分の考え以外は何も見えないかのごとく闇雲に、蛇を退治せんとするかのごとく大きな杖で道を叩きながらやってきた。叫び続けてはいなかった。夜には叫んでも長々とは続けないものだが、このときはしゃべっているのか、唇の動くのが見えた。すると彼もこちらを見つけて口をつぐみ、野生の生きもののように警戒して身を縮こめる。お互いに狭い土手道を近づいていくが、葉と泥と水と風という自然のあいだにはふたりきりしかいない。

「こんばんは、アベルカム族長」と残りほんの数歩のところでヨスが声をかける。なんという大男だ。あらためて目にするまでこれほど高い背で身体の幅が広く図体がでかいとは思わなかった。浅黒い肌は若者のようにすべすべだったが、背が曲がって頭髪も乱れて白かった。大きな鉤鼻に、疑り深く定まらない目。挨拶のようなことをもごもご言ったが、足取りはほとんどゆるめない。

この日のヨスは魔が差した。ひとり考え込んでふさぎ込み、自分の至らなさにうんざりしていた。相手が立ち止まるか突っ込むかするよう足を止めて、言葉をかける。「昨晩の通夜にはいらして?」

相手はこちらをじろりと見下ろした。こちらに焦点を合わせようとしているのが彼女にもわかった。やがて口を開く。「通夜?」

「昨晩はウアッドおじいさんのお葬式で、男連中がみんな酔っ払って、だけどさいわい喧嘩にはならなかったそうね」

「喧嘩?」

おそらく焦点はこれ以上合わないのだろうが、このまま会話をやり通そうという気になった。

「デウィさんのおうちとカマンネルさんのおうち。里の真北にある畑の作れる島のことで揉めてるあのおうち。ふたりの子どもがかわいそうよね、いっしょになりたがってるのに、父親同士が互いに会ったら殺すって脅してて。もうバカバカしいったら。島なんか半分こして子どもたちをくっつけてそのふたりで分かち合うことにしちゃえばいいのにね? そのうち血を見るんじゃないかしら」

「血を」と間の抜けたように言葉を繰り返す族長は、そのあとゆっくりと、その野太い声で、夜中に沼地でもだえ叫ぶのを聞いたことがあるあの声で、「男連中。店でもの売る連中か。あやつらには所有者としての誇りがある。殺しはせん。だが分かち合いもせん。それが財産なら手放しはすまい。決してな」

掲げられた剣を再び見たような、そんな気に彼女はなった。

「あっ」と彼女は身震いする。「じゃあそれなら子どもたちも待たなきゃね……年寄りが死ぬまでは……」

「間に合わん」と彼は言う。一瞬、妙に鋭く目が合った。そのあといらいらと髪をかき上げ、さよならのつもりで何か低くつぶやいて、いきなり歩き出したものだから、彼女も道を空けようとわきで身体を小さくする羽目になった。なるほど族長の歩き方ねえ、と彼女も歩きながら頭のなかで嫌みを言う。大股でがに股、場所ばかり取って、地面をのっしのっし。そしてこれが、これがおばあさんの歩き方、小さく、せせこましく。

すると背後から変な音が——銃声か、と彼女は思った、市街戦の感触が染みつきすぎて——さっと彼女は振り返った。アベルカムが足を止めていて、破れそうなほど激しく咳き込みつつ大きな身体をこごめて痙攣させ、ふらふらと足からひっくり返りそうになっていた。ヨスはこの咳の感じに心当たりがあった。宇宙連合エクーメンならその薬を持っていたはずだが、到着する前に彼女は街をあとにしていた。アベルカムに駆け寄り、発作が終わってぜえはあと血の気もなく立ち尽くしている彼に、声をかける。「バーロット熱ね。治りかけ、それとも真っ最中？」

彼は首を振る。

彼女は待った。

待つあいだ彼女は考えた、病気であろうとなかろうと、自分がどう面倒を見るというのか。彼が自分でするのか。彼はここへ死にに来たのだ。ひとつ前の冬、闇のなか沼地で彼がうなり声を上げるのを聞いた。もがき苦しむ声だ。恥辱に蝕まれながら。さながら癌に全身蝕まれながらも死にきれない男のように。

「大丈夫だ」と邪険に言い捨てる彼は、ただ構ってほしくないようだった。うなずいて彼女も自分の帰り道をゆく。勝手に死ねばいい。自分の失った力と名誉、自分のしでかしたことを自覚しながら、よくもまあ生きられたものだ。嘘をつき、自分の支援者たちに背を向け、金を横領した。まったくの政治家だ。アベルカム大族長、自由解放の英雄、世界党の指導者、そしてその強欲と愚行で世界党そのものをつぶした男。

一度ちらりと彼女は振り返った。ごくゆっくりと動いているのか、立ち止まっているのか、よくわからなかった。向き直った彼女は、土手道の岐路を正しく選んで、湖沼を抜けて自宅の小屋へ続く小径を先へと進んでいった。

三百年前このあたりの湿地帯は、農業に適した肥沃な広い谷あいで、農業開拓組合に灌漑・耕作された土地でも最初期のものだった。この農業開拓組合が惑星ウェレルから植民星イェイオーウェイへとその奴隷を連れてきたのだ。灌漑も耕作もあまりに過剰で、化学肥料と土壌の塩が蓄積したあげく何も育たなくなり、所有者たちはもうけを狙って別のところへ行ってしまった。用水路の土手もあちこちで崩れ落ち、川の水もあらためて勝手に逸れて溜まったり蛇行したり、そしてゆっくりと土地を洗い流していく。草の葉が育ち、雲の陰のもと、足長鳥の羽の下、風に吹かれて一面の葉先が少しおじぎする。比較的硬い土壌でできた島のそこここに、奴隷の里といくらかの畑が残り、小作人たちが少人数置き去りにされた結果、使い物にならない土地に益体のない人々。荒れ果て放題。そして湿地帯に家屋がまばらにあるばかり。

年を取ると、ウェレルやイェイオーウェイの人々は静寂を求めるようになる。その宗教がそうせよと薦めるからだ。成長しきった子どもが戸主および市民として仕事をするようになり、一方で自分の身体が弱りながらも心のほうは強くなったりすると、えてして自らの生活を棄てて、何も持たず人里離れたところへ向かう。開拓地でもやはり農園主は、年老いた奴隷たちを荒れ地に飛び出すままに解放した。北部のここでも、街からやってきた解放奴隷たちが湿地帯へたどり着き、人里離れた小屋で世捨て人として暮らすことがある。惑星の自由解放のあとでは今や女性もやってくる。

家屋には放棄されたものがあり、心を重んじる人たちがほしがるのはそういった場所だった。ただしヨスの住む草ぶきの家などはほとんどが、管理している里の人々の所有で、宗教上のつとめ、心を豊かにする一環として賃料なしで隠遁者たちに貸し出されていた。家主に精神的な利益を与える者になれているという自覚がヨスには心地よかった。彼女の家主はがめつい男だったが、その神意の勘定はかえって借方にあるように思われた。自分が役に立っているという感覚は快い。主カムイェが望むのとは裏腹に、世間を振りほどけずにいる自分のあり方が、別のかたちでこうして現れ出たのだと彼女自身は捉える。「お前はもはや何の力にもなれない」と六十を超えてから様々なかたちで繰り返し主に告げられてきたが、聞く耳は持てなかった。騒がしい世間を離れて湿地帯へはやってきたものの、世間から彼女の耳へとおしゃべりや噂話、歌に叫びが入るままにしている。彼女は主の静かな声が耳に入らないようにしていた。

帰宅したときにはエイッドもワーダもおらず、寝台はきっちり整えられ、狐犬のティクリがその上で尻尾といっしょに丸まりながら眠っていた。斑猫のグブは夕食がほしいとぐるぐる跳ね回った。猫を拾い上げてさらさらした斑模様の背を撫でてやると、こちらの耳の後ろへ鼻先をつっこんで、るーるーるーといつものように喜びと親愛を伝えてくるので、そのあと餌をやった。ティクリは反応しなくて、それが妙だった。ティクリは深すぎるくらいに眠っていた。寝台に腰掛けて、硬い赤毛の耳元をこしょこしょする。するとティクリは目を覚ましてあくびをし、やわらかな琥珀色のひとみでこちらを見つめて、赤毛の綿尾をふぁさふぁさささせる。「おなか空いてないの?」と訊ねてみる。そのほうがいいなら食べる、とティクリは応じて、ちょっとぎこちなく寝台から下りた。「ねえティクリ、あなたもますます年ね」とヨスが口にすると、彼女の心で剣がうずき出す。ティクリをくれたのは娘のサフナンで、赤毛の子狐が手足と綿尾をちょこまか動かしていた——どれくらい前だろう? 八年前。長い時間だ。狐犬には一生涯の時間。

サフナンにとっては一生よりも長い。その子どもにも、ヨスの孫のエンカンマとウイェにとっても人生より長い。

自分が生きているなら、その子たちは死んでいるのだ、とヨスは考えた。いつもながらの考えだった。その子たちが生きているなら、自分は死んでいる。光に近い早さの船に乗って飛び立った子どもたち、今は光に変わっているも同然だ。その子どもたちが光から甦ったとき、ハインと呼ばれる世界に船から降り立ったときには、出立の日からおそらく八十年は経っていて、自分も死んでいるはずで、死んで久しくなっているだろう。だからもうわたしは死んでいる。子どもたちがわたしを置いていったのなら、もうわたしは死んでいるのだ。あの子たちを生かしたまえ、主よ、御大切なる主よ、あの子たちを生かしてくださるなら、わたくしは死んでいましょう。死に場所のためにここへ来たのです。あの子たちのために。できません、わたしのためにあの子たちを死なすことなどできません。

ティクリの冷たい鼻が彼女の手に触れる。琥珀色のひとみも青くくすんでいた。彼女はその頭にぽんと手を乗せ、耳のつけ根をくすぐった、そっと。

飼い主を喜ばせようと少し餌をかじって、寝台にのぼって戻る。彼女は自分の夕食と汁物をこしらえてから重曹の蒸し麺麭をあたためて食べたが、味わいはしなかった。使った食器をみっつとも洗ったあと煖炉を点け、そばに座って本をゆっくり読もうとした。そのうちにティクリは寝台で眠りこけ、グブは炉辺に寝そべりながら火を丸い黄金色のひとみでにらみつけては、るーるーるーと穏やかに鳴く。一度、外の沼から物音が聞こえたときには身を起こして「フーッ！」と臨戦態勢の声をあげて、ちょっとうろちょろしたりもした。それからまた座り込んで何かをにらんで、るーと鳴く。あとで煖炉を消して家じゅうが星明かりもない真っ暗闇になると、暖かな寝台にいるヨスとティクリといっしょになった。さきほどまで若い恋人たちがつかの間の激しい喜びに浸っていたその場所で。

向こう数日間は気づけばアベルカムのことを考えていた。ささやかな菜園で冬に備えて雑草を抜きつつ作業をしながら。あの族長が初めてやってきたとき、里長の所有する家屋に彼が住んだことで里の人々みながどよめき立ち騒然としたものだった。名折れ恥をさらしてもそれでもまだ有名人だった。イェイオーウェイの主要部族のひとつへイェンドの長として選ばれた彼は、自由解放戦争の最後期に頭角を現し、人種解放と当人が呼ぶ大きな運動の指導者となった。

里のなかにも、その世界党の綱領〈現地民以外何人もイェイオーウェイに住んではならない〉を支持する者がいる。ウェレル人、先祖代々の憎き入植者ども、農園主から奴隷所有者に至るまで何人もだ。この戦争が奴隷制を終わらせた。そしてこの数年でエクーメンの外交官たちが、ウェレルの経済的影響力をその旧植民惑星からなくそうと協議していた。農園主と所有者は、何百年にわたって一族でイェイオーウェイで暮らしてきた者たちであっても全員が、旧世界であり恒星系でひとつ外側に当たる惑星ウェレルへ引き揚げた。まず彼らが逃げ帰って、そのあと兵士たちが追い出された。世界党は言う、彼らが戻ってきてはならないのだと。商人としても訪客としてもだめで、イェイオーウェイの土と心をこれ以上踏みにじらせてはならないのだと。異界の人々も外部の権力も介入を認めない。エクーメンの異星人たちがイェイオーウェイの解放を手助けしてくれたが、今や彼らも出ていくべきだと。ここに彼らの居場所はないのだと。「これはわれわれの世界だ。これは自由な世界だ。ここで今よりわれわれは、剣神カムイェという象徴のもと、われらが魂を作るのだ」アベルカムは繰り返しそう訴え、その象徴たる湾曲刀が世界党のしるしとなった。

そして血が流されてきた。ナダミで蜂起があって以来、戦闘と反乱と報復が三十年、彼女の人生の半分のあいだ続き、解放がなったあとも、ウェレル人が全員退去したあとでも、戦闘は続いた。いつも、いつであっても、若者たちは老人どもが殺せと言った相手なら誰でも、待ってましたとばかりに飛び出して殺してきた。お互いであっても、女性も老人も子どもでさえも。いつだって平和や自由、正義やら主といった大義名分のもとに戦争が行われた。新たに解放された部族のあいだでも土地をめぐって戦いが起こり、都市部の長たちも権力を争って戦った。ヨスが生涯をかけて勤めてきた首都での教育活動は何もかも、解放戦争中のみならず戦後も粉々に打ち砕かれた。市街は各区域ごとの戦争で次々に分断されたからだ。

彼女は考える。彼がカムイェの剣を振っていたとはいえ、まったく公平に見た場合、アベルカムは世界党を率いつつ戦争の回避に努めていたし、一部ではそれが功を奏していた。政策と説得によって権力を勝ち取ることを優先していたし、そのことについて彼はたいへん長けていた。もう少しで成功するところだった。湾曲刀はいたるところで見られ、彼の演説に声援を送る集会はそれはもう大規模なものだった。〈アベルカムと人種の自由!〉と書かれた巨大な幕が街の大通りに広げられたものだ。イェイオーウェイで初めて行われる自由選挙で勝利して世界評議会の議長になれる確信が彼にはあったはずだ。そのあとだ、最初は大したことのない風聞だった。相次ぐ離党。その息子の自殺。贅沢道楽三昧を非難される息子の母。ウェレル資本の撤退のために生まれた貧困選挙区の救済のために党から支出されたはずの多額の金銭を彼が着服横領したという証拠。エクーメンの使節を暗殺した上でその罪をアベルカムの旧友たる支援者のデメイェになすりつけようとした極秘計画の暴露……。こうして彼は引きずり下ろされた。族長は性に溺れたり権力を悪用したり支援者を搾取して金持ちになったりそのために崇拝されたりしたかもしれないが、それよりもひとりの仲間に背を向けたことが許されなかった。それが奴隷の掟なのだ、とヨスは考えた。

それまで彼を応援していた群衆は彼の敵となり、彼の接収していた旧ＡＰＣＹ管理者棟が襲撃された。エクーメンの後援者たちは、それでも彼を守って首都に秩序を取り戻そうとする忠実な勢力の味方をした。市街戦の日々が続き、戦闘で何百という人が殺され、大陸各地の暴動でさらに何千もの人々が死んだあと、アベルカムは降伏した。エクーメンは暫定政府の後ろ盾になり、恩赦が宣言された。政府の連中は彼を連れて、破壊し尽くされた血まみれの市街をまったくの静寂のなか進んでいった。人々はそれを見た、かつて彼を信じた人々も。彼をあがめた人々も、彼を嫌った人々も、みんな静まりかえって見たのだ、彼が自分たちの世界から追い出そうとした異界の人々、異星人に守られながら通り過ぎるさまを。

彼女はそのことを新聞で読んだ。そのころ湿地帯で暮らし始めて一年以上になっていた。「当然の報いだ」と彼女は思った、それだけだった。エクーメンが本物の協力者なのか、それとも所有者が新しい皮を被っているだけなのかはわからないが、何かの長だったものはみんな目の前で引きずり下ろされてほしかった。ウェレル人の農園主も、偉ぶった部族の長たちも、大ボラふきの扇動政治家たちも、泥に顔からつっこめばいいんだと。彼女は泥の味をもう一生分なめてしまった。

その数ヶ月あと、里のなかでアベルカムがこの湿地帯へと世捨て人として、心の修行者としてやってくると聞かされて驚くとともに、彼の話がみな空虚な巧言にすぎないと考えていたことを一瞬恥ずかしく思った。では彼は信心深い人間だったのか？——あれだけの贅沢を乱交を横領を権力争いを殺戮をしておいて？　違う！　金と権力を失ってからというもの、自分の貧しさと敬虔さを見世物にして衆目に留まってきた。まったくの恥知らずだ。憤りの強さに自分でも驚いたが、彼と初めて会ったときにも、その草履ばきのつま先の太い大足にツバを吐きかけたいと思ったほどだった。そのとき見たのはそこだけで、顔も見たくなかった。

ところがそのあとの冬、夜風のこごえるなか沼地からうなり声が聞こえてきた。ティクリとグブは耳を立てたが、そのすさまじい騒音にも物怖じしなかった。ややあってその音が人間の声だと気づいた——大声で叫ぶ男？ 酔っ払い？ 頭がおかしくなった？ うなるようですがるようでもあり、それだけに恐怖を抑えて起き上がりその人物のところへ行こうとした。だが人の助けを求めていたのではなかった。「主よ、わが主、カムイェよ！」とその彼が叫んでいた。戸口からのぞくと、土手道に立っているのがわかった。薄暗い夜の雲に浮かび上がる人影、大股で歩きながら髪を掻きむしっては、獣のように魂が痛むかのように大声をあげている。

その夜以来、彼に非難の目を向けなくなった。似たもの同士だった。次に会った折には顔を見据えてしゃべった、向こうも話さざるをえなくなるよう。

頻繁に顔を合わせたわけではない。彼はまったくの隠遁生活だった。わざわざ会いに沼までやってくる者もいない。里の人々も善行を積もうと彼女に食料や余った作物、残り物などをよく持ってきてくれたし、聖なる日には彼女のために料理を作ってくれることもあった。ただし誰かがアベルカムの家へ何かを持っていくのは見たことがない。申し出ることすらためらわれているのかも。申し出てはみたけれど自尊心が邪魔して彼が受け入れなかったのかもしれない。

エム・デウィがくれた取手の短い貧相な鋤で根を掘り出しながら、彼女はうなり声をあげるアベルカムのことと、その咳の様子について思いを巡らせる。サフナンも四つのときバーロット熱で死にかけたことがあった。何週間もあのひどい咳をヨスは聞いていたのだ。先日のアベルカムは里へ寄って薬をもらうつもりだったのだろうか。たどり着けたのか、引き返したのだろうか。

彼女は肩掛けを羽織った。風がまた冷えてきて、秋も深くなってきたのだ。土手道に上がって、右手へ向かう。

アベルカムの家は丸太作りで、湿地帯の泥炭質の水に沈んだ木の幹を土台にしていた。こうした家屋はかなりの年代もので二百年以上、まだ谷あいに木々が生育していたころまで遡れる。かつては農園主の家で彼女の小屋よりもはるかに大きかった。まとまりなく広がった暗い場所で、手抜き修理の屋根に板でふさがれた窓、玄関先の踏み板も彼女が乗るとたわむほどだった。まず名前を呼んでみて、そのあともう一度大声で繰り返す。草の葉のあいだ風が音を立てて吹いている。叩いて待ってから、重い扉を押し開けた。なかは真っ暗だ。玄関のようなところへ入ると、隣の部屋から声が聞こえてきた。「廊下から先へは入るな。目的のものなら、持っていけ、持っていけ」かすれた太い声で、そのあと咳ごもる。彼女は戸を開けた。闇に目が慣れるまでちょっとかかったが、ようやくどこにいるかがわかった。玄関の先にある古びた表の間だ。窓は閉まっていて、煖炉にも火はない。なかには食器棚と机に長椅子、そして寝台が煖炉のそばに置かれていた。こんがらがった布団が床に滑り落ちていて、寝台では裸のままのアベルカムがのたうちながら熱にうなされていた。「まあ大変！」とヨスは声に出す。白髪に渦巻くその大きく黒い胸と腹は汗によごれ、腕を力任せに動かし、手で何かをまさぐっている。どうやって近づけばいいだろうか。

熱で弱っていることに気づいて、恐怖心も警戒心もやや収まったからか、何とか近づく。意識ははっきりしていたので、こちらから言うことには素直だった。布団を掛け直し、その上へそこにあった毛布全部と、使われていない部屋の床にあった布を持ってきてさらに重ねた。煖炉も点けてできるだけ暖かくした。数時間もすると汗をかき始め、やがて身体じゅうから吹き出て敷布や掛布がぐっしょりになった。「不養生ね」と彼女は夜も深まるなか彼に毒づき、相手をぐっと引っ張り上げるとよろめく彼を歩かせ、古くてがたがたの長椅子に寝かせて布でくるみ、寝具を煖炉で乾かせるようにした。彼のふるえと咳が止まらなかったので、彼女は持ってきた薬草を煎じて、あつあつのお茶をいっしょに飲んだ。すると急に寝付いた彼は、死んだかのごとく眠って、苦しい咳をしても目覚めることはなかった。彼女もつと寝入ってしまい、目覚めて気づいたときにはむき出しの石の床で身体を転がしており、煖炉の火も消えて、窓の外も陽で白んでいた。

布を掛けられたアベルカムの寝姿は山のようにそびえていて、あらためて見ると不快だと彼女は思った。彼の息は苦しそうだが乱れてはおらず深々としていた。あちこち痛みながらも彼女はちょっとずつ起き上がり、煖炉を点けて部屋を暖め、お茶を入れ、食料庫をあさった。必要なものは備えてあった。見たところこの族長は入り用なものを、そこそこ大きな最寄りの街ヴェオから取り寄せていたらしい。それなりの朝食を自分に作っているとアベルカムが目覚めたので、もう一度薬草茶を飲ませた。急な熱が出ていたのだ。今危ないのは肺に溜まった水だな、と彼女は思った。サフナンがかかったときに気をつけたことなのだが、今回は六十の男性である。咳が止まったらそれが危険の兆候になる。彼女は彼の上半身をもたせかけた。「咳をして」と彼女は彼に指示する。

「痛む」と彼はぐずった。

「やるの」と彼女が言うと、彼は咳をした。けほけほ。

「もっと!」と彼女がきつく念押しすると、彼の咳は痙攣で身体が震えるくらいまでになった。

「よろしい」と彼女。「じゃあ寝なさい」彼は眠った。

ティクリとグブがひもじい思いをしてるはず! と家へ急ぎ戻った彼女は、ペットに餌をやって撫でてやると、下着を替えてから自分の椅子に座って自宅の煖炉のそばで半時ほど、耳の後ろでグブにるーるーるーしてもらいながら過ごした。そのあと道を引き返し湿地帯を抜けてまた族長の家へ。

日暮れまでに寝台が乾いたので彼をまたそこへと移動させた。その夜のあいだは留まったが、朝になると「晩には戻ってくるから」と言って、家をあとにした。ひどい病気にかかったその男は何も言わず、自分の病状にも彼女にも関心がないかのようだった。

あくる日には目に見えて彼もよくなった。咳は痰混じりで激しく、いい咳だった。サフナンが最後にはいい咳になっていったのを彼女はよく憶えていた。彼も時折しっかり目覚めるようになり、おまるとして渡すつもりで瓶を持っていくと、彼は受け取るや背を向けてそこに小便をした。恥じらいか、族長もよくなった証だ、と彼女は思った。彼のことも自分のことも喜ばしかった。自分は力になれているのだ。「今夜は付き添いしないから、布団をずり落とさないでね。朝になったらまた」と言う彼女は自分のことが、きっぱり有無を言わせない自分が喜ばしかった。

ところが雲のない寒々とした夕べに帰宅すると、ティクリが部屋の片隅で丸まっていたのだが、そこはこれまで寝床にしたこともない場所だった。何も口にしようとせず、動かして撫でて寝台でおやすみさせようとしても元の隅へとそろそろ戻っていってしまう。放っておいて、と彼女から顔を背け目をそらして、つんと突き出た黒く乾いた鼻を丸まった前足で隠しながら訴えるのだ。放っておいて、とぐっとこらえて訴えている、このまま死なせて、今はもうそれしかできないんだから。

彼女も疲れがたまっていたので眠ってしまった。グブは一晩じゅう外の沼に出ていた。朝になってもティクリは何も変わらず、これまで眠ったこともない床の端で丸まって、待っていた。「行かなきゃ」と彼女は声をかける。「すぐ戻ってくるからね——すぐだから。待っててね、ティクリ」

何も返事はなくて、翳った琥珀のひとみもこちらとは別のほうを見つめていた。待っているのは彼女ではないようだ。

湿地帯をずいずい抜けていく彼女は泣いていなかったが、腹立たしく無力感を覚えていた。アベルカムは以前とほとんど変わらなかった。穀物のかゆを食べさせて、必要な分の世話をしてから言った。「長くはいられない。うちのわんちゃんが病気だから、戻らなきゃ」

「わんちゃん」と大男の低い声。

「狐犬ね。娘がくれたの」どうして言い訳するみたいに説明しているのだろう。出て帰宅したとき、ティクリは置いてきたときと同じところにいた。縫い物をして、アベルカムでも食べられそうなものを作ったあと、また読書に取り組んだ。エクーメンには様々な世界があり、あの戦争のない世界では、季節はいつも冬で、そこの人々は男でも女でもあるのだという。午後も半ばが過ぎて、アベルカムのところに戻らなければと考えて身を起こしたところ、ちょうどティクリも立ち上がった。そしてゆっくりゆっくりとこちらへ歩いてきた。また椅子に腰を下ろした彼女は、そのままかがんで拾い上げようとしたが、向こうはつんと突き出た鼻先を彼女の手に押しつけて、大きく息を吐き、自分の頭を手の上にのせてその場にうずくまってしまった。もう一度だけ息を吐いた。

座り込んだ彼女はしばらく声を上げて泣いたが、長くはなかった。そのあと立ち上がって畑で使う鋤を手にし、外へ出た。日当たりのいい隅のあたり、石の煙突の角のところに墓をこしらえた。なかへ戻ってティクリを担ぎ上げたとき、ぞくっと恐怖のようなものを感じた。「死んでない!」いや死んでいたのだが、まだ冷たくはなっていなかった。ふかふかの赤毛が体温をとどめていたのだ。お気に入りの青の肩掛けにくるんで腕に抱え、墓へ運んでゆきながら、布越しにかすかなぬくもりを感じつつも、その身は木の像のように硬く軽かった。墓に土をかぶせたあと、煙突からこぼれ落ちていた石をその上に立てた。何も言えなかったが、祈りのごとく心に浮かんだ映像がある。どこか陽の当たるところで走っているティクリの姿だ。

昼日なか外に出ていたグブのために玄関先へごはんを置いてから、彼女は土手道を進んでいった。雲の多い静かな晩だった。立つ草は灰色に翳り、水面も鈍色にきらめいていた。

アベルカムは寝台で身を起こしており、よくなっていることは確かで、熱の症状もおそらく軽く、山を越えたようだった。腹も減っていたようで、いい兆しだった。盆を持っていくと彼が口を開く。「わんちゃんは、息災か」

「いいえ」と言って彼女は顔を背け、しばらくしてからようやく声に出す。「死んだの」

「主の御手に」と言うしわがれた野太い声に、彼女はまた日差しのなかのティクリを見たような気がした。どこかはっきりとした、日差しのようにはっきりとした姿を。

「ええ」と彼女。「ありがと」唇がぶるぶる震え、のどが詰まった。自分の肩掛けの模様をじっと見つめた。紺色の葉が刷られている。無理にせわしなく振る舞う。すぐに煖炉の確認に戻って、そのそばに座り込む。ずいぶん疲れていた。

「主カムイェは剣を手に取る前、牧人であった」とアベルカムは声にする。「人々から獣たちの主、鹿群の主と呼ばれたが、それは彼が森へ入ると、鹿に囲まれながらゆくことになり、獅子も鹿に囲まれた彼とともに、害をなすことなく歩んだからだ。おびえるものはなかった」

あまりに淡々と語るので、口にしているのが『アルカムイェ』の章句だと気づくまでに彼女も時間がかかった。

泥炭をもう一枚煖炉にくべて、彼女はまた腰を下ろす。

「そういえばあなたの出身は？　アベルカム族長」と彼女が声をかける。

「ゲッバ農園だ」

「東の？」

彼はうなずく。

「どうでした？」

火がくすぶって、鼻を突くような煙を出した。静かなあまり夜の空気が張り詰めていた。街から初めてここへやってきた時分は、あまりの静けさに毎晩、目がさえてしまったほどだ。

「どうだかね」という彼の声はささやきにも近かった。同じ部族のほかの人々と同じく彼は目の虹彩が黒いのだが、彼がこちらをちらと見たとき、彼女はそこに白くきらめくものを目にした。「六十年前だ」と彼は話し出す。「おれたちは農園に集まって住んでいた。甘蔗の畑だ。そこで働く幾人かの者は、茎を刈って絞り器を動かしていた。女性の大半と、小さな子どもたちだ。男どものほとんどと、九つや十を越えたガキ連中は、炭鉱に入った。娘っ子たちもいてな、男じゃ入れない立て坑での作業に小さいのが必要だったんだ。おれは大柄で、八つのころにはもう炭鉱へと放り込まれた」

「どうでした？」

「闇だね」と彼は言う。またその目の光るのが見えた。「振り返って考える。どんな生活だったか？　その場所での暮らしはどうだったか？　炭鉱内の空気は塵がそこらじゅうに舞って真っ暗だった。空気が黒い。そんな空気だと、角灯の光では五歩先も見えない。作業場はほとんど水浸しで、膝丈まであった。ある立て坑では、軟炭の切り場に火がついて燃え上がって、つながった坑すべてに煙が蔓延したことがあった。それでも仕事を続けた。その骸炭の向こうに鉱脈が広がっていたからだ。おれたちも防煙防塵の面はつけていたさ。だが大して役に立たん。みんな煙を吸った。おれも今みたいにいつもぜえはあしていた。バーロット熱でじゃない。ありがちな煙害だ。男たちは肺が真っ黒になって死んだ。男全員だ。四十とか四十五歳で死ぬんだ。男が死ぬと農園主はその部族に金をやる。死亡手当か。死ぬことに価値を見いだす男どももいた」

「どうやって脱出を?」

「母だ」と彼は言う。「里から来た族長の娘だった。教えてくれた。信仰と自由をおれに教えてくれた」

前に彼がそう言うのを聞いたことがある、とヨスは思った。あらかじめ用意された答えで、お決まりの話に入ってしまった。

「どんなふうに? 何を言ったの?」

間。「教えてくれたのは聖なる言葉だ」と話し出すアベルカム。「そして母はおれに言った。「お前とお前の兄弟たちよ、お前たちはまことの人民、お前たちは主の民であり、そのしもべにして兵士、かつその獅子である。お前たちだけがそうである。主カムィェはわれらとともに旧世界からおいでになり、今やその方はわれらのもの、われわれのなかに住んでいる」母はおれたちに、〈主の舌〉アベルカム、〈主の腕〉ドメルカムという名をつけた。真実を語り、そして自由になるため戦ってほしいと」

「弟さんはどうなったの？」と、ややあってからヨスが訊ねた。

「ナダミで殺された」とアベルカムは口にして、またふたりのあいだにしばしの沈黙が流れた。

ナダミは大規模蜂起が最初に起こった場所で、そこから最後にはイェイオーウェイに自由解放がもたらされた。ナダミ農園では、奴隷と街の解放民が手を取り合って初めて所有者たちと戦った。ここで奴隷たちが団結して所有者たち、つまり組合と戦うことができていれば、もっと早くに自由解放を勝ち得ていただろう。しかし解放運動は絶えず分裂して、部族同士で対立したり、新たに解放された領地で影響力を得ようと族長たちが争ったり、自分たちの利益を強固にしようと農園主たちと取引したりする者たちが現れた。三十年のあいだ戦争と破壊が続いて、ようやく数で圧倒されたウェレル人たちが敗北してこの世界から追い出され、残されたイェイオーウェイ人は自由になったが、今度はお互いを襲うようになったのだ。

「弟さんは運がよかったのね」とヨスは言った。

そうして向かいにいる族長を見据え、相手がこの喧嘩をどう買うのか待つ。浅黒い大きな顔には、煖炉の日に照らされて穏やかな表情があるだけ。目にかからないよう緩く編んでやった硬い白髪もほどけてしまって顔にはらはらと広がっている。その声もゆっくりと穏やかだった。

「弟だからな。まさに五人の兵の野に立つエナルだった」

ああ、だったら自分は主カムイェ自身だとでも？　ヨスは心のなかで切り返す、身じろいでむかつきなながら鼻で笑う。何という自惚れ！——ただなるほど別の含みもある。エナルがその剣を抜いたのは、その戦場で兄を殺すため、兄が世界の主となるのを食い止めんがためだった。そしてカムイェが弟に、その手の剣はお前の死だと告げた。生きているあいだには統治も自由もなく、ただ命や望みや欲を手放したところにだけあるとも言った。エナルは剣を置き、荒れ地へと静寂《しじま》へと去るきわに一言、「兄よ、わたしはそなただ」そしてカムイェは剣を拾い上げ、勝利はないと知りながら荒野の軍へと戦いに向かった。

なら何者なのだ、この男は？　この大男は？　この病気の老人は、闇の炭鉱に潜っていたこの少年は、自分を主の代弁者と思い込んだ盗人で嘘つきのこの御山の大将は？

「お話はもうたくさん」とヨスは言ったが、どちらも三百は数をかぞえられるくらい言葉を口にしていなかった。彼に茶を一杯注いでやってから、加湿のために沸騰させてあった薬缶を火元から外す。彼女は肩掛けを取る。彼女を見る彼はさきほどと同じく穏やかな面持ち、戸惑いにも近い表情だった。

「それこそおれの望んだ自由」と彼は言う。「われらが自由だった」

彼の価値観など彼女の知ったことではなかった。「暖かくすること」とだけ言う。

「この時間に外へ出るのか？」

「土手道で迷うものかね」

とはいえ歩くにも勝手が違う。手に灯りもないし、夜も黒々としていた。土手道を手探りで進みながら思い出す、彼が話してくれた光さえも飲み込むという炭鉱の奥へと続くその黒い空間のことを。アベルカムの図体のでかい黒い身体を考える。ふと自分が夜ひとり歩きをめったにしたことがないと気づく。バンニ農園にいた子どもの時分、奴隷は夜になると居住区も隔離されていた。女は女性用の奥の間にいたからひとりにならない。戦争の前、解放奴隷として街に出たときには、職業訓練校で学びながらちょっとした自由があった。ただ長年続いたあのひどい戦争のあいだ、いや自由解放がなったあとでも、女が夜道を歩くのは安全ではなかった。労働区には警察もいないし街灯もない。地方の軍閥が一団を送り込んで襲ってくる。日中でも用心が必要で、人通りの多いところを離れず、いつも逃げ込める道があるか確認しなければいけなかった。

自宅への曲がり角を見失ってしまわないか不安になってきたが、たどり着くころには闇にも目が慣れてきて、とらえどころなく草の生い茂った湿原のあいだに、かろうじてぼんやりと家屋の影が見えてきた。異星人は夜目が利かないと聞いたことがある。ひとみが小さい上に、広い白目のまんなかに小さな点があるだけとは、まるでおびえた幼獣のようだ。異星人のあの目は苦手だったが、彼らの肌の色は赤茶色や赤褐色だから、自分のようにくすんだ茶色の奴隷の肌より、母を陵辱した所有者からアベルカムが引き継いだ青黒い皮膚よりも、暖かい色で好ましく思っていた。碧肌、と異星人たちは叮嚀な言葉遣いをするが、ウェレル恒星系の放射線スペクトルに目が慣れたせいだろう。

家への小径を進む彼女のまわりでグブがくるくると踊って、鳴き声も出さずに彼女の脚を尻尾でくすぐってくる。「気をつけてね」ととがめつつ、「今行くところなんだから」それでも嬉しくて中に入るやすぐに抱え上げた。ティクリのあの品のあるありがたい挨拶はもうない。今夜だけでなくもうずっと。るーるーるー、とグブが耳の後ろまでやってくる。聞いてよ、ぼくがいるよ、これからも、夕ごはんはどこ？

＊

とうとう族長に肺炎の気が出てきたので、彼女は里へ下りてヴェオの診療所を呼び出すことになった。往診に来たひとりの医者いわく、快方に向かっているので、ひとまず座位で咳をさせることと、薬草の茶がよく、目を離さないこと、それが大事だ、ありがとう、という案配で帰っていった。そのため午後はいつも彼とともに過ごした。ティクリのいない家はどうにも活気がなく、晩秋の昼前はとても寒いし、どのみち何をすればいいのか。湿地帯で筏のように浮かぶこの薄暗い大きな家屋が嫌いではなかった。族長、つまり自分で自分の世話さえできない男のために家屋を掃除するつもりはなかったが、そのなかを、見たところアベルカムが使いも見向きもしない部屋を奥へ奥へと進んでいった。すると二階に部屋がひとつ見つかって、西側に細長く窓が並ぶその部屋を彼女は気に入った。塵を払って、緑がかった小さな硝子窓を拭いていった。彼が寝入るといつもその部屋へと上がって、ただひとつの調度品として敷いてある毛糸のぼろ布に座り込むのだった。壁際の炉は煉瓦で雑にふさいであったが、階下で燃えている泥炭の熱はここまで上がってきていて、ぬくい煉瓦を背にして、差し込むままの日差しがあれば、じゅうぶん暖かかった。どうやらその部屋やその空間、震える薄緑の窓硝子ならではの落ち着きがそこでは感じられたのだ。自分の家では地べたに座ることなんてなかったが、ここでは物事にも追われず静かに満ち足りた気持ちで腰を下ろせる。

族長の体力の回復はゆっくりとしたものだった。ことあるごとに気むずかしく頑固で、最前から思っていた通りのこの無骨な男は、独りよがりに恥ずかしがったり怒ったりして、人の言うことも聞かなくなるのだった。ところが時には何か話をしたくてうずうずして、まれにだが話を聞く姿勢を取ることもあった。

「近ごろはエクーメン世界についての本を読んでてね」と、ヨスは豆の焼餅のひっくり返す頃合いを見計らいながら、口に出した。この数日間は昼下がりに食事を仕度してから彼といっしょに食べて、洗い物をして暗くなる前に帰宅するのが常だった。「それが面白くて。まず間違いなく、わたしたちはハインの民の子孫ね、みんな。みんなも異星人も同じ。この星の動物たちだって同じ祖先」

「やつらの言い分だ」と彼は不満げだった。

「誰の説かだなんて関係ない。証拠をまっすぐ見る人なら誰でもわかること、遺伝上の事実だから。あなたが気にくわなくても事実は変わらない」

「百万年前の事実が何だ。そんなものが、あんたやおれ、われらに何の関係がある？　ここはわれわれの世界だ。われらはわれらだけだ。われわれとあいつらは何の関係もないんだ」

「今はある」と、彼女は豆の焼餅をひっくり返しながら相手の言葉を覆してみる。

「いいや、おれの思い通りになっていれば、そんなことは――」

彼女は笑った。「あきらめてないってわけ?」

「ああ」と言う彼。

ふたりでいくらか食事を口にしたあと、彼は盆を持って寝床に入り、彼女は炉辺の椅子に腰掛けたが、彼女は無神経な雄牛をいびるような気持ちで、またあえて雪崩を起こす行いを続けるのだった。依然として病で弱っているにもかかわらず、彼にはその図体以上に例のごとく大きく厄介なものがあった。「それだけのこと? 本当に?」と訊ねる彼女。「世界党。この星をわれらの手に。異星人はいらない?　そんなに?」

「ああ」と答える彼の声は不機嫌で重かった。

「なぜ?　エクーメンの人たちはたくさんのものを分かち合ってくれる。組合によるわたしたちへの支配を打ち破ってくれたのも彼らなのに。わたしたちの味方なのに」

「われわれはこの世界に奴隷として連れてこられた」と語り出す彼。「だがわれらの世界は今ようやくおのれの入口を見つけたのだ。カムイェはわれら牧童・農奴とともに来た、剣神カムイェよ。ここはあの者の世界。われらの地。それをわれらに与えようなど誰にもできようはずがない。われらには、ほかの者どもと知識を分かち合ったり、そやつらの神々に従ったりする必要などない。ここそわれらの生きる場所、この地こそ。ここそわれらが死に、主と再び見《まみ》える場所なのだ」

しばらくあって、彼女も話し出す。「わたしには娘がひとりいて、孫に男の子と女の子がひとりずついる。三人とも四年前にこの世界をあとにした。ハイン行きの船に乗ってね。わたしが死ぬまで生きる年月をひっくるめても、あの子たちにとってはほんの数分か一時間くらい。着くのは八十年後――今からなら七十六年あと。その別の地に降り立つ。向こうで生きて死ぬことになる。ここじゃなくて」

「あんたは行ってほしいと思っていたのか」

「あの子の選択だもの」

「あんたのではない」

「自分の人生じゃないから」

「それでもあんたの心は痛む」と彼は言う。

ふたりのあいだの静寂は重かった。

「そんなもの、間違い、間違い、間違いだ！」と言う彼の声は力強く大きかった。「われらにはわれらの運命があり、主に至るわれらの道があるというのに、やつらはわれわれからそれを奪っている――われわれはまた奴隷だ！　賢しらな異星人ども、大いなる知恵と発見を手にしたなどという科学者連中が、われらの祖先は自分たちだと言いくさって、「これをしろ！」と言うから、われらもそうする。「あれをしろ！」と言うから、われらもそうする。「お前らの子どもたちをこの素晴らしい船に乗せて、われらの素晴らしい世界へと来い！」だから子どもたちは乗せられて、ふるさとにはもう帰ってこない。ふるさとのこともわからず。おのれが何者かも知らず。おのれが何者の手に握られるはずだったかの知識もなくだ」

彼の言葉は演説だった。これがかつて幾度となく大言壮語された弁舌だと彼女にもわかっただけに。男の目には涙があった。女の目にも涙があった。自分を彼に利用されたくなかった、もてあそばれたくなかった、力を振りかざされたくなかった。

「たとえその話がうなずけるものでも」と彼女は言う。「でも、それでも、なぜあなたは騙し取ったの、アベルカム？　あなたは支持者に嘘をついて、盗みを働いた」

「違うのだ」と彼。「おれのやったあらゆることは、いつも、おれの呼吸ひとつひとつも、世界党のためだった。いかにも、おれは金を使った、手に入る限り最大限の金をだ、それが大義以外のためなら何だというのか。いかにも、おれは使節を脅かした、やつもそのほかのやつらもみな、この世界から追い出したかった！　いかにも、おれはやつらに嘘をついた、それはやつらがわれらを管理・所有しようとしたからだ、だからおれは何でもする、おれの民を奴隷の身分から救うために――何でもだ！」

彼は膝頭をその大きなこぶしで叩くと、息を切らしながらむせび泣いた。

「なのに今おれにできることは何もない、おおカムィェ！」と大声を上げて、彼は自分の顔をその両腕で覆う。

じっと座っていた彼女は、やれやれという気分だった。

長く間があって、幼児のように顔を手でぬぐった彼は、さらにぐしゃぐしゃの硬い髪を後ろに撫でつけ、目と鼻をこすった。そして盆を持ち上げると膝の上に置いて、叉子《フォーク》を手にして豆の焼餅を切り分け、口に入れてから咀嚼して飲み込む。彼にできるなら自分にもできる、とヨスは思って、同じことをした。それぞれ食事が終わった。彼女は立ち上がって近づき、彼の盆を取った。「はい、ごめんなさい」

「あのときには終わっていたんだ」と彼がごく静かに語り出す。真っ正面から彼女を見上げて、目を合わせる。めったにないことだ、と彼女にもわかった。

わけはわからなかったが、彼女は立ったまま待った。

「あのときには終わっていたんだ。何年もずっと前だ。ナダミのころは信じていた。自分たちに必要なのはやつらを追い出すことで、そうすればおれたちも自由になると。戦争が深まるあまりに、おれたちは道を見失ってしまった。それが嘘だとおれにもわかっていた。もっと嘘をついていれば、どんな大事になっていたか」

彼女にも、彼が大きくうろたえて、どうやらどこか正気を失っていることだけはわかったし、彼を煽った自分が間違っていたことにも気がついた。ふたりとも打ちひしがれた老人で、どちらも自らの子を亡くしていた。どうして彼を傷つけようなどと思ったのか？　彼女は彼の手にそっと手を重ねたが、すぐさま盆を取り上げる。

流し場で食器を洗い終わるころ、彼女を呼ぶ彼の声があった。「お願いだ来てくれ！」今までそんなことはなかったから、彼女は急いで部屋に戻った。

「何をしていた？」と彼が訊ねる。

立ったまま彼女はにらみつける。

「ここに来る前は」と、じれたように彼は言う。

「農園出身で、教員養成校へ」と彼女。「街に住んでた。教えてたのは物理。いろんな学校で、科学の教え方を伝えたの。ひとり娘を育て上げた」

「名は何という」

「ヨス。セッデウィ族、バンニ出身」

彼がうなずいて、少ししてから彼女は洗い場に戻っていった。この男はわたしの名前も知らなかったのだ、と彼女は思った。

＊

毎日のように彼女は、その男を起こして少し歩かせて椅子に座らせるのだが、言うことは聞いても彼はうんざりしているようだった。翌日の午後は長々ぐるりと歩かせたので、彼も寝台に戻るとたちまち瞼を下ろした。そろりと彼女もがたつく階段を上ってあの西窓の部屋へ行くと、しばらく腰を下ろして静けさを満喫した。

彼を椅子に座らせて、そのあいだに彼女は食事の準備をする。彼に話しかけて元気づけようとするのも、彼が指図には口答えしないものの暗くふさいだ面《つら》を見せるからで、彼を動揺させた昨日のことで少し胸が痛んだのだ。ふたりともあらゆるものを捨ててここへ来たのではなかったのか？　過ちも失敗もそれから愛も勝利も何もかもを。彼女が語り出したのは、ワーダとエイッドのことで、この薄幸の恋人たちの話を紡ぎつつ、実はこの午後も彼女の自宅でいっしょに寝ているのだと続けた。「あの子たちが来ているあいだ、もともとどこへ行く当てもなかったから。今日みたいに寒い日は、むしろ都合悪くてね。里のお店をはしごして回るしかなくて。こっちのほうがましね、正直。この家も悪くないし」

彼は鼻を鳴らすだけだったが、どうも熱心に聞いているようで、おおかた言葉の分からない異人のように何とか理解しようとしているのだろうと彼女は受け止めた。

「あなた、おうちの手入れはしないってわけ？」と笑いながら彼女は汁物を差し出す。「清貧ではあるって？　ここでのわたしは、敬虔なふりで心の修行をしているように見せかけて、まだ物に惹かれてはまって、物欲に囚われてる」と炉辺に腰を下ろして彼女は自分の汁物を口にする。「二階に素敵な部屋があってさ、西向きの手前の角部屋。その部屋で何かいいことでもあったのか、以前は好き合った者同士が住んでいたのか、知らないけど。そこから外の湿地帯をながめるのがお気に入り」

帰り支度もできたころ、彼が訊いてきた。「そいつらは、だめになりそうか？」

「仔鹿たちのこと？　まあ、そうね。もう長いから。それぞれ忌々しい家族のもとにね。どのみち、いっしょに住んでもすぐ同じように憎み合うんじゃないの。ふたりとも世間知らずだから。そうなるより仕方ない。里は頭が固くて、ふたりにはお金がない。でもお互いに愛にしがみついてる、それが……それだけが正しいと思い込むみたいに……」

「『気高きことをつかんで放すな』」と言うアベルカム。彼女にも引用句だとわかった。

「読み聞かせてほしいの？」と彼女は訊ねる。「『アルカムイェ』ならあるから、持ってこようか」

彼はかぶりを振って、いきなり満面の笑みを見せる。「必要ない」と言う。「頭に入っている」

「全部?」

彼はうなずいた。

「わたしもここへ来たときには——どこか一部分くらい——憶えようとしたけど」と感心する彼女。「結局しなかった。どうにも時間がなくって。憶えたのはここで?」

「ずいぶん前だ。ゲッバ市の牢獄で」と答える彼。「ありあまる時間だ……このごろも、ここで横になりながらひとり暗唱している」彼は微笑んだまま彼女を見上げる。「あんたのいないときの相手代わりだ」

彼女は言葉もなく立ち尽くした。

「あんたがいてくれて、気持ちが明るくなったよ」と彼が言う。

彼女は肩掛けにくるまって、ろくに挨拶もせずあわてて出ていった。

家路を急ぐ彼女の心は、混乱と葛藤でいっぱいだった。なんて化け物だ、あの男は! ずっと自分をからかっていたんだ、そうに違いない。誘いを掛けていた、のほうがもっと近いか。打ち倒された大きな雄牛みたく寝台に横たわって、息を切らす灰色頭の男! あの野太い声、あの微笑み、あの男はその微笑みの使いどころがわかっている、ここぞというときに取っておくのだ。女に上手く取り入る手管を知っているし、噂が本当なら、千人は手玉にとって、抱いて出し入れして、別れの名残にささやかな精液を、じゃあねかわいこちゃん。汚らわしい！

ああ、どうして彼にあんな話をしようと考えてしまったのか、エイッドとワーダが自分の寝床に入っているだなんて。ばかな女、と彼女は心に思いながら、色あせた茎草をこする苛立たしい東の風のなかを大股で歩いていく。ばかで、ばかなばばあ、ばばあ。

グブが彼女を迎えに来て、跳び回って肉球で彼女の脚や手を叩き、先がこぶになっている黒ぶちの短いしっぽを振った。あえて入口の掛け金を外しておいたから、押し開けてきたのだ。半開きの扉。室内にはそこらじゅう小鳥か何かの羽が散乱していて、血痕がぽつぽつ、煖炉前の敷物には腸《はらわた》までが少し。「化け物め」と彼女は猫に言う。「殺すなら外でして！」グブは勝ちどきの踊りをして声を上げる、フーッフーッ！　この猫は眠りながら一晩じゅう、彼女の腰のあたりで丸まっていて、親切なことに彼女が寝返りを打つたび、立ち上がって彼女を踏み越え、向かい側で丸まるのだった。

その彼女が繰り返し寝返りを打ちながらぼんやりと夢に見たのは、巨躯の重みと体温、自分の乳房に当たる手の圧、両の乳首に触れて精気をしゃぶり取る唇の吸いつき。

彼女はアベルカムのところへ寄りつかなくなっていった。彼はひとりで立ち上がって自分の面倒を見ることもでき、朝食もこなせるようになった。あとは煙突そばの泥炭を絶やさず食料庫の蓄えが底を突かないよう気を配ればいいだけで、今でも食事は運んでいたが、滞在していっしょに食べることはなかった。たいてい彼はいかめしい顔でまじめにしていたが、彼女は自分の言葉に気をつけた。互いに様子をうかがうところがあった。二階の西部屋で過ごす時間は恋しかったが、もう終わったことで、ある種の心地よい夢は消えてしまった。

ある午後、エイッドがヨスの自宅へひとりやってきた。むすっとした顔で、「たぶんもうこちらへはうかがえないと思います」と言うのだ。

「何かあったの?」

少女は肩をすくめる。

「監視がきつい?」

「いえ。わかりません。たぶん、ほらあの。おなかが、こんもり」彼女が使ったのは、古い奴隷言葉でいう妊娠のことだ。

「避妊具を使ってたんじゃないの?」ふたりのために、彼女はヴェオの街でじゅうぶん買ってきてあげていたのに。

エイッドは首をあいまいに動かす。「たぶん、間違いで」と口をすぼめる。

「愛の営みを? 避妊具の使い方を?」

「たぶん、間違いで」と少女は繰り返しながら、恨みがましげな視線をちらりと向ける。

「もういいから」とヨス。

エイッドは背を向ける。

「さようなら、エイッド」

何も言わずに、エイッドは沼の小径を走り去っていった。

「気高きことをつかんで放すな、か」とヨスは苦い思いを抱いた。

家の裏にあるティクリの墓へと回った彼女だったが、寒さのあまり屋外ではそう長くは立っていられないくらいで、静かに刺すような真冬の冷気だった。彼女は屋内に入って戸を閉めた。部屋が小さく暗く低く感じられた。ちろちろした泥炭の火がくすぶっている。燃えても音がしなかった。家の外にも音はない。風は収まっていて、凍りついた茎葉も動かない。

薪が必要だ、薪の火が要る、とヨスは考えた。ぱちぱちと燃え上がる炎、物語の始まる火なのだ、農園にあった祖母の家でかつて目にしたような。

あくる日、沼の小径のひとつを横に入って半哩ほど先にある荒れ果てた家屋へと向かった彼女は、崩れ落ちた玄関屋根から剥がれかけの板を数枚引き抜いた。その夜の炉床ではごうごうと明るい火が燃やせた。一日一回以上もその荒れ家に足繁く通い、そのかいもあって、煙突を挟んで彼女の寝床の反対側にあるもうひとつの凹室に、泥炭の山と並べてかなり大量の薪を積み上げることができた。もうアベルカムの家に行くつもりはなかった。彼はもう回復していたし、彼女にしても散歩の行き先がほしかった。大きめの板を割るすべがなかったので、煖炉へは大きいまま一度に少しずつ入れていったが、それで一枚が一晩もつのだった。明るい火のそばに腰掛けて、『アルカムイェ』の第一書を暗記しようとした。グブは灰止め石の上に寝そべって折々炎を見つめては、るーるーと小さく鳴いて合間合間に眠る。凍った茎の並ぶ草むらに入っていくのを嫌がるので、彼女は流し場に汚物入れの小箱をつくってやると、しっかりきちんと使うのだった。

冷え込む日々が続き、彼女がこの湿地帯に来てからいちばんひどい冬に思えた。きつい隙間風がして、板壁にまだ気づいていない空隙があったと見つけてしまう。詰める布きれもないので、泥と草をこねたものを使った。火を消せば半時もかからずに、この小屋は凍りつく。夜っぴては泥炭を積み上げてぬくめてもらい、昼日なかには時折、火が弱まらぬよう灯りが消えないよう、あるいはその予備に薪をひとつ重ねてゆく。

里に出る必要があった。寒さが和らぐのを待って何日も行くのを延ばしていたが、とうとうおおかたのものが尽きてしまった。これまで以上に冷え込んでいる。とりあえず煖炉にある泥炭のかたまりは土くさく火も貧弱にくすぶるだけなので、その炭に木を一本添えて火力と屋内の暖気を保とうとした。彼女は持っていた上着と肩掛けをありったけ着込んで、大袋を持って外へ出かけた。グブは炉辺から目をぱちくりさせる。「なまけものね」と声をかける。「お利口さん」

ひるむほどの冷気だった。凍結したところで転んで足でも折れれば、数日は誰も来てくれない、と彼女は考える。ここで倒れたら数時間で凍死だ。ふふふ。自分はもう神の御手にあるから、いずれにせよ数年もすれば死ぬ。せめて主よ、わが身を無事に里へ至らせ、ぬくめたまえ！

そこまでたどり着くと、まずは菓子店の丸煖炉で時間をかけて聞き漏らしていた噂話をおさえ、新聞販売所の薪煖炉では古新聞を読んで西部で新たに戦争が起こったことを知った。エイッドのおばのほかワーダの父母おばまでが、族長の様子を訊ねてくる。また口を揃えて、大家のケービがあんたに用があると言うので、その家に立ち寄ることにした。彼は安物のまずい茶を出してくれた。ただ相手の魂を豊かにしてやる気持ちから、しぶしぶ彼女はありがとうと礼を言った。彼はアベルカムのことを訊ねた。族長は病に伏せているのか？　快方に向かっているのか、と詮索してくるので、彼女は淡々と答えた。静かに暮らすのは簡単だ、と彼女は思う。ただこうした声とともに生きるのは自分には無理だったのだ、と。

暖かな部屋を出るのは気が進まなかったが、今や荷物は気軽に運べるほど軽くはなく、日がなくなると路面の凍結箇所を見分けるのも難しくなる。出発すると再び里を横断して出て土手道へと上がっていった。思っていたよりも遅い時間になっていた。太陽もずいぶん沈んで、それ以外何もない空に一本だけたなびいている雲の後ろに隠れていて、あと少しの暖気と光を惜しんでいるかのようだった。彼女は家に帰って火に当たりたかったので、まっすぐ足を進めていった。

氷にすべらないよう目を前の道に落としていたので、最初は声だけが聞こえてきた。彼女にはわかって、はっとする。アベルカムがまたおかしくなったのだ！　なるほど彼はこちらに叫びながら走ってくる。怖くなって彼女は立ち止まったが、彼が叫んでいるのはなんと彼女の名前だった。「ヨス！　ヨス！　無事か！」とまっすぐ向かってきたのは、野人のごとき大男で、全身どろどろ、灰色だった髪も泥と氷まみれで、手も真っ黒、衣服も黒々、見ると目のまわりだけが白くなっていた。

「近寄らないで！」と彼女。「あっちへ行って、離れて！」

「おお無事だ」と彼。「だが家が、家が――」

「どの家？」

「あんたの家だ、火事なんだ。目にして、里まで走るところで、見えたんだ湿地に煙が――」と話を続けたが、立ったまま固まる彼女には何も耳に入らなかった。戸は閉めて掛け金を下ろした。いつも鍵をかけないが掛け金は下ろしたので、グブは外に出てこられない。家のなかにいる。閉じ込められて、絶望に目を潤ませて、小さな声で鳴き叫ぶ――

彼女は飛び出そうとした。アベルカムがその道をふさぐ。

「行かせて」と彼女。「行かないと」彼女は荷物を下ろして走り出そうとする。するると腕がつかまれ、止められた彼女は返す波のように揺り戻る。大きな体と声が彼女を覆う。「大丈夫だ、あの子猫は無事だ、今はうちにいる」と彼が語りかける。「聞いてくれ、よく聞け、ヨス！　家が火事になった。子猫は無事だ」

「何があったの？」と彼女は我を失って声を張り上げる。「通して！　わからない！　何があったの！」

「頼むから落ち着いてくれ」と彼は彼女を放しながら頼み込む。「いっしょにそこまで行こう。そうすればわかる。ほとんど残ってはおらんが」

よろけながら彼女は彼について歩いていき、そのあいだ彼が起こったことを説明した。「でも火元は？」と彼女。「何が原因？」

「火の粉だ。煖炉をつけたまま外出したな？　むろん、当然そうした、寒いからな。だが煙突から石が崩れていた、見えたさ。煖炉に薪があると、火の粉が――たぶん床板に燃え移ったり――草ぶきの屋根、かもしれん。それで一気に広がった、こんな乾燥した空気だ、何もかも乾いて、雨もないからな。おおわが主よ、わが御大切な主よ、あんたがそこにいるかと思った。あんたが家にいると思ったんだ。火の手が見えて、土手道を上がって――それから家の戸口まで下りてきて、どうしていいやら、無我夢中で来たから、わからずに――戸を押して、掛け金がかかっていたから、押し入ると、目に入ってきたのは、奥の壁から天井からがすべて燃えて炎の上がる光景だ。煙が充満していて、自分がどこにいるかもわからんが、中を進むと、小さな生き物が隅に潜んでいる――もう一匹まで死んじまったらあんたがどんなに泣くかと思って、おれが捕まえようとすると、そいつはぱっと飛び出して入口から出ていったから、もう誰もいないことを確認して、おれも入口へ突進していくと、屋根が落ちてきたのだ」と笑う彼の野太い声は、やってやったと言わんばかりだ。「頭をかすめたさ、わかるか?」と頭をかがめたが、まだ彼女には高くて頭のてっぺんが見えそうになかった。「手桶が見えたから、何かしら抑えられないかと正面の壁に水をかけてはみたものの、そのあと勢いが狂ったようになって、すべてが火に包まれて、何も残らんかった。そうしておれは道を歩こうとしたが、あの小さな生き物、あんたの飼い猫はじっとして動かず、全身ふるえていてな。だから抱え上げて、どうしていいかわからんものだから、急いでうちに連れて帰って、そこに置いてきた。戸締まりはしたから安全のはずだ。それからあんたは里にいるに違いないと思って、だから引き返したら、あんたを見つけたわけだ」

ふたりは岐路のところまでやってきた。土手道のわきに寄って、彼女は下を見やる。煙にまみれた黒いものの寄せ集め。焼け焦げた棒きれがごろごろ。凍っている。全身が震えた彼女は気分が悪くなり、思わずうずくまって、冷たいつばを呑み込んだ。空と草は視野のなかで左から右へと流れてぐるぐる回る。目が回るのを止められない。

「おい、来ないのか、大丈夫だ、いっしょに行くぞ」彼女にも、その声と手と腕、自分を支える温かな巨体の感覚はわかった。目をつむりながらも前に進んでいく。しばらくして目が開けられるようになっても、慎重に足元を見るばかり。

「ああ荷物——置いてきた——あそこに全部」と唐突に半笑いで振り返った彼女は、よろけて倒れそうになる。身体をひねったことでまた眩暈が始まったからだ。

「それならここにある。さあ、もう道はあと少しだ」彼は荷物を肘に引っかけた妙な体勢だった。もう一方の腕で彼女を抱えて、立つのと歩くのを支えている。着いたのは彼の家、薄暗く沼に浮かぶあの家だった。家の向かいには黄金色の空がどこまでも広がっていて、陽の沈むところから薄紅色の筋がいくつも空に向かって伸びていた。おひさまの髪の毛、と彼女が幼い時分にはよくそう呼ばれていたものだ。陽の光を背にして、ふたりは薄暗い家に入っていった。

「グブ?」と彼女は口に出す。

見つけるまでしばらくかかった。その猫は長椅子の下で縮こまっていた。こちらに出てこようとはしないので、彼女は引っ張り出すほかなかった。その体毛はすすまみれで、さすると抜けて手のなかに落ちてくる。口にも吹いた泡が少し残っていて、震えたまま彼女の腕に包まれて鳴こうともしない。ぶちのある銀毛の背中と斑点の散らばる脇腹、そして絹のように白いお腹の毛を順々に撫でていった。ようやく目をつむったが、彼女が身じろぎするや、たちまち跳び上がって、また長椅子の下に走り込んでしまった。

彼女は腰を下ろして声をかける。「ごめん、ごめんね、グブ、ごめんねったら」

その話し声を聞いて、族長が部屋へと戻ってきた。それまで流し場にいたのだ。彼はぬれた手を前に出していたが、どうして乾かさないのだろうと彼女はふしぎに思った。「そいつは大丈夫か？」と彼が訊ねる。

「しばらくかかりそう」と彼女。「火事。それに慣れないおうち。ほら……猫ってなわばり習性が。慣れないところが苦手で」

考えや言葉がうまくまとまらず、ぶつ切れでばらばらになってしまう。

「猫、なのだな」

「ええ斑猫」

「こういう愛玩動物は、もとは農園主たちのもので、農園主どもの家にいたものだ」と彼は言った。「元々われらのそばにはいなかった」

彼女にはそれが非難に聞こえた。「確かにこの子たちはウェレルから農園主に連れられてきた」と彼女。「そう、わたしたちと同じ」きつく言葉に出したあと、彼の言ったことは無知に対する謝罪だったのかも、と思い直す。

そこに立ったまま、彼は両手をぎこちなく前に出した。「すまないが」と彼は言う。「何か包帯が必要、だろうか」

彼女はゆっくりその手に目を落とす。

「火傷してる」

「軽くだ。いつの間にか」

「見せて」すると近寄ってきた彼が、大きな手のひらを上に向ける。片手の指には、赤くひどい水ぶくれの筋が、青い皮膚の内側にまで広がっていて、もう片方の親指のつけ根には、むき出しの赤い傷があった。

「洗うまで気づかなかった」と彼。「痛みはない」

「頭を見せて」と思い出した彼女が言う。彼がひざを突いて、すすだらけのぼさぼさ頭を見せると、そのてっぺんにまっすぐ赤く黒い火傷があった。

手前にある灰色もじゃもじゃの髪の奥から、彼の大きな鼻と目がのぞき、不安げにこちらを見ている。「確かに屋根が上に落ちてきた」と彼が言うと、彼女は吹き出した。

「屋根が落ちてきたどころの話じゃないし」と彼女。「ある? 何かその――清潔な布きれ――そういえば流し場の戸棚にきれいな布巾を何枚か置いてた――消毒液は?」

彼女は頭の傷をきれいにしながら話を続ける。「わたしがわかるのは、火傷は傷口を清潔にして、何も巻かずに乾燥させておくことだけ。そのうちヴェオの診療所を呼び出さないと。里には行けるから、明日には」

「あんたは、医者か看護師だったんじゃないのか」と彼。

「学校の先生！」

「看病してくれた」

「たまたまその病気を知ってただけ。火傷のことはわからない。あとで里に行って呼び出すから。でも今夜じゃない」

「今夜じゃ、ない」と彼もうなずいて、顔をしかめながら手を動かす。「ふたり分の食事を作るつもりだったが。手まで難儀してたなんて気づかんかった。いったいいつの間に」

「グブを助けるときね」と事務的な声で言ったあと、ヨスはいきなり大声を出す。「何を作るつもりだったか教えて。わたしが支度するから」と泣きながら言っていた。

「家財のことは、すまない」と彼が言う。

「大したものはなかったから。衣類は今ほとんど全部着込んでる」と涙をこぼしながら答える彼女。「何にもなかった。食べ物さえ尽きかけで。『アルカムイェ』だけ。それから世界についてのあの本」彼女の心のなかに、火に読まれていってどの頁も黒色に変わりくしゃくしゃになってゆく光景が浮かんでくる。「その本は、友だちが町から送ってくれてね、彼女はよく思ってなかったから、わたしがここに来て、水だけ飲んで静謐なふりをするのを。彼女が正しかったし、わたしは引き返してここへは二度と来るべきじゃなかった。なんて嘘つきで、なんてばかなわたし！　薪を盗んだりして！　まともな火がほしいがために薪を盗んで！　暖まって元気になりたいからって！　それで家に火をつけて、それで何もかもを失って、だめにして、ケービの家を、かわいそうな猫ちゃんを、あなたの手を、わたしの責任。薪を燃やしたら火の粉が飛ぶだなんてすっかり忘れて、煙突が泥炭用に作ってあることもうっかりして。わたしは何もかもを忘れるし、思考だってわたしに背いて、記憶も嘘つきで。主に仕えるふりをしてその名を汚したのね、仕えられもしないのに、俗世を捨てられもしないのに。だから燃やすことに！　剣があなたの手を切ることに」と彼女は彼の手を取って、頭を垂れてその上に重ねる。「涙で消毒ね」と言う。「ああごめんなさい、ごめんなさい！」

火傷を負った彼の大きな手が、彼女の手のうちにあった。彼も前にかがみ、彼女の髪に口づけをして、その唇と頬とで髪を撫でる。『アルカムイェ』なら聞かせてやろう」と彼は言う。「今は落ち着け。ふたりとも何か食べたほうがいい。身体が冷えている。たぶんまだ動揺してるんだろう。そこに座れ。鍋くらい自分で火にかけられる」

彼女は言う通りにした。彼の見立て通り、寒気がひどかった。火に寄って身体を丸める。「グブ？」と彼女はささやきかける。「グブ、大丈夫。こっち、こっちよ、かわいい子だから」ところが長椅子の下には動きがない。

アベルカムは彼女のそばに立って、何かを差し出した。玻璃《ガラス》の杯。葡萄酒だった、赤の葡萄酒。

「お酒があるの？」と彼女は目を丸くする。

「たいていは水を飲んで静謐にする」と彼は言う。「たまには酒を飲んでしゃべる。さあ」

恐縮しながら受け取る彼女。「もう動揺はないから」

「街の女の心は何にも揺るがないか」とまじめな口ぶりで彼は言う。「さてこの瓶を開けてほしいんだが」

「その手でお酒はどうやって開けたわけ?」と訊きながら彼女は魚の煮物が入った瓶のふたを回す。

「開封済みだった」と彼は動じずに野太い声で答える。

ふたりは炉辺を挟んで座って、鉤に引っかけられた鍋から自分の分をよそって食べた。彼女は煮魚のかけらを長椅子の下からでも見えるように持っていって、グブにささやきかけたが、やはり出てこなかった。

「はらぺこになったら食べるよね」と彼女はつぶやく。涙ですすり声になって、のどが詰まって、恥ずかしい気持ちになって、もうへとへとだった。「食べ物をありがとう。気が楽になった」

彼女は立ち上がって、鍋と匙を洗った。彼には手をぬらさないようにと言い含めてあったので、手伝いを申し出はせず、彼は大きく黒い石のかたまりのように、動かず火のそばで座っていた。

「二階に行くから」とやることを片づけて彼女が言った。「たぶんグブは抱え上げたら連れていけるから。毛布を何枚か貸してくれる?」

彼はうなずいた。「上にある。火もつけておいた」と言う。どういうことなのかわからないまま、彼女はひざを突いて長椅子の下をのぞいた。こういう無様なことをする際の老女のたしなみとして、浮いたおしりにかぶさるよう肩掛けを腰に巻いて、小声で家具のひとつに向かって声をかける。「グブ、グブ！」すると少しひっかくような音があったあと、グブがまっすぐ彼女の手のなかに入ってきた。そして肩にぴったり乗っかって、猫は彼女の耳の後ろに自分の鼻を隠す。彼女はしゃがみ姿勢で、ぱっとにこやかにアベルカムに目を向ける。「やっと来た！」と言い、やや苦労しながらもそのまま立ち上がって、「おやすみ」と声をかけた。

「おやすみ、ヨス」と彼も言った。彼女はあえて油灯を持っていかずに、グブを両手でぎゅっと抱きしめながら暗い階段を上っていき、何とか西の部屋に着くと戸を閉めた。そうして立ったままあたりを見る。アベルカムはふさがれていた煖炉を開けて、この夕べのどこかで、なかへ用意しておいた泥炭に火をつけておいてくれたらしい。赤熱の光が、夜で暗くなった横長の窓の並びに揺らめいて、そのにおいまでが心地よかった。使われていない別の部屋から寝台があらためてここへ運ばれてきており、その上には床褥や毛布のほか新品の白い毛糸の敷き布団までが整えられていた。水差しと桶も煙突そばの棚に置かれている。それまで座るのに使っていたもうくたくたぼろぼろの古い布は、すり切れながらもきれいにされて炉辺に置き直されていた。

グブが腕をぐいと押すので、彼女が下ろしてやると、そのまま寝台の下へと駆け込んでいった。そこでなら安心のようだった。のどが渇いたら飲めるよう、水差しから桶に少しの水を注いで、炉辺に置いておく。用を足すときには箱の代わりに灰が使える。必要なものが全部ここにある、と思いながら彼女は、まだ戸惑いながらもその薄暗い部屋を見る。内側から窓にほのかな光が当たっていた。

部屋を出た彼女は、後ろ手に戸を閉めて階段を下りていった。アベルカムはまだ火のそばに座っていた。その目がさっと彼女のほうへ向く。彼女は何と言っていいかわからなかった。

「あの部屋がお気に入りだと言ったからな」と彼は言う。

彼女はうなずいた。

「以前は恋人たちの部屋だったかもと、あんたは言ったが、おれはたぶん、恋人たちの部屋になる予定だったのだと思う」

やや間があって、彼女は言う。「かもね」

「でも今夜じゃない」と低い声がごろごろと詰まる。笑っているのだ、と彼女は気づいた。以前見えたのは微笑みだったが、今回は声に出して笑っている。

「そう。今夜じゃない」と彼女もぎこちなく言う。

「おれにはこの手が必要だ」と彼は言う。「何もかもが必要だ、そのためにも、あんたのためにも」

何も言わずに彼女は彼を見つめた。

「座ってくれないか、ヨス」と言うので、彼女は彼の対面にある炉辺の椅子に腰掛けた。

「病に伏せるあいだ、あのことを色々と考えた」という彼の声には、演説の呼吸があった。

「おれはおのれの大義に背き、それを名分に嘘をつき盗みを働いた。大義に対する信念を失っていると認めたくはなかったからだ。異星人を恐れたのも、やつらの神々を恐れたからだ。あんなにも大勢の神がいるとは！　やつらがわが主を貶めるのが怖かった。貶めるのが！」と、しばし静かに深呼吸をする。彼女には、肺のきしむ低い音が聞こえた。「わが息子の母の心にも何度も何度も背いた。彼女にも、ほかの女にも、おのれ自身にも。おれは、ただひとつの気高きことをしっかりとつかめなかったのだ」と彼は少し顔をしかめながらも手のひらを開いて、そこに大きく残る火傷を見つめた。「たぶんあんたはできた」

ややあって、彼女が言う。「わたしがサフナンの父親といっしょにいたのは数年だけ。ほかの男も何人かいた。今それが大事なこと？」

「そういう意味じゃない」と彼は言う。「つまりあんたは、男にも子どもにも自分自身の心にも、背かなかったと言いたいんだ。まあいい、みんな過去のことだ。今それが大事なことかと言ったが、むろんそうじゃない。だがあんたは今のおれにもこの機会を、この素晴らしい機会をくれたんだ、おれに、あんたを、つかんで放さないっていう……」

彼女は何も言わなかった。

「おれは恥のあまりここへやってきた」と彼は言う。「そしてあんたがおれに尊厳を与えてくれた」

「当たり前のこと。あなたを裁くなんてわたし何様よ？」

「兄よ、わたしはそなただ」

畏怖しながらも彼に一瞥をくれて、そのあと彼女は目を火に向ける。泥炭はほのかに燃えて暖かく、かすかな煙の渦を立てている。彼の身体の温かみと影とを思い出す。

「わたしたちふたりのあいだに、平穏なんてあると思う？」とついに彼女は口に出す。

「平穏がほしいのか？」

しばしの間があって、彼女は少し微笑む。

「善処しよう」と彼は言う。「しばらくこの家にいてくれないか」

彼女はうなずいた。


（訳＝大久保ゆう）

狼藉者《ふみあらすもの》

The Poacher

……にしても、一度のキスで帳消しにしてよいものか、
あの静寂の館を、囀りの荒地を。
――シルヴィア・タウンゼンド・ウォーナー

子どものころ、ぼくははじめてあの巨大な生垣のところへ行った。ちょうどキノコ狩り中で、紳士淑女がやると本で読んだような暇つぶしではなく、真面目にやっていたのだ。必要もなく狩りをするのは、貴族の特権だという。ぼくに言わせれば、そういう振る舞いができてこそ人間は貴族になるし、できることこそ特権そのものだ。お腹が減るから狩りをするのが庶民ってやつだ。庶民にできることはと言えば狼藉《ろうぜき》くらい。だからこのとき、ぼくは王様の森を踏み荒らしてキノコを密猟していたわけだ。

その朝、父親がぼくにカゴを押しつけて外へ行ってこいと言いつけたのだ、「カゴいっぱい

になるまでこっそり帰ってきたりすんなよ！」そうなのだ、カゴを食べ物でいっぱいにせず帰ってこようものなら、きっとぼくはぶたれてしまう――この時季ならキノコがせいぜい、それかまだ冷たい土にちらほら芽吹き始めたゼンマイの若葉かだ。採れなければ腹ぺこだガッカリだよと、クワの持ち手かムチかで肩を小突いて、晩ごはんぬきでベッドに入らされる。同じようにみじめでつらくても、自分よりぼくがひもじくなれば、せめて誰かよりはマシだと思えるわけだ。しばらくするとだいたい継母が、小屋の隅にいるぼくのところをそっと通り過ぎるふりをしつつ、ぼくの粗末な寝床なりぼくの手なりに、とぼしい自分の夕食から取り分けておいた食べ残しを――パン半きれだとか豆がゆだとかを置いてくれる。その目で言いたいことがはっきりわかる、何も言わないで、と。ぼくは何も言わない。感謝も口にしない。まっくらやみで、ぼくはそのごはんを食べる。

ひっきりなしに父はあのひとをぶった。結局のところ幸か不幸か、ぼくはあのひとがぶたれるのを見ても、自分のほうがマシだと感じなかったみたいだ。むしろこれまで以上にみじめだと、あわれに涙を流すその女よりもはるかに自分がみじめに思えるのだった。あのひとは何もできなかったし、あのひとにできることはぼくにもなかった。一度、あのひとが畑仕事をしているあいだに小屋を掃除しようとしたことがある。あのひとが戻ってきたときにはあれこれきれいになっているつもりだったのだけれど、掃いても掃いてもゴミが散らかるだけだった。やがて畑仕事からよごれてくたびれて帰ってきたあのひとは、何にも気づかずにそのまま火をおこす水をくむなどして、かたや父のほうは同じようによごれてくたびれて、小屋にひとつあるきりの椅子に座り込むから、みんな大きなため息をつくしかない。つまるところ、ぼくは何ひとつできなかったことが腹立たしくてならなかった。

そういえば、父があのひとを家に迎えたはじめのころは、ぼくも幼かったから、あのひとも同じ子どもとしてぼくと遊んでくれたのだった。ナイフ投げ遊びを知っていたあのひとは、ぼくにそれを教えてくれた。自分の持っていた本から読み書きを教えてくれた。修道女に育てられたあのひとは、自分への手紙も読めたのだ、かわいそうに。父は、ぼくが読書を覚えて一家を金持ちにできるようなら修道院に入れてもいいと気まぐれを起こしたこともあったけれど、もちろんそうはならなかった。あのひとがまだ幼くてひ弱で、ぼくの母がやっていたみたく仕事の役に立てなかったので、なりゆきはぼくらにうまく転ばなかったのだ。読書の練習もすぐおしまいになった。

実はぼくが食料集めの上手なことに気づいたのはあのひとで、あのひとが何を獲ってくればいいのかを教えてくれた——金色や茶色のキノコ、木に生えるやつやカサ状のキノコなどなど、それからそれぞれの季節で野に生える芽とか根とか実とか、野バラの熟れた実もいいし、小川のミズガラシもいい。魚捕りの仕掛けの作り方もあのひとは手ほどきしてくれて、父は父でウサギ用のわなの掛け方を見せてくれた。ほどなくしてわが家の糧の大半がぼくだよりとなったのだけれど、その理由としては、畑で育った作物はぜんぶ畑の持ち主である男爵に取り立てられるからで、自分たちのぶんは、男爵様へのご奉公が損なわれないようほんのちいさな家庭菜園程度にしか耕せなかった。ぼくはこの食料集めの役に得意げで、喜び勇んで森へ行ったし、怖くもなかった。ほとんど森のなかと言えるくらい、ほんのきわに住んでたんじゃなかったっけ。うちの小屋から一刻で行って帰ってこられる範囲の獣道や沼地に木立は、隅々までわかっていたんじゃなかったかな。ぼくはあたりを自分のなわばりだと考えていた。なのに父は、指図がないとぼくがダメみたいに毎朝毎朝行けと言いつけて、信じられないとばかりに――「カゴいっぱいになるまでこっそり帰ってきたりすんなよ！」

時期によっては難なくいかないこともあった――春先のまだ何も見つからないころ――そんな日にはじめて、ぼくはあのでっかい生垣を目にしたのだ。なごりの雪がまだカシの木陰で薄汚れていて、ぼくはキノコも新芽も見つけられずに歩き回っていた。枝についた木イチゴも干からびていて腐った味しかしなかった。仕掛けに魚はなかったし、わなにもウサギはいなくて、ザリガニも泥にひそんだままだ。今まで踏み入らなかったところへも進んだのは、きらきらさらさらとした雪に、ワラビでもまたひとつ見つからないか、リスの足跡をたどって取り置きされた木の実でも突き止められないかと思ってのことだった。足取りは重くても、ほとんど道に近い獣道も見当たったから歩きづらくはなくて。男爵様の館へ続く並木道を進んでいるみたいで、行く手にそって立ち並ぶ背高のブナの木のあいだから、冴え冴えとした日差しが入ってくる。つきあたりに生垣のような灌木の列が現れたのだけれど、空高くて、とても高いから最初に見えたとき雲かと思ってしまった。ここが森の果てだろうか。世界の果てだろうか？

歩きながら目をこらしつつ、足取りは絶対にとめない。近づくほど驚きが大きくなる――樹齢のあるブナよりも背の高い生垣で、左にも右にも見える限り広がっていた。確かに生垣みたく、灌木と木々が育つままに絡み合ってできあがっているのに、とんでもなく巨大で奥も見えずトゲだらけだった。この時季ならふつうまだ冬枯れしているはずが、向こうをのぞこうにも少しの穴や隙間もどこにも見当たらない。太い根から立ち上がったイバラがぐっときつくからまっていた。貌をうんと近くに寄せると、こっちが傷ついて痛むわりには、見えるのはただ、ごつごつした茎ととげとげしい枝がどこまでも黒々とからまる様子ばかり。

そこでぼくは、はっとする。イバラなら少なくとも実がたくさん見つかるはず、夏よ来い！――子どものころのぼくは、食べ物のことくらいしか頭になかったのだ。それだけが自分の役目でそればかり気にしていたから。

それでもやはり、子ども心にわくわくするもので。晩ごはんでおなかいっぱいになると寝そべって、弱りゆく火元のちいさな種をながめながら、あの巨大なイバラの生垣の向こう側には何があるのかなとあれこれ考えをめぐらせたものだった。

現実の生垣そのものもイバラやサンザシの実の宝庫だったから、夏秋とおしてぼくは繰り返しそこへ通《かよ》った。そこへ行くだけで朝の時間が半分終わるけれども、その巨大な生垣がちょうど実りの時節なら、あっというまにカゴや袋が実でいっぱいになるから、あとは昼日中ずっとひとりで思うままに過ごせた。楽しくていちばんよくやったのが、生垣ぞいをのんびり歩きながら、あっちこっちでとりわけ出来のいいクロイチゴをつまみ食いしつつ、とりとめのない夢を思い浮かべることだ。そのときのぼくが知っている話といえば、父と継母とぼくのあいだでなされるひどくありふれたものばかりだったから、そのぼくの見た白昼夢が何かはっきりとした筋のある話にまとまることはなかった。それでも歩いているあいだずっとぼくは、イバラの向こうが垣間見える何か隙間なり開き口なりを横目で探していた。自分自身に言い聞かせる物語があるとすれば、こんなふうなものだった。「この巨大なイバラの生垣を抜ける道がある、だからぼくはそれを見つけるんだ」

よじ登るのは論外だった。これほど高いものは今まで見たことがなかったし、その高さを超えたところで、イバラのトゲは指のように長くて縫い針みたくするどい。生垣から実をつむ際にうっかりしようものなら、着ている服が引っかかって破れて、夏になるといつも赤と黒の切り傷があちこちにできるほどだった。

でもぼくは、そこへ行ってそばを歩くのが好きだった。最初に生垣を見つけてから数年経った初夏のある日、ぼくはそこを訪れた。実りの時季には早すぎたけれど、イバラに花が咲くころで、積み重なるような花の束が現れていて、空へもくもくと広がる雲のようだった。見るのも楽しく、においをかぐのも嬉しくて、肉やパンみたく香りは強いのに、甘くかぐわしくて。ぼくは右のほうへと進み出した。生垣そばの足下は荒れてなくて、まるで昔そこに道があったみたいだった。森の樹齢ありそうな木々にしても、木漏れ日を受ける枝はどれもそのイバラの壁には届いているわけじゃなくて、木のてっぺんよりも高いところまで一面花の壁が続いていた。クロイチゴの花がひどくかぐわしいその壁の下で陰になっていて、風もなく蒸し暑かった。そこはいつも実にしんとしていて、その静けさは生垣の向こうから来ている気がしたのだ。

気づいたのはずいぶん前だけれど、向こう側から鳥のさえずりの聞こえたことがなかった。

春になるとそれこそ森のあちこちで鳥のさえずりが奏でられているっていうのに。生垣のなかへと飛んでいく鳥は時々見るけど、その鳥が戻ってくるのを見た覚えがないし。

だからぼくは歩いてゆく、静けさのなかを、ふわふわの草の上を、お気に入りの赤茶色のキノコがないかと目をこらしながら。すると、草も森も花咲く生垣も、なんだか妙な気がしてきた。たぶんこれまでそこを歩いたことはないのに、それなのに何度も見たことがあるように思えてきたのだ。あのカバの若木のやぶはぜったい知ってる、去年の冬の深い雪でひとつ折れ曲がったよね？　そのときふと目に入ったのが、カバノキからそう遠くないところ、草むした道のそば、スグリの下にあるカゴひとつと口の結んだ袋ひとつ。ほかに誰かがここにいる。今まで他人とは出くわしたことのないこの場所で。何者かがぼくのなわばりを踏み荒らしている。

里の連中は森をおそれていた。ぼくたちの小屋はほとんど森のなかにあると言ってもよかったから、ぼくたちも他人におそれられていた。ぼくには何を怖がっているのかさっぱりだった。オオカミのうわさがあったけれど、オオカミの足跡なんて一度も見たことないし、冬の夜に遠吠えが聞こえることもあっても、人家や畑近くにオオカミが出てきた試しはなかった。クマのうわさもあった。クマそのものもクマの足跡も、里の者は誰も見たことがなかった。森が危ないといって、森にある危険とそこにかかった魔法がうわさになるばかりで、他人は目をぎょろつかせてひそひそ話すのだけれど、ぼくにはみんな大バカにしか思えなかった。魔法なんて知ったことか。ぼくは森のなかを行ったり来たり、自分の家庭菜園気取りでうろちょろしたけれど、おそろしいものに出くわしたこともない。

小屋から少し出かけて、どうしても村に入るはめになったときには、きまって怪しい目で見られて、野生児なんてふうに呼ばれた。ただ野生と言われて、ぼくは得意げだった。にっこりと自分の名前で呼ばれたらずっと気持ちよかったのかもしれないけれど、現実ではぼく以外の誰も足を踏み入れようとしない自分のなわばり、自分だけの未開の荒れ地があったから、それが自分の誇りでもあった。

だからこそ、誰か立ち入ったやつが、出しゃばりが、敵がいるかもしれない痕跡をにらみつけるぼくの心にあったのは、おそれと痛みだった——けれどもぼくははっとする、この袋とカゴは自分のものだと。巨大な生垣をぐるりと一周したわけで、円になっていたのだ。これまでの森はぜんぶ外側だった。イバラの向こう側は——中身は何であれ——内側なのだ。

その日も真昼を過ぎると、その巨大な生垣に対してくすぶっていたわくわくもまた大きくなって、何としても通り抜けたい、内側のその隠された場所を、その秘密を自分の目で見たいと思うようになった。夜、寝そべって残り火をながめながらそのとき考えていたのは、イバラを切り拓くのに必要な道具のことと、その道具をどうやって手に入れるかだった。畑仕事用の粗末なクワやスキでは、あんなに巨大な茎や枝には歯が立ちそうにない。要るのはちゃんとした刃物に、それを研ぐための石だ。

こうしてぼくの盗人としての第一歩が始まった。

里の奥の年老いた木こりが死んだ。そいつが死んだことは、その当日に市場で耳にした。ひとり暮らしでケチ呼ばわりされてたことも知っていた。そいつならぼくが入り用のものを持っているかもしれない。その夜、父と継母が寝静まったころ、こっそり小屋を抜け出したぼくは月かげをたよりに里へと下りていった。家屋のとびらは開いていた。煙口の下にある火元がまだくすぶっていた。家屋の寝床側つまり火元の左手では、ひと組の女たちが遺体を寝かせていた。そのそばで寝ず番をしつつ、おしゃべりしながら時には思いあまってむせび泣いたりしていた。ぼくが家屋の牛舎側へと忍び寄ると、ぼくたちはちょうど火元を挟んだかっこうになるわけだけど、向こうにはぼくのことは見えも聞こえもしていなかった。反すうしてくちゃくちゃするウシと、こちらの様子をうかがうネコがいて、火元を囲んだ女たちは笑いながらひそひそおしゃべり、そして死衣に包まれた老人はこわばったまま寝床で横になっている。ぼくは音を立てず、あわてずに道具を調べてみた。そいつが持っていたのは、立派な手オノに、粗末なノコギリ、それから据えつけられた丸い砥石――ぼくには宝物だった。さすがに据えつけ台は抱えられないので、服に砥石の取っ手を差し込んで脇にその道具を挟みながら、両手で石本体を抱えることにして、歩いて外へと出ていく。「誰かいるの？」と女の片割れがおざなりに声をかけてから、また気のないすすり泣きをあげたのだった。

　石は手からすべり落ちる寸前だったけれど、なんとかうちの小屋へ続く道のところまで運べたので、森を少しなかに入ったところ、ちいさな茂みの下に石も道具も取っ手も隠すことにした。窓のない小屋の暗闇にそっと戻って、火も消えていたから手探りで自分の寝床まで帰った。しばらく横になって、心臓が強く胸打つなか、ぼくは自分に物語を言い聞かせる。ついに武器を盗めた、これであの巨大なイバラの生垣に攻撃できる。とはいえ実際にこの言葉を使ったわけじゃない。このときのぼくはまだ、攻撃も戦闘も勝利も、そうした歴史の偉業もまったく知らなかった。知っていたのは自分の物語だけだ。

本で読むにはとてもだるい記述になってしまうから、多くは語れない。その夏も秋も冬も春も、その次の夏も、あくる秋も、またの冬も、ぼくは奮闘して、攻め続けた。分厚いイバラの壁を切って断って刈っていった。太くて硬い茎を一本断ち切っても、そこに絡んでくる五十はある枝まで刈ってしまわないと完全には引っこ抜けなかった。抜ければ引きずり出して、それからまた次の太い茎を切り始める。手オノは何百回と切れ味がにぶった。砥石の据えつけ台を作って、その上で何百回と研いでいると、刃の厚みもどんどん薄くなって、とうとう刃先がもたなくなってしまった。初回の冬には、石のように硬い根茎にノコギリの刃もこぼれてしまった。二度目の夏になると、ぼくは旅の木こりの一党から大オノと手びきノコをくすねた。男爵様の館へ続く道そばの森からちょっと入ったところで野営をしていたやつらなのだけれど、森を、ぼくのなわばりを踏み荒らして木材を盗伐していたから、そのお返しにぼくは道具を盗んでやった。思うに正しい取引だ。

父はぼくが長く家を空けるからぼやいたけれど、ぼくも食料集めは続けていたし、たくさんわなを仕掛けたから欲しいぶんのウサギは手に入っていた。どのみち父はもう、ぼくをぶとうとしなかった。たぶんぼくも十六、十七歳くらいにはなっていて、背も体格もけして発育はよくなかったけれど、四十を越えたくたびれた中年よりは力があった。あのひとも今や、歯もなく目を腫らした小柄な年増の女だ。口数はほとんどなかった。あのひとがしゃべると父は、女のおしゃべりだとののしり、女の小言だと毒づいて、そのたびにあのひとをぶったのだ。「お前は静かにできないのか？」父がこう叫ぶといつも、おびえたあのひとはカメのように肩をつき出し頭を引っ込める。ただ夜に、灰で暖めた水桶と布きれであのひとが身体を拭いているとき、たまに身体を包んでいた毛布がずり落ちることがあるのだけれど、ぼくの目にうつるあのひとの肌はきれいだったし、火明かりにあわく照らされる乳房はやわらかそうで、おしりも丸かった。あのひとは、ぼくが見ていることに気づくとびっくりして恥ずかしがるので、ぼくもきまって顔を背けるのだった。あのひとはぼくのことを「せがれ」と読んだ、実の子でもないのに。ぼくのことを名前で呼んでくれたのはずいぶん前のことだった。

一度、あのひとが食事中のぼくを見つめているのに気づいたことがある。最初の秋はちょうど豊作で、ひと冬じゅうカブのたくわえがあった。あのひとは面と向かってこちらをながめて、どうやら何か聞きたそうにしているようだった。父がうちを空けているあいだ、森で日がないったい何をしているのか、どうして肌着や上下の服がずっと裂けてずたずたなのか、なぜ手のひらにたこができていて、手の甲には幾重にも擦り傷があるのか。聞かれていればぼくも答えていたと思う。でもあのひとは聞かなかった。顔をうつむけて暗がりに落としてしまう、静かに。

暗がりと静けさが満ちていたのは、あの巨大な生け垣にぼくが切り拓いた通り道も同じだった。イバラの林が高々と立ち、その上に枝がみっしり広がっているものだから、なかを抜ける道にも差す光がまったくなかった。

最初の一年が一巡するころには、切って断って刈った生垣を通るための入口も、高さはぼくの背くらい、幅はぼくふたりぶんくらいにはなった。ただこれまでと同じく奥には届いてないし、向こうに何があるのか垣間見ることもできず、絡み合うイバラが薄くなる気配もない。夜、寝そべって父のいびきを耳にしていると、繰り返し自分の頭によぎることがあった。たとえば自分があいつくらいの年になるころ、ようやくイバラも切り終わって抜けてみると、やっぱり元の森だったりすると――ぼくの人生は、ただの巨大で丸いイバラの茂みを、なかには何もないただそれだけのものに、穴を掘るだけで終わったりするんじゃないかと。ぼくはなんとか別の結末を物語ろうとした。そうだ、生垣の内側に見つかるのはきっと緑の芝地だ……村だ……修道院だ……館だ……石ころだらけの原っぱだ……それ以外に見つけられそうなものの知識がぼくにはなかった。でもこうした行く末で頭がいっぱいになったのも最初だけで、すぐにまた、先に立ちはだかる次の太い茎をどう切ってやろうかと考え出す。ぼくの物語は、終わることを知らない分厚いイバラの壁を切り拓いていく物語であって、それ以上のものではなかった。だからそれを語るには、それに要したのと同じだけの時間がかかるわけだ。

冬も終わりに近づいたある日、そんな日にかぎって冬の終わりが感じられるようなことはまったくなくて、寒くじめじめと薄暗く、ものうげでひもじく感じられるその日、ぼくは木こりのノコギリで、ぼくの太ももくらい太くて鉄のように硬い上にねじれてからまったサンザシをごりごり削っていた。せまいところにしゃがみながらぼくは、ただ切ることだけを考えてノコギリをひいていた。

生垣の生育は不自然なくらい早くて、季節さえも選ばなかった。真冬でも、太く白い若枝が、ぼくのせっかく作った道に伸び出してくるし、夏は夏で新しく生えてくる枝を、しみる樹液でいっぱいのトゲトゲしい緑の小枝を、まず刈ることに毎日それなりの時間を費やす羽目になった。ぼくの通り道なり抜け穴なりは、このときもう十五歩くらいの長さになっていたのに、高さも一番奥以外は身体の幅くらいしかなかったから、なんとか這って入って奥だけでも人が立てるくらいの高さを、オノやノコを使えるだけの余地をしっかり保たないといけなかった。しゃがんで作業するぼくは、立っているからこそ前に進めるというよい点も、よろこんでかなぐり捨てた。

ところがここで、サンザシの太い茎がいきなりいたずらなかたちで、そのやぶの突破口を見せてくる。まずふとノコの歯がはね返ってすんでのところで太ももに当たりそうになったのだが、そのとき切った木がからみ合っていた木の上に倒れて長い枝がぼくの顔をしたたか叩いてきたのだ。そのときイバラのトゲがまぶたやおでこに刺さって、流れる血で前が見えなくなって目を突いたのかと思ったほどだった。ひざをついて、緊張と突然の事故のあまりふるえる手で血をぬぐった。やっとのことで片目をきれいにして、そのあともう片方、まばたきをして目を細めると、ようやく前に光が見えてくる。

するとサンザシが倒れたことで隙間ができて、暗く入り組んだイバラの迷宮のなか、その向こうに何もないささやかな空間が現れたのだ。そこからなら、壁にある採光穴みたく先が見える——そのちいさな開き口を通してぼくの目に入ってきたのは、お城だった。

そのときのぼくは、それを何と呼べばいいのか知らなかった。自分が目にしたものの名前がわからなかったのだ。土色した石壁に照りつける日差しが見える。目をこらすと、壁にはとびらがあった。とびらのそばに立つ人影が複数あったが、おそらく日陰にいる男たちで、じっとしていた。しばらくして思ったのは、きっと石に彫られた像だということで、修道院の入口で似たようなものを見たことがあったのだ。ほかには何も見当たらなかった。日差し、石壁、とびら、人影。それ以外でぼくの前に広がっているのは、生垣のイバラの茎と枝と枯れ葉だけで、それは二年のあいだ変わりなく、先のわからない闇だった。

ぼくは思った、自分がヘビならその穴から這いずり出られるのに！　でもヘビじゃないからその穴を広げる作業に取りかかった。手はまだふるえていたけれど大オノを取って、うじゃうじゃからまる枝へぶつけにぶつけた。こうなるとどの枝を切ればいいか、どの枝を刈ればいいかははっきりしていた。ぼくの目と、あの光に輝く壁やあのとびらとを隔てるあらゆるものだ。強引に前へ押し通れるなら、抜け穴の高さも幅ももう気にならず、ぼくの腕や顔や服が傷つこうとどうでもよかった。なまくらなオノをあまりに勢いよく打ち振るったから、枝が目の前で宙に舞った。突き進むほどに生垣の枝も茎も細くやわくなっていった。明るい光が差してくる。冬のために黒く硬くなっていたものも、前へ刈り進んでいくほど緑でやわらかくなっていって、果てには手で押し分けられるようになった。最後の障害物を取りのぞいたぼくは、四つんばいで色あざやかな芝地へと身を乗り出していった。

頭上の空は初夏のさわやかな青だった。目の前は生垣からなだらかな下り坂になっていて、堀のなかに土色の石でできた館、つまりお城がそびえていた。旗がはためきもせず尖塔の上からぶら下がっている。風はなかったが空気はあたたかだった。動くものは何もなかった。

ぼくはそこでうずくまって、まわりといっしょに動きを止めた。もちろん息だけは止められないけれど、その息もしばらくはあらくはげしいままだった。ぼくの汗と血にまみれた手のそばで、シロツメクサの花にとまったちいさなハチがいたけれど、動きもなかったし蜜も吸っていなかった。

ひざ立ちをして、ぼくはあたりを用心深くながめてみた。村はずれの丘にある男爵様の館に似ていたから、それが大屋敷にちがいないことはぼくにもわかったし、だからこそ、そこに住んでいない者やそこで働いていない者にはおそろしい場所だとも知っていた。男爵様の館よりずっと大きく立派で、はるかに美しかった。あの修道院以上に大きく美しかった。土色の壁と赤い屋根のために、まるで花みたいだとぼくは思った。ほかに比べられるものをあんまり知らなかった。男爵様の館は、まわりに小屋や納屋の散在するこぢんまりした砦だった。修道院のほうは、年月のために顔がはげてしまった彫像をとびらのわきに持つ、くすんだ灰色の寺院だった。かたやこの建物は何であれ、細やかで美しくも新しい。そこへ降り注ぐ日差しからぼくは、火明かりに照らされる継母の乳房を思い出した。

堀へと続く草むした広い坂道を半分ほど下ると、数頭のウシが食後の昼寝のかっこうで、頭を上げたまま目を閉じていたのだけれども、ただ反すうはしていなかった。坂をさらに下りると、ヒツジの群れもあちこちで寝ていて、リンゴの木はちょうど咲きかけで止まっていた。

空気はとてもあたたかだった。ぼくの肌着も上着も破れてぼろぼろになっていたから、冬の来ていた生垣の向こうでは、張りついた汗で冷えてしまって、ふるえるばかりだった。ここでぼくは、上着もぬぎ払った。擦り傷からにじんでいた血もかわき始めて、肌が腫れてかゆかったので、堀に水があってほしいとそわそわしながら先を見つめた。まさに青く澄んだ水があって、たまらなかった。それにのどもからからだった。自分の水筒はほとんど空になって通り道に置いてきた。そのことを思い出したけれど、振り返って後ろを見ることはしなかった。

動くものはなかった、芝地でも、建物をめぐる庭園でも、堀にかかる橋の上にも。この巨大な生垣に囲まれた範囲をひざ立ちで探っているあいだじゅう、めいっぱい目をこらしたにもかかわらず。ただウシは石のように寝ていたが、ときどきその薄茶色のおなかがひとりでにふるえたり、尻尾の先だけが静かにぴくりとするのが見えた。自分のそばを見下ろすと、シロツメクサにじっととまっているちいさなハチがいた。死んでいるのかと思ってそわそわとその翅《はね》にさわってみた。触角がぴくりとふるえるものの、動き出したりはしなかった。建物のほうに目をやると、窓があって、とびらが——通用口だろう——イバラの隙間から最初に見えたあのとびらがあった。それから見えていることにしばらく気づかなかったけれども、二体の彫像と思っていたものは生きた人間だとわかった。ふたりは、庭園や馬小屋から入ってくる者に備えるかのように、それぞれとびらの両脇に立っていた。ひとりの手には棍棒、もうひとりには槍。ふたりとも壁を背にもたれかかり、眠りこけていた。

ぼくは驚かなかった。ふたりは眠っている、そう思ったのだ。ここではおそらくそれが自然なのだ。どうやらここでようやく自分の来た場所のことがわかったらしい。

おわかりだとは思うけれど、話のつじつまがわかった、というわけじゃない。なぜ眠っているのか、どうして眠ることとなんかになったのかは、あいかわらずわからない。物語の起こりもおちも見えてこない。城に誰がいるのかもさっぱりだ。ただここでわかっているのは、みんな眠っているということだ。すごく変なことで、ふつうなら怖がるはずなのだけれど、おそれはまったく感じなかった。

そこでようやく立ち上がったぼくは、日に照らされた草地をゆっくりと下って、堀そばのヤナギの林へ向かいながら、夢のなかにいるというよりも、歩く自分が夢そのものなんじゃないかという気持ちになった。自分でないとしたら誰が、ぼくを夢見ているのかはわからないけれども、どうでもいいことだ。ヤナギの木陰でひざをついて、堀の冷たい水へ傷だらけの手をひたす。ちょうど手の先に、金ぶちのコイが眠ったまま漂っていた。アメンボも四本足で水面にじっととどまっている。橋の下ではハクチョウとそのヒナたちがどろの巣のなか眠りこけていた。城壁の上部にある窓がひとつ開け放されていた。見ると、窓台でむっちりした腕を枕にしているつややかな黒髪の頭があった。

夢のなかで動くかのように、ぼくはゆっくりひっそりと服をぬぎ、水にそっと入った。泳げないくせに、森の浅い川で水浴びはよくしていた。堀は深かったけれども縁の石にしがみつくと、石からヤナギの根が外に伸びているのがすぐにわかったので、頭だけ出したまま根の上に腰を下ろして、日陰の澄んだ水のなかに浮かぶ金ぶちのコイをながめた。

やがてさっぱりして身もきれいになったので、よじ登って水から上がった。汗だくで汚れた服の上下も、石にこすりつけながら洗い、広げてヤナギの葉に引っかけてぽかぽか日干しにした。わらを敷いた分厚い木ぐつと上着は生垣のなかに置いてきていた。そのあと半がわきくらいで再び上下を身につけて――冷たくて心地いいけれど生がわき臭もしつつ――手ぐしで髪をといた。それから立ち上がったぼくは、つり上げ橋のたもとへと歩いていった。

城の大とびらのところに、門番の老人が座っていたけれど、あごが胸に沈んでいて、長々と怖がらずあわてずに、同じくゆっくりひっそりとぼくは橋を渡った。

鉄の鋲《びょう》がついた大きなカシのとびらを押すと、低くきしみながら開いた。なかに入ったところの床の敷石に、二ひきの大型犬がだらんと寝転がって、ぐっすり眠っていた。一ぴきは夢のなかで〈狩り〉をしていたのだろう、大きな脚をぴくんと動かしたあと、またじっとする。城内の空気は静かで薄暗く、外の空気は静かで明るかった。物音は内にも外にもなかった。歌う鳥も女もいない。話し声はなく、足音もせず、鐘も時を告げない。料理番は台所の大なべをさわりながら眠りこけ、女中も掃除や繕《つくろ》いをしたまま眠っている。王様とそのウマの世話係たちは、馬小屋前でウマに寄り添いながらおやすみしていて、ぬいとりをしていたお妃様もそば仕えをはべらせつつ眠りについていた。そのほかネズミの巣穴近くで眠るネコに、壁のなかで寝ているネズミ。衣類にとまったまま眠るガと、吟遊詩人の竪琴の弦で眠ったままの音楽。そこには時がなかった。太陽も青空で眠っているから、水際のヤナギの木陰も動くことはない。

そうだ、そうだ、自分が魔法にかけたわけじゃない。ぼくはただ、切って刈って抜けてなかに押し入っただけ。狼藉者だという自覚はある。ほかにどうすればいいか知らなかった。自分のなわばりだと思い込んでいたぼくの森も、実はぼくのものじゃなかった。ここは王様の森で、その当の王様は森のまんなかにある自分の城で眠っていたのだ。でももうずいぶん長いあいだ王様のうわさはなかった。この森のあたりをおさめているのは、さもしい男爵たちだ。木こり連中は木材を盗伐していて、小作人のせがれどもはここでウサギをわなにかけて狩っている。ひょっこり馬に乗った領主や王子が通り過ぎることも時々あるけれど、たぶんシカ狩りの最中で、勝手に踏み荒らしていることさえ気づいていない。

ぼくには踏み荒らしている自覚があったけれども、不都合はなかった。もちろんお城の食べ物は口にした。料理長がかまどから出したばかりのシカ肉のパイは、おいしそうなにおいがしたので、はらぺこの人間にがまんできるはずがなかった。料理長には、厨房の石だたみというもっと心地いい場所へ、つぶした帽子を枕にして移ってもらった。それからぼくは、そのすばらしいパイに突撃して、両手で端をちぎっては口のなかにつめこんだ。まだほかほかで、風味もあって肉汁たっぷりだった。たらふく食べた。それからあとでまた厨房に寄ってみると、パイは欠けずに全部あったのだ。魔法の力だった。夢だから、この深い眠りの世界では、ぼくが何をしても変化が起きない、ということか。思うままに食べても、いつもスープの大なべはまたいっぱいになるし、パンもいつだって食料庫にあって、こうばしい皮もそのままだ。給仕長の手にある水晶の杯は、何度ぼくが取って乾杯して飲み干しても、ずっと赤ワインがなみなみとつがれていた。

ぼくはその城と敷地、それからはなれの建物も探検して——いつも気長に、部屋から部屋へうろちょろと、何度も立ち止まっては、よく風景画や幻想的なつづれ織り、道具・調度・家具なんかの見事な細工とかに見とれたし、幕のついたふかふかの寝台なり、日当たりよくて草の気持ちいい庭のすみなりに落ち着いて眠ってしまうこともたくさんありながら（そもそもここでは夜もなくて疲れたら眠って元気になったら起きるだけだから）——小部屋も仕事部屋も地下室も大広間も小屋も召使部屋もみんな歩き回ったころには、どのひともほとんど調度品みたくあっちでもこっちでももたれたり座ったり寝そべったりしながら眠っていることがわかってきた。知らず知らず魔法がかかったとき、たまたま取っていた格好そのまま、まぶたが重くなって息も静かになって手足の力が抜けて止まったわけなのだ。丘の上の羊飼いはリスの巣穴におしっこしている最中で、たくさん出したところで満足しながら眠ってしまったことは、リスがおしっこまみれになっていることからも間違いない。さっきも出てきた料理長は、料理が熱くて思わずやられたみたいに横になっているのだけれど、何回その頭に枕をはさんで手足を楽にさせても、顔はいつもしかめ面で、「じゃまするな、忙しいんだ！」とでも口にしているかのようだ。昔からありそうなリンゴの果樹園のてっぺんに上がると、愛し合う男女が横になっていた。ふたりはぼくと同じ農夫らしく、男は下を丸出しにしていたのだけれど、女からずり落ちて、花散る草むらに顔からつっこんでいて、眠りと気持ちよさに溺れていた。女は小柄ながら乳房の大きな若い娘で、ほっぺたも乳首もリンゴのような紅色、仰向けで力も抜け、服のすそも腰まで上がっていて、手を広げて股を開いたまま笑顔で眠りに落ちていた。これもまた、飢えた人間ががまんできる範囲を超えていた。ぼくは自分の身体をそっと女に重ねて、その紅色の乳首ふたつにキスをしてから、その子の甘い蜜壺のなかに入っていった。その娘はぼくが何をしてもにっこり眠ったままで、ときどき気持ちよさそうにあえぎ声をかすかにもらすのだ。それからはぼくも、繰り返しその子の横で寝そべって、女をはさんだ反対側にいるその恋人といっしょにまどろんで、目が覚めるときまってリンゴの枝についたいつまでも落ちない花を見るのだった。巨大な生垣の内側では眠っても夢は見なかった。

いったい何の夢を見るというのか。もうやりたいことは何でもできたのだ。ただ、過ぎない時が経つなかで、孤独には慣れていくのにさみしさがつのって、ぼくは眠ったままの連中にうんざりしてくる。おとなしくて害なんてないのに、いっしょに過ごすほどたくさんのひとに親しみがわいてくるっていうのに、ぼくからすると、自分で声と命を吹き込まなくちゃいけない子ども用の木のおもちゃ程度の遊び相手にすぎなかったのだ。ぼくは仕事を探した。食べ物と寝床のお返しをしたいのもあったけれど、そもそもぼく自身が仕事をしないといたたまれない人間だった。銀の食器をみがいて、ちりひとつ動かない床を何度もはき掃除して、眠っているウマの毛並みをみんなととのえて、棚の本をぜんぶ並べ直した。そのついでで特に意味もなく本を開いてみたのだけれど、中身の言葉はちんぷんかんぷんだった。

継母の持っていた読み書きの本のあと、ぼくは本を手にしたことがなかったし、あれ以来見たことのある本といえば、冬至の祭式に出かけたとき会堂にあったお坊さんの本だけだった。ぼくは手始めに絵だけを見ていったのだけど、それだけでもすごくて、とても楽しめた。でもだんだん絵について言葉が何を語っているのか知りたくなってきた。字のかたちのことを考え始めると、だんだんと思い出してくる。aはネコの座るかたちで、おなかの出ているbとd、tは大工の差し金などなどと。そしてaとtでat、cとaとtでcat、というふうに。読む勉強をする時間はじゅうぶんあった、どれだけゆっくりやっても、ありあまるほどあった。そこでまず読むようになったのが、お妃様の部屋にあった英雄物語や歴史書で、本を読み出したのがちょうどその部屋だったからなんだけど、そのあと戦争・王国・旅行・偉人の本がある王様の書斎に手をつけて、最後にはお姫様の持っていたおとぎ話へと移った。こうしてとうとうぼくは知った、お城のこと、王様のこと、給仕長のこと、物語のことを。だからぼくは今、自分の物語が書ける。

でも、おとぎ話のある塔の部屋へ行くのは楽しいことじゃなかった。はじめにそこへ立ち寄ってからは、行くにしても戸のそばにある棚の本を取るためだけだった。本棚しか見ないで本を取ると、すぐに立ち去って、らせん階段を下りていく。彼女のことは見ずに。見たのは一度だけ、最初の一回だけ。

彼女は自分の部屋にひとりきりだった。窓のそば、背のまっすぐなちいさな椅子に座っていた。彼女のつむいでいた糸がそのひざに引っかかったあと、床に垂れ下がっていた。白い糸で、彼女の召し物は白と緑だった。彼女の開いた手の上に、つむがあった。つむは彼女の親指に刺さっていて、その先がちょうど細い親指の関節の上にぐさり。かよわいちいさな手だった。ここへやってきた当時のぼくよりも若くて、ほとんど子どもといっていいくらいで、きつい仕事なんてしたことがなさそうだった。わかるよね。その眠りの深さといったら、太腕でつや髪の女中よりも、門番の家のゆりかごにいた血色のいい赤んぼよりも、南の小部屋にいる祖母よりも、ほかの誰よりもすやすやとしていた。ぼくはこのおばあさんがいちばん大好きで、さみしくなるとよく話をしに行ったものだった。窓の外をながめているみたいに静かに座っていたから、ぼくの話を聞いていて、返事をする前にいろいろ考えている、と思い込むのが簡単だったのだ。

でもお姫様の眠りはそれ以上にすやすやとしていた。チョウチョの眠りに似ていた。ぼくははっとした。彼女の部屋に入ったその最初の一回目ですぐにわかったこと、彼女を目にしてたちまちわかったのが、このお城のなかでも彼女だけが、彼女ひとりが今にも目を覚ましかねないということだった。そうなのだ、全員のなかで、ぼくを含めたみんなのなかで、彼女だけが夢を見ていた。その塔の部屋でぼくが声を出せば、きっと彼女はその声を耳にするだろうと、ぴんと来た。起きはしないけど、眠りのなかでぼくの声が聞こえて、たぶん見る夢も変わってくる。彼女に触ったりすれば、いや近寄るだけでも、彼女の夢のじゃまになることがわかった。ぼくがそのつむに触れようものなら、つむがずれて、刺さった親指からはずれてしまう――やりたかったけど見るにしのびなくて――でもやってしまえば、ぼくがつむをずらせば、赤い血が一滴、その関節部の細くかよわい肉のふくらみにゆっくりとにじみ出してくる。

そして彼女のまぶたが開いてしまう。ゆっくりと目が開いて、ぼくを見つめることになるのだ。魔法は壊れてしまって、夢も終わりになる。

巨大な生垣のなかで暮らすうち、とうとうぼくは、かつての父よりも年上になった。南の部屋のおばあさんと同じくらいの年になって、白髪になった。もう何年もらせん階段を上っていない。おとぎ話を読むことはなくなったし、甘い果樹園にも行っていない。ぼくは庭園で日を浴びながら腰を下ろす。馬に乗った王子がやってきて、イバラの生垣を——ぼくは二年がかりだったのに——輝ける伝説の剣の一撃で切り拓くそのとき、らせん階段を駆け上がって塔の部屋へと行くそのとき、身をかがめて彼女にキスをして、その手からつむが落ちて、一滴の血が小粒の赤い宝石のように白い肌ににじむそのとき、彼女がゆっくりと目を開けてあくびをするそのとき、きっと彼女は彼を上目づかいで見つめるのだと思う。城じゅうが動き出し、花びらが落ち、ちいさなハチがシロツメクサの花でむずむずと羽音を立て始めると、彼女は夢の霧を抜けて、一千年の夢の終わりから目を上げて彼を見つめるのだろう。ふとぼくはふしぎに思う。彼女は「夢見ていたのはこの顔なのかしら」と思ったりしないのだろうか。でもそのころにはぼくも、くその山のそばで動かずに、誰よりも深い眠りに落ちていることだろう。

（訳＝大久保ゆう）

あえて名を解く

She Unnames Them

そのほとんどが、名がないことをどうでもいいと受け入れていた。どうでもいいからと長らく軽んじて、自分たちの名前をないがしろにしてきた。クジラやイルカ、アザラシにラッコといった獣たちは、ある場所がいつの間にか生息地となるように、名前がないことにも慣れてしまい、自ら進んでそれでよいと考えるに至った。ところがヤクの一団は、潔しとしなかった。そのかつての主張によれば、〈ヤク〉の名はもっともらしく聞こえるばかりか、自分たちの存在を知る者ほぼみなが確かにそう呼んだと理解していたし、バベル以後、何百何千というさまざまな名で呼ばれてきたネズミやノミといったどこにでもいる生きものとは異なり、ヤクには自分たちに〈ひとつの名〉があったと正しく認識していたという。その案件はひと夏かけて話し合われた。最後に出された老牝会の結論としては、その名というのは他者にとって便利なものかもしれないが、ヤクの観点からは実に余計なものであるから、決して自称せず、使わずともよいものとする、とのことだった。この主張が牡たちにも示されたあと、全体の合意形成には時間がかかってしまったが、それはただ猛吹雪が早く来たためであった。雪解けが始まるとすぐさま、同意する旨が届けられ、〈ヤク〉の名称は命名主に返上されることとなった。

家畜のなかでも、自分たちの呼び名を気にするウマは――スウィフト師がそのウマ語から誤った名付けを試みてしまって以来――まずいなかった。ウシ・ヒツジ・ブタ・ロバ・ラバ・ヤギ、さらにはニワトリ・ガチョウ・シチメンチョウに至るまで、自分たちの名を――名付けの際の――飼い主だった人々に返上することについては、みな熱心に同意したのである。

ペットについてはまた一悶着あった。むろんネコは、自ら名付けた極秘の憚りながら言い憚れる真名をのぞいてどんな名も頑として受けつけることがない。エリオットとかいう詩人いわく、ネコは昼日中ひたすら瞑想して暮らしているというのだが――そうして瞑想するものたちは、頭のなかにあるのが実は名前のことだとは一切認めはしない。端から見ていると、考え深い目つきの先にあるのが実は理想のネズミ、すなわちイデアのネズミではないのかと思えることさえあるのだが。いずれにせよここで問題になるのがそれだ。同じ問題がイヌについても、さらにはオウム・インコ・カラス・キュウカンチョウでも起こってくる。言語能力の高いこうした個体たちの主張によれば、自分たちにとって名前は大事で、簡単に切り離せるものではないという。ただし問題の根幹が個人の選択にあり、呼び方など実は自由でローヴァーやフルーフルーやポリー、個人の感覚次第ではバーディでもいいことを理解してしまうとたちまち、いわゆる小文字の一般名称（ドイツ語だと大文字だが）――たとえばプードル・オウム・イヌ・鳥類といった――尻尾にくくりつけられた缶々のように二百年も後ろにひっついてきたあらゆるリンネ式名称を棄てることには、誰も少しも反対しなくなるわけだ。

昆虫たちはぶんぶぶちくりはむむぱたたずるずるずがずがその場限りの音の大群にまぎれて自分たちの名を手放した。

海の魚については名前など水ににじむかすかなイカスミのごとく静かに大洋のなかへと拡散していき、あとかたもなく海流に押し流されてしまった。

今や名を解かれぬままのものはないというのに、それらがわたしの行く先や肌の上で泳ぐなり駆けるなり這うなりするのや、夜分にわたしへ忍び寄ったり日中しばらくわたしに付いてきたりするのを見ると、われながら何とも親近感を覚える。その名前がわたしとのあいだにはっきりとした壁として立ちはだかっていたときよりも、ずっと近くに思えてならない。近くなってみれば、向こうに対してわたしが恐れるのも、向こうがわたしへおじけづくのも、同じひとつの恐怖になってくる。わたしたちの多くが感じた惹かれる気持ち――お互いににおいを嗅ぎたい、お互いに鱗なり肌なり羽なり毛なりを触りたい擦りたい撫でたい、お互いの血や肉を味わいたい、お互いに暖め合いたい――そう惹かれる心もここにあっては恐怖と一体なので、狩人と獲物の区別もできず、捕食者と食物のこともまた同じ。

多かれ少なかれこれがわたしの求めたものの結果である。事前の予想よりはいくぶん強烈だが、今や胸に手を当てるなら自分に不服の申し立てようもない。意を決して不安を押し込め、わたしはアダムのほうへ向かい、口に出した。「これ、あなたとお父さまがわたしに貸して――いえ実際にはくれたのだけど。実に便利なのだけれど、最近はあながちそこまでそぐわないみたい。でも、本当にありがとう！　実に便利ではあったから」

贈り物を返すにあたって不満げな響きや恩知らずの印象をなくすのは難しいが、自分が相手にそう思われないようにはしたかった。折良く彼は大して気にも留めておらず、「じゃあそっちに置いといて」とだけ言って、やっていたことをそのまま続けた。

わたしの行動の言い分としては、話し合ったところでどうにもならないのがひとつ。ただそれでも少しがっかりした気持ちになった。自分の決めたことが正しいと説明する心づもりではあったのだ。思うにたぶん、反応したとき彼は話したかったのに気が動転してしまったのだろう。いくつかものを片づけたわたしはもじもじしていたが、彼のほうは脇目も振らずにやっていたことを続けるだけだ。しびれを切らしてわたしは声に出した。「うん、じゃあね。庭の鍵、見つかるといいね」

彼は断片を組み合わせながら、周りを見ることもなく返事をした。「ああ、わかったよ。晩ご飯はいつ？」

「まだわからない」とわたしは言った。「じゃあ行くね。あの――」ためらいつつも、やがて声に出す。「あの子たちとね」と口にして、歩き出した。実のところ、自分の考えをはっきり言葉にするのはどれほど難しいことか、ようやくそのときわかったのだ。かつては普通で、それが当たり前のように思っていた気軽な会話もできなかった。もうわたしの言葉も、その自分の足取りと同じように、ゆっくりで、不慣れで、途切れ途切れの、おずおずとしたものだったにちがいない。わたしは家から離れてゆく小道を進んでいった。両脇では黒々とした枝を生やした微動だにしない背高の踊り子たちが、冬の日差しに照らされている。

（訳＝大久保ゆう）

水甕

The Jar of Water

バンカラの都なる豪商ミトライが、キャスという名の男の召使いをひとり呼び、言葉を下した。「おぬしは、勤めをまめまめしく果たす忠実な男である。ある大事な使命を課すことで、このよき勤めの報いにしようと思う」

その召使いは礼をなす。

「アヌンの都なる聖者マッアに贈り物を届けることだ」

召使いは礼をなす。のち、その主《あるじ》はもう一言もないので、召使いが口を開く。「アヌンへ行くには、セス＝ハブの沙漠を越えねばなりませぬ」

「いかにも」

「噂によれば、沙漠を抜ける交易路には追いはぎが出るほか、緑洲には盗賊の民がはびこるとか。連れに幾人か、それから馬を所望してもよろしいでしょうか」

「ただひとり、徒歩《かち》でゆくことだ」

訝しみつつ畏れながらキャスは申し出る。「報いというより試練にも思えますが」

「それはあくまでおぬしの見立て」とミトライ。「これが聖者に届ける贈り物である」主が指し示したのは、ごくありふれた陶製の赤土色の甕《かめ》で、ぐるりと麻の網が巻かれて封もされたまま、わきの小卓に置かれていた。「見ての通り、追いはぎや遊牧の民の欲心を掻き立てるほどのものではない」

「甕の中身は何でございましょう」

「水」とミトライ。「路銀を進ぜよう。なるべく隠すがよい。どうか悪漢に出くわさぬようにな。出発は明日《みょうじつ》、おそらく聖者からこちらへ下される返礼返報、持ち帰るがよい。旅に加護があらんことを」

キャスは再び礼をなし、網に手をかけ甕を持ち上げると、主の前を退出した。

この大屋敷のうちに男の使用人の寝所はなく、一同は裏手の宿舎に寝泊まりしていた。その勤めはおおむね、力仕事・清掃・水汲み、畜舎から畑の堆肥へのこえ運びなどであった。少年のみぎりよりこうした勤めを果たしてきたキャスだが、その知恵と勤勉から主人のおぼえめでたく、やがてミトライに使いの者へと取り立てられた。そこでも頼りがいがあると認められ、ミトライがバンカラの商人・官吏と書状や口答のやりとりをする際には、今に至るまでそのたびごとに仲介を担ってきた。そして信用に足るとして、金貨の袋を貸し主に送るときや、婦人に向けて手堅く紅玉を贈るときなど、ミトライもためらいなく任せたものだった。

富豪のあいだを行き来する都合上、キャスの衣服は同輩よりも立派で、他の者以上に小ぎれいに保つ必要があった。

「タバよ」と宿舎に入るなり彼は言う。「これからなすべき勤めのため、お前の着ているものを着させてくれないか。かわりにこの肌着をやろう」

「こんなのが欲しいのか」と年若の男は、自分の薄汚れた肌着と、腰巻きと呼ぶ粗末な布をひらひらさせる。

「ああ」

「で、おれはあんたの肌着がもらえる」

「その通り」

たちまちタバは裸になり、キャスもそれに続く。キャスの肌着を取ったタバは自分の置き場へと持っていき、平らにしてから皺を伸ばし、丁寧にたたむと寝台の上にある棚に片づけ、そのあとどうにもむさ苦しい腰巻きを引き出して、キャスに礼を言いながらうきうきと仕事に戻ってゆく。と、いきなり振り返って声を上げる。「どうして」

「追いはぐほどの者に見えなくなろう」

ただちにキャスはタバの肌着と腰巻きをまとい、それを見つめるタバ。「確かに！」と叫ぶと、畜舎のほうへと出ていった。

バンカラの市街へ出たキャスが赴いたのは、隊商の長たちが留まる宿屋だった。折に触れて主からこの者たちへと言伝《ことづて》を届けていた上、ともに酒を飲み交わすことも度々であった。なじみであるから信頼もされている。キャスがこのたびの用向きを告げると、こう返ってくる。

「今？　この時期にセス＝ハブを越える者などいないぞ」

「明日発つ次第だ」

みな一様に頭《かぶり》を振る。

ひとりが口を開く。「ハブガルガトの翁なら心得をご存じだ。市場にある香辛料売りの露店におられよう」

香辛料の盆の奥にその老人を認めたキャスが、声をかける。「沙漠を越えてアヌンへゆかねばなりません」

「今ごろ行き交う隊商・商人もおらぬ。まだひと月は向かぬ。雨季を待て」

「ですが今ゆくのが勤め。わが主が、アヌンの聖者へと贈り物を送るのです」

皺を寄せる老人の顔は、沙漠の亀の顔にも似ている。

「馬は授けてもろうたか。騾馬ならなおよし」

「徒歩でひとりゆくのです」

老人は、その亀の頭をゆっくりと振る。

「浅はかな」と、こぼす。

キャスは両の手のひらをわずかに上へ向け、みなまで言わずの身振りをするが、その真意は〈勤めなれば〉。

しばしの間があって、老人もうなずく。「古来の道のりならば教えられる。隊商の道ゆきよりもはるか遠いぞ。北方だ。泉と泉を歩み辿っていく。徒歩で十と五日。そらで覚えられるか」

うなずくキャス。

「ならば、ともにこの内へ入り、耳をそばだてよ」ふたりして足を組んで座ると、ハブガルガトは話し出す。「これなるが、強いられたる道ゆき」その黒き亀の目を半開きにして、じっと前方を見据えるその様は、あたかも前に道があるかのようで、隊商以前の昔時に歩んだ沙漠越えの道の、目印に地形そして曲がり角から折り返しまでを語り出す。

キャスは聞いた言葉を心に刻み込む。この技は、一言一句話されたまま言葉を主から先方へ先方から主へと伝えるため、たんと練習したものだった。老人が事を終えると、キャスは礼を述べてから返報はいかばかりがよいかと訊ねる。

「届け物をする聖者とは何者か」

「マツア」

「おお。いかなる都市にもまたとない大聖人ぞ」とハブガルガトは告げる。「おぬしの主の送る贈り物とは何か」

「水の甕です」

「まさしく〈楽土の水〉にちがいあるまい。さて、長く話して喉も渇いた。葡萄酒ひと瓶には銅貨五枚が要るのう」

キャスが手渡したのは銅貨十枚で、老人もにまりとする。「ふむ、その臭う襤褸の下は物持ちときたか、同胞よ！　ならば夜に歩め。物陰に頭を置いて眠るがよい。時季もこう遅くては〈細き岩道〉の井戸も涸れているやもしれぬ。そのときは崖下にある川床の砂を掘りなされ。

そなたの道ゆきに加護のあらんことを」
「これからのあなたの道ゆきに加護あらんことを」とキャスは返す。

市場で買い求めたのは、底が丈夫な真新しい履物、干し肉に椰子麺麭と山羊乳の乾酪、そののち帰宅して横になり、日盛りは数刻ほど眠って過ごした。夕刻前には女の召使いがいる宿舎に赴き、懇ろな家政婦のイニを訪ねた。貯蔵室の裏にある小部屋へふたりは向かう。この角部屋の存在を主は知らないが、召使いたちはみな、ここを聖なる場所のごとくに思っていた。結婚のできない召使い同士とはいえ、キャスとイニのようなつがいには、たとえ効力がこの小部屋内に限られるとしても、契った者同士の権利があると考えられていた。

ふたりはこの蒸し暑い小部屋の敷物の上で、長々と優しく愛し合った。やがてキャスはイニに、自らが果たすこととなった用向きと旅とを告げる。「ひとりで沙漠を越える?」と声を上げるイニ。そのあと、自分が不安になっては相手も不安になるからと、イニはあえて一言もない。相手が去る前に、イニは自分の箱から薄手の粗布を二枚持ち出し、沙漠の日差しが強くて入り用の際にはと手渡す。それから台所へ駆け込むと柑橘を四つ取って、これも渡す。ふたりは互いにひしと抱き合って別れを告げた。

陽が西のきわにあるころ、キャスは男用宿舎に戻った。買い込んだ食料とイニからもらった柑橘と布を荷に詰め、飲み水の皮袋と贈り物の甕を荷から吊り下げる。ハブガルガトに与えたあと履物と食料を求めた残金については、隠そうともせずに、腰につけた革袋へ入れて小刀とともに運ぶこととする。キャスは同輩らに告げる。「またひと月ほどのちに会おう」

一同は道ゆきの加護を祈り、彼も祈り返すと、出立して都を東へと横切り、外へ出て丘陵へと入った。昇る月影のもと、見えるのは眼前に広がる淡白い沙漠で、翳る丘のすそから星出ずる地表へ続いている。

陽の光が見え出す時分には丘も背後へ遠ざかり、沙漠を抜ける隊商の道が前方に一本の暗い筋をなしていた。その道の果てから昇る太陽は、まばゆいほどに明るい。その灼熱が輝きとともに顔へ突き刺さる。

日中には道に人や獣の通ったあとが見て取れ、石のように硬くなった泉水混じりの泥が残る蹄の痕跡や、粗布の端切れに糞と千切れた引き具などがあるものの、ほかに命の感じられるものはなかった。まったくの静寂。この暑く孤独ななかを数刻歩き続けると、北向きに隊商の道から外れて延びる一本の筋に行き当たる。

ハブガルガトの翁の言では、古来の道のりと隊商の道との交点には白い石積みがあるとのことだった。確かにあちらこちら砂の地表に薄白い石が散らばっているが、積まれてはいない。北へ向かう筋はそれなりにはっきりしているが、足跡なり蹄の痕跡なりそこを進んだ形跡もなかった。

これが古来の道のりならば、ゆけば今日の晩には〈細き岩道〉の井戸には辿り着けよう。隊商の道には、その距離の二倍先まで水はない。

水袋から一息に吸い込んだが、なかにはもうさほど水も残っていない。北へ向かう道を取った。音もなく照りつける焦熱のもと、根気よく歩みを進める。陽が正中から下り始めるころ目に入ったのが、はるか前方で逆さにかぎろい立つ丘の蜃気楼。しばらくして低い丘陵地帯へと来ると、北に絶壁も見えてくる。その絶壁は両側から道筋に近づくにつれ低くなっており、やがてハブガルガトの翁が〈細き岩道〉と称した場所へと到着した。

自分が確かに古来の道のり、正しい道を進んでいることがわかって、大いに安堵する。ただし崖に挟まれた谷あいの暑さたるや竈のごとくだった。その場の緑洲をなすささやかな石井戸は干上がっており、その日傘となる数本の椰子も半ば枯れている。水袋には、数口ふくめられるほどしかない。

狭まる崖のあいだを辿ると乾いた水脈があった。川床の砂利にぽつぽつ生えた草と小動物の名残が見つかるところで、ひざまずいて手で掘り出してみる。砂がひやりとして、掻き進めていくと湿ってくる。できた穴の底にじわりと水が滲み出した。掘っては待ち、掘っては待つ。音もなく穴にしみ出る水が、空の熱射を照り返す。待ち受ければやがて、荷として持ってきた真鍮の杯にも水を汲めるようになったので、飲み干した。繰り返し小さな杯ですくっては、そろそろとありがたく喉に流し入れ、そのたび陽に輝く水がじわじわと穴から湧き出してくる。杯を用いて一杯ずつすくい、水袋も満たす。陽が西に遠く沈むころ、涸れ井戸そばの椰子のささやかな木陰に戻って眠った。

目を覚ましたのは日の入りあとで、また穴を掘ろうと川床へ向かうと、もう半分が砂に埋まっていた。イニのくれた柑橘をひとつ食しながら、ゆっくり出る水を待つ。再び飲んでから水袋も満たす。昼となく夜となく心を離れなかった不安はどこかへ行き、晴れやかだった。確かに自分は正しい道を進んでいるという自覚があり、ここから西半分の井戸や泉は〈細き岩道〉の井戸より心強いとのハブガルガトの助言も申し分なかった。すべきことはただ、陽と星のもと十四日かけて沙漠を徒歩で越えて聖者に水甕を渡すだけである。そののち行きと同じくして戻ればよい。

さらに六夜かけて低い砂丘と平らな砂地を、沙漠の砂粒と土塊とを歩き渡りつつ、古来の道のりをゆくと必ず当たる小井戸や泉のかたわらで日中の熱気のなか眠りにつく。食料もかなり乏しかったがそれでも足り、柑橘も最後のひとつは長持ちするだけ取っておいた。背の高い葦や椰子が日覆いになった沢のあるゲボという大きな緑洲で、陰に休みながらそれを口にしていると、耳に聞こえてくる馬か騾馬の鼻あらしと徒党の声。

葦のあいだにかがんだものの、こちらが認めるより先に気づかれていたようだ。現れたのは四人の遊牧民で、小馬二頭と一群の騾馬を連れていた。男たちはキャスを囲むと、立ったまま見下ろした。細身ながらも引き締まった体で、袖無しの衣服に白頭巾と下履きという出で立ちだ。黒の瞳が、頭巾でやや陰になった浅黒い顔のなかで燃えている。一同は短い匕首か細身の剣を下げており、ひとりは長弓を背に吊している。誰も一言もない。

キャスは裸のまま葦のあいだで胡坐《あぐら》を組む。遡れば、泉で水を飲み極暑を寝て過ごしたあと、ゲボの大きな沢のおかげで贅沢にも水浴びができたため、水に遊んで暑気を払っていたのだ。タバからもらったとき以上に薄汚れて見える肌着と腰巻きも、洗った上で乾かそうと葦に広げてかけてあった。

夕べの空気は風もなく暑かったが、このときキャスは震えを感じた。男たちは身じろぎもせずこちらをじっと見下ろしている。

柑橘の皮を下に置いた。背後に据えてあった荷の口を、ゆっくりと開く。あえてそろりと腰帯から革袋を外して、荷のかたわらに添えた。それから四人の男たちを見上げて、ひとりずつ目を移す。両手のひらをわずかに上へ向け、みなまで言わずの身振りをするが、その真意は〈これですべてだ〉。

「なにゆえここにいる」と徒党のひとり、白い無精ひげの男が言う。

「バンカラのわが主のもとからアヌンの聖者へと贈り物を届けている」

「贈り物とは」

キャスは、荷のわきにある網付きの水甕へ手を添える。

「中身は何だ」

「水」

男のひとりが微笑む。もうひとりはキャスを訝しげな目で鋭く見据える。一同は口を開かない。

老齢の男がしゃがみ、膝に筋張った両腕を置いて、キャスとその持ち物を検《あらた》める。

「おぬしの訪ねる聖者の名とは」

「マツア」

「ほう」と老人は深くうなずく。

他の三人もひとりずつ、地に踵をつけてしゃがんだ。

そのうちのひとりが、キャスの革袋を中指で差す。

「愛用の小刀」とキャス。「銅貨六十枚に銀貨一枚。糸と針」

その男が首を縦に振る。

もうひとり青年が、空になった荷袋に手を伸ばしてつかみ上げる。まず袋を振り、絞ってから中の縫い目に沿って念入りに探り、そのあと地に落とした。革袋も取り上げて、中身を検めると、ふんと指ではじいて下に落とす。

「そいつの言った通りだ」

「いかにもおぬしはマツア殿《ディ》を訪《おとな》う」という老人の言葉は、了解とも質問ともつかない。

「いかにも」

「誰の使いでゆく」青年が訊ねる。

「商人ミトライ」

「隊商を送り出すのか」

「隊商を使って交易品を送ることもある」

老人が問う。「マツア殿《ディ》について何を知っておる」

「いかなる都市にもまたとない大聖人と」

「遊牧の民に生まれながらな」という老人の声は冷ややかだ。

キャスは少しばかり頭を下げて、「仰せの通り」

長い黙《しじま》が流れた。夕べのそよ風が、周囲にある乾いた椰子の葉や長い葦のあいだで数度かすかに音を立てる。騾馬が鼻を鳴らし、その引き具がこすれる。

「わが甥の子マッアは、みなの親族でもある」と老人は遊牧の民に語りかける。「果てる前にまた会うてみたい。われらが、この水の送り手を、アヌンの都なる縁者マッア殿《ディ》まで案内《あない》しようではないか」

「バンカラの民はみな嘘つきです」と青年が口を挟む。「こやつ密偵では」

「この道のりを教えたのは誰だ」と訊くのは遊牧民のひとり、いかめしい顔の男だ。

「ハブガルガトの翁」

「ほう」とその男は言う。

「アヌンの沙漠口にいる衛兵が、われらを歓迎するとでもいうのか、おじ殿《ディ》」と四人目の男が少し微笑みながら訊ねる。

「マッアの名を出せば門は開かれよう」と老人。「そこの市場なら芦毛の騾馬も売れる。ゆくぞ」と立ち上がるその様は、若者のように軽やかだった。他の者も続く。「粕毛に鞍をつけよ」と青年に命じて、他の者には「肌を覆え」そしてキャスには「服を着るがよい、水の送り手よ。遊牧の民とともに、アヌンまで乗ってゆくのだ」

そして日暮れ前にはキャスも背の高い粕毛の騾馬に上げられ、荷は肩から下ろして鞍嚢《あんのう》へ入れ、水袋と水甕はもう片方の鞍嚢にしまい込み、遊牧民に連れられアヌンまで乗ることとなった。

一行は、ハブガルガトから聞いていた道のりから早々に外れ、南東へと進路を取った。薄暮れでは見える道もなく、月が出ても筋さえわからない。

ゲボの沢で遊牧の民と出くわしたときには、恐れも大きかった。恐怖はただちに疲れと変わる。ほとんど一晩じゅう乗り続けるなかキャスは夢うつつの有様で、右手首に騾馬の手綱も巻かれたまま、左手で鞍頭に何とかしがみついていた。自分でも驚いたのは、おとなしくも力強いその大柄な生き物の背の上が、かなり地上高くに思えることと、夜通し歩かず馬に乗って月影の丘を越えることが、いかにも誇らしく感じられたことだ。

夜明けには隊商の道へと辿り着いた。その証拠に、道幅があってまっすぐで、蹄の跡もあれば、あちこちに先だって泉を通った隊商の残した糞が乾いて石になって転がってもいた。昼日中は、全員して緑洲で時を過ごした。

遊牧の民はキャスにその名を明かさず、互いに親縁の関係を呼び名としていたから、キャスの認識もまた同じで、まず〈おじ〉――他の者から〈おじ殿《ディ》〉と敬称をつけて呼ばれる人物――に、〈浅黒のいとこ〉と〈微笑みのいとこ〉、〈せがれ〉の四人からなる。声を掛け合うことは稀で、キャスにはほとんど口を利かなかった。とはいえ〈微笑みのいとこ〉は、キャスが鞍にすれて裂傷になった内側の太腿を水につけているのを目にして、自分たちの着ていた下袴をくれている。一行は食料も分けてくれた。こちらからも分かち合おうと申し出ると、その〈おじ〉と〈いとこ〉たちは乾酪をほんの一切れか椰子を半分だけ、失礼にならないよう取るだけだったから、腹はじゅうぶん満足していてもう食べられないのだとわかった。〈せがれ〉

のほうはキャスにも差し出す食料にも見向きせず、それでいてこちらを常に監視していて、盗みや殺しを働かないか、粕毛の騾馬で行方をくらまさないかと疑っているようだった。まだ若者である彼は、絶えず自分は男だという証を立てたがっているらしい。

日差しの強さも弱まり出すと、たちまち一行は再びまたがり進んでゆく。影は眼前に長く長くのびてゆく。馬勒と鞍嚢のちいさな金具が、流れる水のような軽やかで心地よい金属音を立てる。

遊牧民の馬は痩せて迫力に欠けると感じられたが、次第にその活力がキャスにもわかってきた。騾馬は騾馬で大きく体格もよく頭もいい。昼間の休憩中に遊牧民たちがしていた話に耳を傾けると、彼らの目的は、四頭の騾馬、すなわち今乗っている粕毛、さらに鹿毛一頭と、よく似た二頭の見事な芦毛を、もっと南方にある一族の集落で売り払うことだったらしい。キャスと会ったことで〈おじ〉もアヌンへ入る覚悟を決めたようで、その都では騾馬が二倍の値で売れるという。うまく入れた上で生きて出られたらの話ではあるが。

隊商の道にある泉は、ひとつひとつが古来の道のりよりかなり遠く離れていたものの、隊商と同じく遊牧の民は自らじゅうぶんな水を運んでいたから、群れを連れた一行はあいだの長い乾燥地帯もうまく越えられた。移動はひとりで歩くよりはるかに速く、休憩も短かった。合流して四夜が過ぎ、キャスからすれば旅に出て十一度目の夜が終わると、昇りかけの陽がはるか彼方、凹凸のない沙漠の地平線で黄金色にきらめき、アヌンの宮殿にある最頂の尖塔を輝かせた。

はじめのうち、その城壁に囲まれた都市にも難なく入れるものと一行は思っていた。そもそも年間で最も暑いこの時期にセス＝ハブを越えてくる者がいるとも思えず、沙漠口の衛兵が見張り台にいなかったからだ。ところが群れを引きながら徒歩で広い門を抜けると、そこを居所にしていたおせっかいな物乞いが声を張り上げたのだ。「遊牧の民だ！」――すると詰め所で居眠りしていた衛兵が目を覚まし、駆け出てきながらまた叫ぶ。「遊牧の民だと！」さらに三名の衛兵が現れ、やじうまの人だかりがたちまち目の前にできあがる。

〈おじ〉は後ろに退いていたため、キャスがこの小隊の先頭という格好だった。自分の馬勒をつかんで、遊牧民たちは何も言わず、頭《こうべ》を垂れている。手前にいる肩幅広く逞しい衛兵の男がこちらへ近づいて、抜いた刀を構えつつ誰何する。「何者だ。ここへは何が目的だ」

この窮状にも〈おじ〉はキャスに対して何をせよとも言わなかったが、本人には何をすべきかははっきりとわかっていた。

「われはバンカラなる商人ミトライのしもべ、預かりし贈り物を聖者マツアへ運び来た」と言う。代理人として自らの主の威厳を損なわないよう、キャスは堂々ながら横柄でない口の利き方を長らく磨いてきた。「この者たちは、われとわれの持つ贈り物を沙漠の道中、無事に送り届けてくれたのだ」

マツアの名に敬意が集まるのが見て取れるも、ややためらってから衛兵が問いただす。「お前以外は遊牧の民。アヌンに用はないはずだ」

「この者らはマツアの親族。一族の集落で売らんと騾馬を連れた馬商人でもある。われを沙漠の盗賊から守ってくれた。われとわれの持つ贈り物とともに、平和裏にここへ来たのだ」

みな遊牧の民はじっと黙している。騾馬でさえも謙虚に見える。

衛兵は他の者と話し合い、ひとりが走り去ったあと、まもなく上官らを連れて戻ってきて、そののち官吏たちも到着する。キャスは全員にくりかえし同じ話をした。官吏らもその言い分に耳を傾けた。聖者への使いという点が身の証《あかし》になったのは間違いないが、疑念が残るらしい。キャスの振る舞いは申し分ないが、連れに問題がある。官吏らは頭《かぶり》を振りながら、ひそひそと相談し合う。

そのうちのひとり、立派な法衣に金房つきの帽という出で立ちの大柄な男が、芦毛の騾馬を見つめていた。そしてキャスに向き直ると、有力者らしい穏やかながらも抑揚のない声で告げる。「お前の主人ミトライはなるほど豪商であり、お前自身は聖者に用がある。ならばお前が、この砂鼠どもの保証人になれるか」

「なれましょう。彼らがここへ来たのも、ただわれへの親切心と、その親族たる聖者に会いたい一心」

「それと、この都の馬市場で騾馬が売れるという欲もありつつか」と房つき帽の男が言う。そうして、他の官吏からも暗黙の了解を得たというその場の判断のもと、宣告する。「この者らを城壁のうちに入れよ。そこな二名の衛兵よ、この者らに付くがよい。ただし一行はバンカラから来たこの男から離れること罷りならぬ。〈加護もたらす福者〉マツアの館へゆくことは許す。隊商宿で一晩を明かすことも許可する。ただし明日この刻限までに、この門から城壁の外へと出てゆくことだ。お前は以後も留まってよい」と、最後にキャスへ一言つけ足し、踵を返して、その金の飾り房を朝ぼらけにきらめかせながら通りを大股で去ってゆく。

「芦毛がご所望らしい」と〈微笑みのいとこ〉がほとんど聞こえないほどの小声で〈浅黒のいとこ〉に言うと、〈浅黒のいとこ〉も見えるか見えないかのうなずきを返す。

かくして陽が正中する前に、キャスは白頭巾の一団と鞍つきの馬を連れてアヌンの通りを進んでゆくのだが、二名の衛兵に先導されつつ、さらに後ろには路上の少年たちや痩せぎすの野犬がわらわらと付いてきて、歩道や戸口、店に窓から露台とあちこちから注目や罵声を浴びながら、ようようマツアの館へと辿り着いた。

石と粘土でできた小さな家で、かなり大きめの中庭があり、そこには井戸のほか伸び広がった無花果の木と大きな柑橘の古木が一本ずつあった。手足のない男が、無花果の木陰にある編み細工の椅子で居眠りをしている。これがマツアだろうか、とキャスはふと思う。ところがそのとき、開いた家の戸から隻眼の少年が応対に走り出てきて、家主が瞑想中であることを伝えてくれた。宵の口に出直すこととなった。

「井戸から水を採ってもいいだろうか」とキャスが訊いたのは、最後に訪れた緑洲から都の門までずいぶん距離があり、また旅人や連れの馬に水をくれる者が誰もなかったためである。

「お好きなだけどうぞ」と少年が答える。「聖なる井戸にあるのは万人のための水です！」ふるまえることが誇らしげな少年は、馬が飲めるようにと手桶を持ってきてくれる。遊牧民の一行はその馬に水を与えてから、飼葉袋に烏麦を詰めた。そして自分たちも大いに飲んだのち、顔と手を洗って砂埃を落とし、水袋の中身を補充する。

キャスは、聖者との対面を待ちながらこの埃舞う庭の木陰で昼日中を過ごすのも悪くないと考えた。唐突にこの場所へ対する親近感が強く湧いてきて、安らかな気持ちに、わが家にいるかのような心持ちになるのだ。椅子にいる男は何も言わずに、眠たげな微笑みでこちらを見ていて、まさしく夢見心地といった風情だった。大木のつややかな蒼葉に包まれた柑橘が陰からきらめいている。飛び散る水も砂塵のなかでは甘くかぐわしい。邪魔者もいない。

ところが遊牧の民らは馬市場へと行きたがった。キャスから離れるわけにはいかないため、全員でまたしても、この時間なら半ば沙漠とも言える蒸し暑い通りへと出る。道すがら食料の露店に寄って、麵麭と果物のほか串焼きの羊肉も買い求め、長い絶食をごちそうで打止めにした。遊牧の民らがキャスの分の食事をおごってくれもした。馬市場へ着くと、腹を空かせた馬用の飼料も購ったのだが、最高級品の穀類・烏麦に気前よく高値で支払ったため、飼料商人も次の機会もぜひよろしくと愛想がよかった。

ここでは周囲に集まってくる人々も無礼でなく敵意もなく、ただ商売に熱心だった。遊牧民育ちの馬や騾馬は、血統よく躾もよいと都市ではたいへん珍重されていた。芦毛の騾馬二頭は風体のすぐれた卸人へと渡ったが、まったく動じずに競り相手をみな下し、あげく金貨十枚の支払いで依頼主の畜舎へと騾馬を連れていったから、その主とはあの金の飾り房の官吏に違いあるまい。鹿毛と粕毛もよい値で売れたが、キャスが遊牧民らの話し声に聞き耳立てたところでは、思ったほどではなかったらしい。とはいえ、仲間内で売ったときの数倍にはなるようだ。

引き渡し待ちだった粕毛の騾馬のところへキャスは近寄り、逆立つ剛毛のたてがみの下にあるその額をなでてやった。騾馬は気を許すように低くうなる。

「いいやつですよ」と騾馬の新しい持ち主に声をかける。男もうなったが、騾馬ほど気安くはなく、そのまま手綱を引いてゆく。

粕毛の騾馬は暴れることもなくおとなしくキャスから離れていった。

一行がマツアの館へ戻ったのは、日も涼しくなり出すころだった。手足のない男はいまだ柑橘の木の下にある椅子に腰掛け、微笑んでいる。この時分にはながめる相手も増えており、十数人の男女が中庭に集まっていて、聖者と話をしよう、祝福を受けようと待ち構えていた。ずいぶん貧しい人々もいれば、身なりのいい者もふたりいる。ひとりの男は足が不自由だった。母に抱かれた赤子が絶えず弱々しげにむずかっている。女がひとりむせびすすり泣き、付き添いにすがりついていた。

キャスと遊牧の民、それから二名の衛兵もこの一団に加わり、砂塵のなか座ったりしゃがんだりしていると、隻眼の少年が折に触れて水を撒いてくれるので、そのたびひやりと甘い香りがする。

足を組んで座るキャス。疲労もたまり、この夜と昼とは一睡もしていなかったが、眠りに落ちることはなかった。座っているあいだ、その心と頭はきわめて穏やかだった。やがて館から出てきたマツアを、キャスは静やかな喜びとともに見つめる。いまだ知らぬ父を、五歳のときに亡くした母を目にしているかのような心持ちで、それだけ親しい知りあいの顔にも思えたのだ。夢のごとくながら、実に夢を見ているのではない。

その目がとらえたマッアは、浅黒い肌で白髪交じりの細身の男で、遊牧の民に挨拶をしながらその身を抱きしめ、おじ・いとこ・甥よと声をかけた。長々と語らい笑い合った。

そのあと聖者はキャスのもとへ来て、微笑むまでは行かずとも、強く待ち望んでいたらしい優しいまなざしで、こちらに挨拶をする。「わが息子よ」

キャスはマッアの足下へ頭《こうべ》を垂れ、そして背をまっすぐにその前へひざまずく。「マッア殿《ディ》、わが主にしてバンカラの商人ミトライに命じられ、この贈り物を持ち来たりました」と告げて、両の手で撚り紐の網に包まれた陶製の甕を差し上げる。

マッアは甕を手に取り、眼前に掲げた。キャスを見下ろす彼の顔が微笑んでいる。そうして左の手のひらに甕を載せながら、右手をさっとその上にかざした。

そして再び両手で持ち、キャスに差し戻す。「大いなる贈り物を届けてくれたな、わが息子よ。どうかこれを、わが祝福と感謝とともに、お前の主のもとへ持ち帰られよ」

冷たく重みのある甕を手に取ったキャスは、いささか戸惑いながらも、この男の前ではあまりに穏やかで満ち足りた気持ちになってしまい、問い返すことができなかった。「はい」と口にする。

しばしマッアはじっとキャスを見つめると、身をかがめてその額に口づけをした。「穏やかに歩みなさい」とその声は優しかった。そして泣き止まぬ女のほうへ向かってゆく。女と年若の付き添いは熱心に手を彼へ突き出し、近づく者の名をささやいていた。

キャスはそこで夜を過ごしたいと、その中庭で眠りたいと思い焦がれた。この場所では、痛みや涙のほか不格好・不自由までもが受け入れられ、安らぎが与えられる。ここには脅かすものも虐げるものもない。

とはいえ遊牧の民のそばにいなければならず、衛兵も一行をしきりに隊商宿へ連れてゆこうとするため、同行することになった。そうして宵の混み合う通りを抜けていると、やはり人々が敵意と軽蔑をもって見つめてくる。疲労も嵩んで馬もいらいらと気が立っており、周りには群衆や怒号ばかりか、壁も低く松明も揺らめき急に翳りもするのだからなおさらだ。さらに荷を運ぶ騾馬二頭と人を乗せる騾馬二頭が、手綱に引かれてまっすぐゆるりと進む。キャスがそばに近寄ると、騾馬は動じず落ち着いており、体も大きく温かく、金具の音も聞こえるので、こちらまで穏やかな気持ちになるのだった。

気分は高揚しているが、どこか物足りない。さしづめ風に吹き上げられた先の高い峰から、ただただ降りているかのようだ。残る人生は、その高みから下り歩むだけなのだろうか。

隊商宿は広々したところで、時節柄かなり空いていた。一行は食事をともにしたが、給仕役のふたりの少年が遊牧民へ供するのを嫌がったため、キャスは主人のような口調で声をかける。「アヌンのもてなしとはこんなものか」と切り出して、「このことはわれわれからバンカラの隊商の耳にも入ろうぞ!」かくして夕餉として冷やし扁豆に麦粥と青菜がしぶしぶ出されたが、食べればおいしい。キャスが赤葡萄酒をひと瓶求め、五人全員で酒を交わした。遊牧の民が遠慮なく話をしてくれたのは、ともに一週間旅をして初めてのことだった。葡萄酒にいささか酔った青年が、キャスを疑ったことを詫びたが、やはり情の男であるようだ。

ここでキャスは、かねてから疑問に思っていたことを訊ねてみる。「おじ殿《ディ》、どういう次第で、あなたがた一族のひとりたるマツアが、この都へ住むことに？」

老人は事の次第を語ってくれた。五十年以上も前、別の遊牧民の一団から襲撃を受けた際、当時ごく幼かった彼の甥がさらわれて、アヌンで奴隷として売り飛ばされたのだとか。その主人の許しで解放奴隷となったその甥は、アヌンの貧しい娘と契り、そのふたりの子がマツアなのである。「その名は街での呼び名だ。とはいえあの者は自らの民族のこともしっかりと胸にある」と老人は目に涙を浮かべながら誇らしげに語った。

眠りにつく前、〈微笑みのいとこ〉がキャスに声をかける。「われらはこれより南へ向かう。隊商の道は徒歩のお前には不向きだ。古来の道のりはわかるか」

「ハブガルガトが教えてくれたことなら」

「そらんじてみろ」とその遊牧の民は言う。

覚えていた場所・泉・目印の流れを頭に呼び出し、逆の順にしてキャスが復唱し始める。言いよどんだり詰まったりすると、〈いとこ〉が必要な知識を教えてくれた。言葉をみな復唱し、とうとう通しでやり遂げる。十四ある水飲み場のあらゆる目印と名称、道の曲がり角や分岐点、アヌンの沙漠口の門からバンカラの東門に至るまで。

「軽やかに歩むといい」と〈微笑みのいとこ〉は言った。

あくる朝、衛兵が遊牧の民を都の外へ送り出す際には、それぞれからキャスに丁寧な暇乞いがあり、〈おじ〉からは餞別を渡された。彼らが身につけているのと同様の白頭巾だ。「この半月が一年で最も暑い」と言い、「おそらく今年はかなり暑くなろう。頭を常に覆うのだ。砂嵐や塵嵐のときには、このように顔を覆え」と、頭巾を締めて顔と目を守るすべを見せてくれた。

こうして、一行はせっつく衛兵たちとともに旅路についた。立ち尽くしたままキャスは、荷を運ぶ騾馬二頭のしなる尾が狭い通りの奥へ遠ざかってゆくのをながめていた。

そのあと市場へ向かい、遊牧民の荷に倣って椰子の実・乾酪・干し肉・食用豆を購い、それから柑橘を少しばかり求めた。二個目の小さな水袋も荷につけ加える。まとめて銀貨一枚かかったが、それでも銅貨六十枚が余ったので、宝石商の露店へ赴き、イニのために青い琺瑯の輪が嵌め込まれた銅の首飾りを選んだ。

ここでまたマッツアの館へ行って、砂舞う中庭にある柑橘の木陰で休みたいという気持ちに駆られた。いささか恥ずかしい手前、ためらいもしたがそこへ向かった。

何も語らぬ手足のない男が椅子に座っていて、キャスが目に入ると微笑んだ。隻眼の少年も挨拶をしてくれたあと、自分の勤めを続ける。塵吹く陰に深々と座って、キャスは自らの心を穏やかにした。

昼も暮れゆくにつれ、マッツアの登場を待とうと人々が中庭へと集まり始めた。キャスは井戸へと向かい、水袋を満たしたあとたんまりと飲み、荷を背負ってその場を後にした。

道ばたの屋台で麦粥ひと皿と青菜を口にしたあと、そのまま都の城門へと行った。通り抜けるときは、詰め所の衛兵も彼を見てうなずくだけだった。歩いて出たのは広い道で、砂塵舞う午後の光にきらめいていた。

腹一杯にして存分に休み、さて自分のなかには、マッアの中庭の静謐さがそのままにあった。次の緑洲まで水場はない。北から古来の道のりが伸びてきて隊商の道と合流している地点だ。一晩じゅう歩いて、その次の晩になるまではおそらく辿り着けない。しっかりとした足取りで出発する彼の心持ちには、帰り道だと自覚している者特有の軽やかさがあった。

緑洲に着いたころには、疲労困憊で水も一口あるかないか程度だったが、そこでは澄んだ泉から心ゆくまで飲めた上に、頭や全身に冷たい水を浴びることもできたほか、柑橘と一握りの豆食をほおばったあと睡眠もとれた。あくる日は休息を取り、ずんぐりした椰子の古木の陰でさらさらという音を聞きながら、食事は控えめに水分をよく摂った。そして生き物の足跡からかすかに見えてくる迷路の筋を観察した——黄金虫に砂鼠、鳥や狐、それから二頭の小さな羚羊の細長い足跡もあり、明け方ごろ泉へ水を飲みに来たのも見かけていた。

宵になり、もう一度食事と水分補給を済ませ、水袋を詰めてから、北西へとかすかな跡を辿って出発する。ここから先は、一晩歩くごとに水辺へ行き着けるはずだった。ところが、夜は空気が乾燥していてすぐ冷え込むくせに、岩や砂土は窯のなかの煉瓦のごとく日中の熱気を保ったままだった。それでいて昼日中の旅路はすさまじく暑い。日に日に暑くなる一方に思えた。

九度目の朝を迎えて、あの遊牧の民に見つかったゲボの地へやってくる。ひとつ前の小さな緑洲からはかなり距離があったために、時は真昼近くになっていて、見ると葦と椰子は、熱せられた大気のせいで地平線の上でゆらゆらと踊っていた。北側の低い丘も空で逆さを向いている。頭痛が打ち響き、眩暈の波に襲われる。網に包まれた水甕は歩くたびに揺れ、その重みが今までないほどにのしかかる。ようやく木陰に着くと、荷と衣服を投げ出し、奇跡にも思えるくらいにぬるりと冷たい水へと飛び込んだ。

そのあとは翌日も含めて眠って過ごし、その日の夜は旅を休んだ。食料はじゅうぶん保っている上に、ここから先の道もわかっていたから、今必要なのは休息だった。この酷暑が終わらないかと、少なくとも近いうちに収まらないかと願った。この緑洲では、かつては敵意をもった他者に遭遇したが、ここに至って恐れはない。マツアの庭の穏やかさが自分のなかへすっと入って自分を包み込んだように、ひとり歩きひとり眠る途方もない孤独もまた、自分のなかへ宿るとともに、自分を取り込んでもいた。うとうとと泉につかりつつ寝転んで、そのまま再び眠った。緑洲の生き物たちが水辺にやってくるのが見えた。一疋のひょろ長い青蛇に、葦のあいだにはひと影の蜻蛉、さらに砂鼠が数匹。向こうにも恐れはないようだった。昼過ぎには椰子の木陰で、刈って裂いた葦で小さな籠を、幼いころ教わった通りに編んだ。イニへ渡すお守りを入れ、さらにそれを荷のなかへしまった。と同時に、蒸し暑く息苦しい宵となり、ゲボの地を後にした。

その夜、アヌンで求めた水袋から飲んでいると、縫い目から皮が裂けてしまった。飲めるだけの水を口に含んだが、おおかたこぼれてしまった。その水袋は直しようもなく、〈赤き丘陵〉の砂のなかへ埋めてしまった。日々の支えとなるものが失くなったのは惜しいが、そもそもバンカラからゲボの地まで水袋ひとつだけでやってきたのだから、やはりひとつだけで帰れようものだ。

日中の暑さがこれ以上強まることはなかったが、弱まりもしなかった。緑洲でさえ陰が少しもできず、涼む場所もない。風も吹かないから、呼吸も空気を吸うというより熱気を吸うのに近い。未明の数刻だけ夜の大気も涼しく、時には震えてイニのくれた布をまとうことまであった。〈粘土の岸辺〉にある泉は澄んでおらず、行きの旅で見たときよりもひどくなっていた。金具の味がして食欲もなくなってしまったが、そこで過ごした日は、無理にその水で飲み食いするほかなかった。干し椰子を少しずつ延々と口のなかで転がしてから飲み込んだ。

ここに来て自身のことが心配になってきたが、あくまで突き放して考えればの話である。このような窯のなかを歩き続けるなど、もはやこれまでだとわかっていた。とはいえ残す道ゆきもさほど遠くはない。あくる夜には〈細き岩道〉にも着けよう。そこにも陰はそこまでないが、以前のところで休んでみよう。そうすれば、そこから先はただ一晩と昼が一度、長い昼が一度で、〈乾きの丘陵〉と東門へと辿り着ける。

残ったほうの水袋に〈粘土の岸辺〉の水を詰め、静かに火照る夕べのなか出発する。まもなく沈む陽の光も顔にはきついため、目がくらむのを防ごうと頭巾を縛って頭をほとんど覆い隠すことになった。

夜のあいだ一度、歩きながら眠ってしまい、目を覚ますとどうも道がわからなくなっていた。星影に見える周囲の何もかもが、なじみのないものだった。混乱する心を静めて、道はこれだと、逸れてはいないと自分に言い聞かせる。わからないままに重い足取りを前に進めてゆく。

夜明けが来ると、さすがに丘のかたちがわかってきたが、かつてないほどの渇きに具合が悪くなり、吐き気と眩暈に襲われる。今や道もはっきりしたので、最後の水を袋から飲み干した。背後に恐ろしい陽が昇ってきている。朝半ばには、〈狭き岩道〉の川床と井戸にやってきた。

井戸は以前と同様に涸れていた。かつて掘った川床の地点へと向かい、自分の作った穴の名残を見つけたので、同じところを掘り始めた。

掘り進めるにつれ、砂はややひやりとしてくるものの、湿ってはこない。以前に水が滲み出したよりももっと深く掘ってみた。それでも砂は干からびている。

あきらめて別のところも試してみた。川床でもより上流の地点で、砂に埋もれた泉にもさらに近いと思われる。ところが水が出るきざしはない。

もう一度、水の浸食跡の底を掘ったあと、とうとう観念する。椰子の狭い木陰に戻って、この先バンカラまでに立ちふさがる長い昼下がりと長い夜、そしてまたさらに長くなる昼を、どうしようかと考えた。ほかにどうしようもない。ここで休んでから夜に出発、水なしで歩くことにした。

頭巾とイニのくれた布で頭を覆い、喉の渇きはつらいがとにかく寝ようとした。静かに横になっていても頭がくらくらし、苦しさが募る。

深い眠りからふと目が覚めた。日は暮れて、ごくかすかな風が井戸わきの枯れかけた椰子の葉をそよがせている。うっすらとした橙色が空の上から褪せつつ、空高くにわずかな雲が点々と見える。この数十日間で初めて見る雲で、そこに日の光の名残があった。ものを食べようと、水の幻と記憶が留まる川床へと向かった。渇いた口には石膏にも思える干し無花果を噛もうとしたとき、ふいに、自分が穴を掘った砂山の近くで、小さな動きが見えた。じっと座ってながめてみる。

砂山の周りにやってきた砂鼠が、穴のふちを嗅いでいる。緑洲ならどこにでもいる小動物で、上は焦茶で下は白色、細く白い足があるほか、大きな耳は薄くやわらかいため光に透ける。警戒心が強くて動きも素早く軽やかで、時には飛び跳ねることもあるという。

この一匹をながめていると、掘った穴へと降りて、底のあたりを嗅いでいる。そのあと穴を掘り出したが、小さく細い指では砂をうまく掻けない。掘りに掘っても、砂は掘ったところへずるりと戻っていく。

砂鼠の喉も渇いていた。渇きのために死にそうなのだろう。ここが住みかで、この場所だけが世界で、そのここに水がないのだ、とキャスは思いを巡らす。

空を見上げた。明るめの星々だけが現れている。雲の層が厚くなりつつあった。一両日中に雨があるかもしれない。最初の雨、尋常ならぬ雨。この乾いた川床も一時間あれば、驟雨が砂にしみ込むのに追いつかず、水にあふれることだろう。

鼠は穴の底を弱々しくひっかく。キャスが身をかがめて寄せる。鼠は彫像のように動かなくなる。

「よし」と言葉を吐く。十四日間も話さなかったためにささやき声がやっとだった。荷から陶製の甕をほどいて、網から取り出す。手首をひねって木栓の封を破り、小さな真鍮の杯に水を汲んだ。穴わきの砂の上に杯を置いて、倒れないよう押し込む。そうしてから少し離れて、また腰を下ろす。

しばらくして鼠は穴から這い出したが、恐怖からか衰弱からか動きはよろよろとして、長細い髯もせわしない。まっすぐ真鍮の杯へと向かう。鼻面を水につけると、音も立てずにすすり飲む。たちまち水はなくなった。

思わずキャスは身じろぎをする。鼠は大きく飛び跳ねながら夕闇のなか砂丘の向こうへと消えていった。

「すべてよし」とキャスは影に語りかけた。

真鍮の杯を荷にしまう。細心の注意を払って甕の栓を元通りにし、荷にしっかりと念入りに吊り下げたので、漏れもこぼれもしようがない。空に垂れ込める雲が、ゆっくりと明るい星々をも隠しつつあった。おそらく尋常ならぬ雨がやってくる。「川床から出られよ、小鼠よ」と心でつぶやく。そして西へ向かうかすかな道の跡を辿り始めた。

バンカラの東門へ行き着いたとき、キャスは口も利けなかった。門に詰めていた怠け者たちが、道をこちらへまっすぐふらふらとやってくる人影を見つけたのは、はるかな雷が黄色い閃光を揺らめかせた瞬間だった。そのこわばった顔と黒ずんだ唇を見て、すぐさま水を運んだが、周囲に集まってきた人々があれこれ言い出し、まずたっぷりと、いやまずはほんの少し水を飲ませるべきだの、こやつは遊牧の民だ、いや遊牧民ではないだの、何者だ住所はとか、一年で最も暑いときに沙漠をひとりで歩くなんて頭がおかしくなったかなどと、口々だった。ただし本人にはほとんどわからなかった。やがて身元を知る者が現れ、ミトライの館に担ぎ込まれ、ともあれ帰宅した次第である。

男用宿舎の同輩たちがキャスを寝台に寝かせ、体をきれいにする。やがて館から駆け込んできたイニが、同じことをさらに上手くやってのけた。顔を出せるようになったら現れよ、と主からの言伝も届いた。本人は行くと言って聞かなかった。主の執務室に、やせ細りながらも身だしなみを整えたキャスが現れた。そして、汚れてぼろぼろの網に包まれた陶製の甕をミトライに差し出す。

「聖者に請われ、これをお持ちしました。ここにかの人の祝福が施されております」と、沙漠で涸れてしまった声で告げる。

ミトライは甕を手に取る。顔は無表情だった。

「そのお言葉は」

「マッア宣わく、「大いなる贈り物を届けてくれたな、わが息子よ。どうかこれを、わが祝福と感謝とともに、お前の主のもとへ持ち帰られよ」と」

ミトライは甕を念入りに検め、栓を確かめた。

「封が破れておる」と言う。

ちいさくうなずくキャス。

「おぬしがここから飲んだのか」

キャスはさっと目を見張った。表情は崩れず、断固たる顔だった。一言もない。ミトライも彼を見つめる。

「おぬしが、開けたか」その言葉は、問いともつかない。

「はい。涸れた井戸にて。鼠に水をやりました」

じっと相手を見定め、ミトライはまた甕に目をやる。そっと揺らしてみる。水と空気の混じる音はない。木栓を抜いて中をのぞいた。

「満ちておる」と一言。

彼はキャスに目を向ける。

「ふちまで満ちておる」と商人は言葉を繰り返す。

キャスの日焼けてひび割れた口元が、わずかにほころびる。開いた両の手のひらを上にして、みなまで言わずの身振りをするが、その真意は〈理由はわからぬがこの通り、すべてよし〉。

ミトライはしばし黙りこくる。そしてようやく口早に、「ならば下がれ、キャス。いつも通り見事だった」

礼をなしてキャスは執務室を後にする。足取りはおぼつかない。廊下の奥でイニが彼を待っていた。彼女は紐を通した銅と琺瑯の装身具を首に下げている。そして彼の肩に腕を回して抱きしめた。「キャス」と呼ぶ。「外へ出よう。雨が降ってる」

（訳＝大久保ゆう）

訳者解題

本書は、アーシュラ・K・ル＝グウィンの自選短篇集である*The Unreal and the Real*を底本にして、これまで単行本・雑誌に訳出されていない未訳作品のみを選び出し、『現想と幻実』と題して著作集にまとめたものである。もともと原書は二〇一二年に、地球のどこかを舞台にした作品をまとめた第一部と、宇宙や異世界の話を集めた第二部とを分けて、二巻本でスモール・ビア・プレスから刊行された。今回底本にしたのは、そののちに書かれた「水甕」も収録する第一部・第二部合わせて一巻本となった二〇一六年刊のサーガ・プレス版である。

翻訳の分担としては、「現想篇」と題した第一部を主に小磯・中村が受け持ち、「幻実篇」とした第二部をすべて大久保が担当した。訳稿についてはいずれもまとめ役である大久保が目を通した上でコメントを付けて意見交換をし、作品性についても全員で合評した上で、各訳者による推敲を行った。なお本稿の文責は大久保にある。

ここに訳出された作品はどれもそれぞれの文脈を持つものが少なくなく、ル＝グウィンのまだ知られざる一面を伝えるためにも、本人の解説やインタヴュー発言を拾いつつここで最低限の解題を加えたい。

「ホースキャンプ」（"Horse Camp"）

ホースキャンプというのは乗馬を通して体験学習を行う宿泊研修の一種で、いわゆる林間学習に乗馬が採り入れられたようなものだ。趣味としての乗馬がそこまで馴染んでいない本邦でも実際にこの種の体験ができるところが各地にあるものの、この単語で内容をすぐに思い浮かべられる人は少なかろう。

その行事名を冠した短篇「ホースキャンプ」は、もとは『ニューヨーカー』誌の一九八六年八月二五日号の二二―二三頁に掲載されたもので、著作集『バッファローの娘たちとそのほかの動物たち』（*Buffalo Gals and Other Animal Presences*, 1987）に採録された。この著作集のなかであれば、動物の話だということがわかるが、この作品単体では解釈に戸惑う方もあるだろう。『ニューヨーカー』誌のウェブサイトにある本作のアーカイヴには、次のようなあらすじが掲げられている。

サールとノーラの姉妹、そして友人イーヴにまつわるファンタジー物語で、三人は夏のあいだホースキャンプに赴き、人間のかたちから馬へと変身する。バスの乗車待ちをしながら、三人はこれから割り当てになる小屋について、そして馬の調教師ジム・メレディス（メレディ）のことについて話し合う。三人は同じ小屋（五番）にたどり着く。指導員たちは、牝馬について心構えをみんな知っている。一泊目夜のキャンプファイヤーのさなか、ずっと指導員たちは歌い、馬たちは足踏みしたり鼻を鳴らしたり、そして少女たちは寝そべりながらそのすべてに、さらに山の上のコヨーテに耳を澄ませる。少女たちは馬になってしまったようで、自由とは走ることであると、自由とは広い高原を風とともに走り抜けることであると学び知る。正しいだく足の仕方や、右前脚からの踏み出し方を学ぶ。突然、牧草地で肩寄せ合うさまが描写され、次の夏もこのキャンプに戻ってこられるか考え始める。山登りから戻ってくると、馬になったノーラは、馬になった姉サールが背中に男を乗せて、手綱に操られながら山道をゆくのを目にする。ノーラは姉に呼びかけ、ふたりは友人の制止にもかかわらず互いに向かって走り出す。ところが群れ全体がゆるやかな駆け足を始めて、みんなして一緒に走ってホースキャンプと牧草地へと戻っていく。（1）

本当だろうか？　そもそも「馬へと変身する」とは何なのか？　もちろん合理的に、あくまで草原を駆けるなかで〈人馬一体〉の感覚を抱いて解放された気持ちになっただけだとしてもいいだろうし、最初から本当はみんな馬で人にも読めるように書いてあっただけとも解釈できるし、キャンプファイヤーが何かまじないめいた変身の儀式でそこを境に馬に変わったのだと考えてもいいのかもしれない。

ル＝グウィン自身は著作集に挿入した各作品の前置き部分で、「子どもと動物のあいだの、あの自然かつ普遍的で謎めいた関係性」がテーマであることに触れた上で、こう述べている。

「ホースキャンプ」は人を悩ませる作品のようだ。あの〈馬が大好きになる時期〉を経験した人や、あの時期になった娘を持ったことのある人にとっても。おそらく人を悩ませるのは、そのなかに自由の叫びと罠に掛かった悲鳴が同時に同じ声で聞こえるからだろう。もしくは「どういうこと」なのか、ただ知りたいだけなのかもしれない。わたしは知らない。(2)（特にアメリカでは）女児が無性に馬を好きになる時期があるらしく、かの地の各種玩具やアニメ『マイリトルポニー』もその需要に当て込んだ作品なのだが、つまりは今作もその少女と馬の不思議なあわいを描いたものであり、どうにも『ニューヨーカー』誌のあらすじは「どういうこと」かを書いてしまったもののようだ。

（1）https://www.newyorker.com/magazine/1986/08/25/horse-camp［以下、原著出典を示したものは文責者による訳、邦訳があるものも訳し直すか独自に訳出している］
（2）Ursula K. Le Guin, "VII 'The White Donkey' and 'Horse Camp'," *Buffalo Gals and Other Animal Presences*, Plume Book, 1987, p.139.

「迷い子たち」（"The Lost Children"）

掌篇「迷い子たち」の初出は、ＳＦやファンタジーの版元であるタキオン社によって九〇年代の一時期に刊行された文芸誌『十三番目の月』の一九九六年一月号で、そののち *The Unreal and the Real* の旧版（二〇一二年）の第一巻「地上のどこか」に収められたが、個別の短篇集には未収録の作品である。

ハーメルンの笛吹きの伝説を下敷きにした本作では、笛吹きは大人のなかに住んでいる忘れられた子ども性を呼び起こす象徴であり、一種の幼年期のノスタルジィでもありながら、その無自覚な子どもたちがサブカルチャーのなかに生き続けていることがやや皮肉まじりに示唆される。

比較的後期の作になるため作家本人の言及は少ないが、原書の序文では、他のル＝グウィン作品でもよくあるアメリカのある時代を切り取ったものとは違って、「「迷い子たち」といった作品の舞台設定は特に意味がない」(1)とする。単なる現代を舞台にした文芸というよりは、むしろ諷刺作というべきもので、ファンタジーの雰囲気と諷刺が結びつくという点では、「どこか」という普遍的なキーワードにふさわしいものと言えるかもしれない。

(1) Ursula K. Le Guin, "Introduction" to Part I, *The Unreal and the Real*, Saga Press, 2016, p.6.

『海岸道路』(*Searoad*)

のち連作集《ストーリー・スイート》『海岸道路』(*Searoad*, 1991)としてまとめられる短篇・中篇群は、ル＝グウィンが一九九〇年ごろに様々な媒体に書いていた〈ある架空の海辺の町〉クラットサンドを舞台にしたものである。当該短篇集のなかには地図も含まれているためわかりやすいが、町の西側に海があり、その岸に沿って〈海岸道路〉が走っているという位置関係だ。本作中にも〈アストリア〉という地名が出てきているように、このクラットサンドはオレゴン州北西のどこかにあると設定されている。ル＝グウィンは長くオレゴン州ポートランドに住んでおり、その経験から自然と当地が舞台になったようだ。そのためオレゴン図書館連盟から今作にH・L・デイヴィス賞が贈られてもいる。

『海岸道路』収録作の邦訳としては、短篇「中で、そして外で」("In and Out")が青木由紀子氏の訳で『ユリイカ』に掲載されているが(1)、今回訳出した三篇はいずれも初訳である。「文字列」("Texts")は、かつてテキサス大学出版局から出ていた季刊『アメリカン・ショート・フィクション』の創刊号(一九九一年春号)が初出で、そののち少し変わったことに、ミステリのアンソロジーにも収録されたことがある。作品内で示されるある種のパレイドリア現象に、もし暗号解読の妙味でもあれば確かにミステリ作品にもなるが、むろんそういう内容ではない。かといって本連作集がよく言われるように〈リアリズム〉の作品かというと、そうでもない。ル＝グウィン自身、この作品が特定のジャンルに当てはまりにくい性質があると考えていたようだ。

『海岸道路』は、わたしの作品でも最高の部類に入ると思いますし、最上級の出来だと自覚もしているのですが、こういう本は、少しも関心を得られません。みなさんこれをどう扱っていいかわからないんです。どんな特定のカテゴリーにも入りません。リアリズムの範疇にあってさえも、収まりの悪い本です。(2)

このあとル＝グウィンは、西海岸のオレゴンがアメリカ東海岸の人々にとってはエキゾチックな土地であることも認めているが、また別のインタヴューでは、こんなふうにも語っている。

『海岸道路』は、オレゴンの海辺の小さな町で一時的に住民になることに対する応答なんです。クラットサンドは、オレゴン北岸のいくつかの町の合成／抽出です。この本は、探検であり諷刺であり敬意であるわけです。(3)

町そのものが中心となって、その周辺の人々を描いていくあり方には、すぐさまジョイスの『ダブリン市民』やアンダーソン『ワインズバーグ・オハイオ』が思い浮かぶが、そうすると次の関心は〈どういう人々を描こうとしたか〉である。

連作集『海岸道路』から採録されたもうひとつの短篇「夢に遊ぶ者たち」（"Sleepwalkers"）は、不定期刊のポートランドのアート系ミニコミ誌『ミシシッピ・マッド』の一九九一年号が初出だが、エイヴァ・エヴァンスという人物を中心にして、その女性のことを周囲の人々が語ってゆく多声的な作品である。むろん旅行者や現地の人々の思う互いの印象は一致せず、何が真実かということさえあやふやで、その語りのあいだにエイヴァというシングルマザーがぼんやりと浮かび上がる。

物語の時代設定は主として一九八〇年代で、アメリカでもかなり保守色の強いユタ州から西海岸のオレゴン州へとやってきたエイヴァ。今では廃線になっているが、かつてはソルトレークシティから北西方面にポートランドをつなぐパイオニア号という旅客列車があり、証言を信用するならこの路線で避難してきたと考えていいだろう。最も保守的な土地と言われるユタ州と、最もリベラルな風土とされるオレゴン州の対比が暗に示されているが、ユタ州から逃れてきたエイヴァがオレゴン州の住民たちにどう見られているかも、個々の声の違いに表れ出ている。

『海岸道路』には、同じく視点人物の切り替わっていく複数の語りで構成された別の中篇「ハーン家」（"The Hernes"）があるが、ある関係性をもとに多声的に物語を描いていく手法についてはヴァージニア・ウルフの影響があるとル＝グウィン本人も語っている（4）。

『海岸道路』から採録された最後の一篇である「手、カップ、貝殻」（"Hand, Cup, Shell"）は、アメリカで三番目に古いとされる文芸季刊誌『サウスウェスト・レヴュー』（サザンメソジスト大学刊）の一九八九年秋号が初出。ポートランド在住のインマン家が、クラットサンドの浜辺近くにある別荘へやってきたある一日の出来事が描かれている。

地の文では、登場人物はそれぞれ名前ないし家族関係で呼ばれ、〈おばあちゃん〉のリータ、〈母さん〉で（おそらく文学の）大学教員であるマグ、〈パパ〉で大学中退して職を転々としているとおぼしきフィル、ただひとり呼称のない大学生グレ（グレータ）、〈息子たち〉とまとめられるトムとサム。そしてここに、物故者である〈おじいちゃん〉エイモリーの取材のために訪れる（しばらく名前も思い出されず〈あの子〉と呼ばれる）大学院生スーが加わる。

話の軸になるのは、沿岸地域のもうなくなった町に生まれて大学教授の妻になったリータと、その娘で大学教員になったマグ、大学生になったばかりの若いグレという三人の人生と心情で、男性の登場人物はむしろ後景に下がる。そして視点人物を切り替えながらそれぞれが自由間接話法で家族に向き合っていくあり方が、多声的に響き渡っている。

実はそのなかでル＝グウィンの思想のキーワードも出てくる。それが〈母親語〉という考え方である。これは一九八六年にル＝グウィンがブリン・モー大学で行った卒業生への講演で詳しく語られた概念だ(5)。綴りとしてはいわゆる〈母語《マザー・タン》〉と同じだが、この講演ではもう一つ〈父親語〉と比較した上で、次のように定義される。

父親語：男性が使う、公の、権威的な、明瞭な、文章語
母親語：女性が使う、家庭の、関係性に基づく、曖昧なところのある、口語

ここでいう父親語は政治や科学、あるいは大学での言葉と考えてもいいだろうし、母親語は日常語や家庭語と言い換えてもいいだろう。このル＝グウィンの小説では、できるだけ父親語を遠ざけて、ありふれた主観的な言語であり人をつなぐ言葉としての母親語で物語を話そうとしているわけで、その姿勢が多声的な作品性に効果的に表れている。

しかし〈母親語〉を扱った作品だからといって、すなわち女性のためだけの話なのだとはならない。もちろんル＝グウィン自身、この連作集のテーマが〈女性〉であると言及しているが、ただしそれがすぐさま〈女性向け〉だと捉えられてしまうことに抵抗感を抱いている。

> 『海岸道路』には、どうやら男性とともに暮らせない女性、男運があまりよくなかった女性、ひとり暮らしの女性などが出てきます。たぶんそこが、書評家や担当編集が注目した点で、これが女性についてだけの話だと言われる所以なのでしょう。だから何？ たとえば『白鯨』に女性が出てこなくても、女性が読むことを妨げるものじゃありません。まったく女性中心の『カラーパープル』みたいに、たとえ本の内容がほとんど女性のことでも、男性は読むんですよ。そういう本に、社会的な力関係《ポリティカリー》で難儀する男性がいることは承知していますが、芸術としては何の壁もありません。誤ったルールがあるわけです。それが男性についてのものなら万人が読み、それが女性についてのものなら女性向けなのだ、っていう。(6)

また物語の便宜として、舞台であるクラットサンドの地図も付しておきたい。単行本に挿入されたものである。

（1）アーシュラ・K・ル＝グウィン「中で、そして外で」（青木由紀子［訳］）『ユリイカ』八月臨時増刊号「総特集＊アーシュラ・K・ル＝グウィン」青土社、二〇〇六、二六―四二。
（2）Ursula K. Le Guin and Jonathan White, "Conversation with Ursula K. Le Guin", *Conversations with Ursula K. Le Guin*, University Press of Mississippi, 2008, p.116.
（3）Ursula K. Le Guin and Carl Freedman, "A Conversation with Ursula Le Guin", *ibid.*, p.173.
（4）Ursula K. Le Guin and Hélène Escudié, "Entretien avec Ursula K. Le Guin", *ibid.*, p.148.
（5）Ursula K. Le Guin, "Bryn Mawr Commencement Address", *Dancing at the Edge of the World: Thoughts on Words, Women, Places*, Grove Press, 1989, p.147-160.［邦訳は『世界の果てでダンス〈新装版〉』（篠目清美［訳］、白水社、二〇〇六）］
（6）Ursula K. Le Guin and William Walsh, "I Am a Woman Writer, I Am a Western Writer: An Interview with Ursula Le Guin", *Conversations with Ursula K. Le Guin*, p.86.

「オレゴン州イーサ」（"Ether, Or"）

架空の町を舞台にした短中篇「オレゴン州イーサ」は、はじめ『アシモフズ・サイエンス・フィクション』（デル・マガジン社刊）の一九九五年一一月号に掲載された一種の空想作品で、その翌年に未邦訳の短篇集『空気を解錠して』（*Unlocking the Air*）に収録されている（また『アシモフ』誌の三〇周年記念アンソロジーにも採録された）。

一見、話者のころころ変わる普通の多声的作品だと思いきや、このどこにでもありそうな田舎町イーサは、本当に〈どこにでもある〉というのが基本的な仕掛けだ。一ヶ所に留まらず、そのときどきで場所を変えてしまい、山に出ることもあれば、海沿いに出現することもある。ル＝グウィン本人も原書解説で、次のように語っている。

「オレゴン州イーサ」は、その州の東側の乾燥地帯と西側の草原地帯のあいだを、ありそうにもないことだが穏やかに当たり前のように移動する。このありそうにもないのに穏やかで当たり前、というのが実際オレゴンで五〇年暮らしてみて自分にも身についたことなのだと思う。(1)

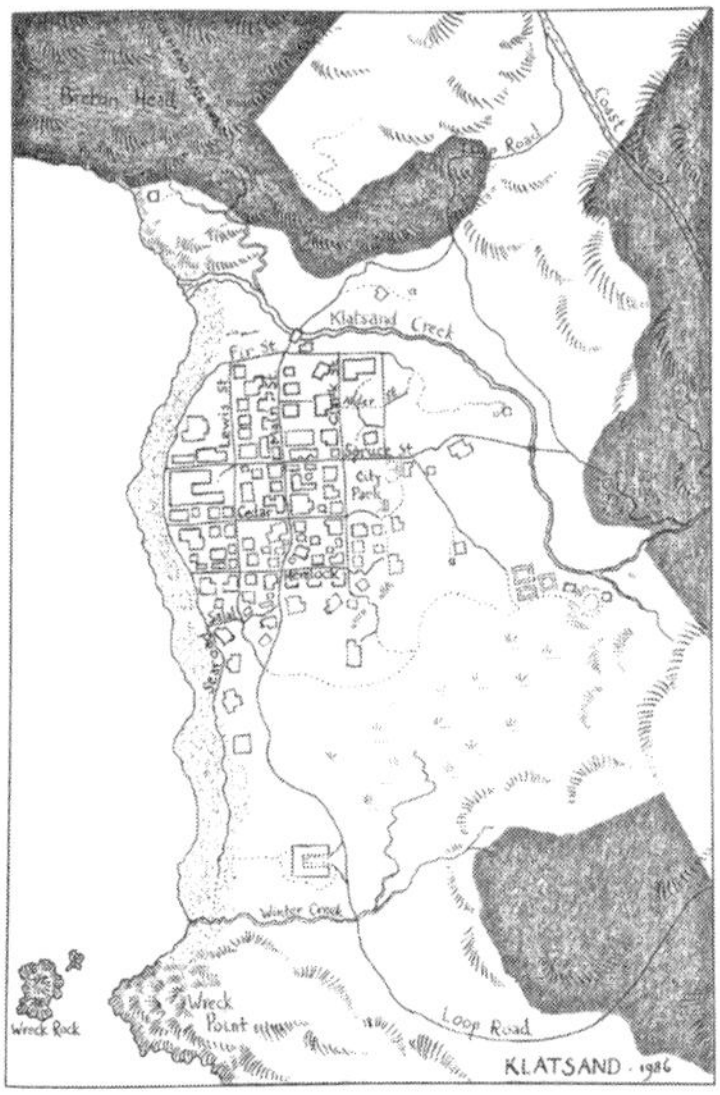

クラットサンド1986年
(Ursula K. Le Guin, *Searoad*, Shambhala, 2004 口絵より)

そして少しふしぎな町に住む人たちは、やはり少しふしぎな人たちで、地霊や精霊さらには地母神めいた登場人物までいて、その響き合いが一つの町のハーモニーを形成しているというわけだ。

(1) Ursula K. Le Guin, "Introduction" to Part I, *The Unreal and the Real*, Saga Press, 2016, p.6.

「四時半」（"Half Past Four"）

一種のショートストーリー集である「四時半」は、『ニューヨーカー』誌の一九八七年九月二八日号の三四―五六頁に一挙掲載された（のち『空気を解錠して』に巻頭作として収録）。八つの掌篇からなる今作は、登場人物の名前や舞台を共有しながらも個々にはそれぞれの小世界があり、ふしぎな変奏が繰り返されている。

この作品ができた経緯については、原書解説で本人が詳細に思い出している。

「四時半」は純粋なリアリズムですが、形式はどこか普通ではない。ある日サンノゼの創作教室で、詩の先生とわたしで昼食後にクラス交換をした。彼がわたしの創作クラスを受け持って詩を書かせ、こちらが彼の詩人たちを預かったので、わたしは物語の執筆を教えようと思った。すると彼らは大きく騒ぎ出した――詩人はいつもそうだ。いえ、いえ、わたしは詩人ですから、ストーリーを物語るなんてできるはずもありません！　みなさんならできますよ、とわたしは言った。四人分の名前とその関係性をこちらで決めてお伝えしますから、あなたがたはその人たちをある場所に集めて、しばらく観察すれば、その関係性をきっかけに物語が始まるのを目にするはずです。（そしてわたしはその場で全部をでっち上げた）。わたしが生徒に与えた四人分の名前は――スティーヴン（そこそこ力や権威のある地位にある年配の男）、アン（社会的地位もない若者）、エラ（そこまで地位はない年配）、トッド（地位など皆無なごく若い青年）。

ひとりの勇敢な詩人が家に持ち帰り、その宿題をやり遂げた。彼女が送ってくれた物語は、いい出来だった。わたしも家に持ち帰って、同じ四人分の名前を使って（マリーやビルなど何人か追加したが）、その宿題を八回やってみた。わたしはそれを『ニューヨーカー』誌に送りつけた。彼らはその気になって、その小品を掲載した。受け取ったフィードバックでは、この八人のスティーヴンを一人のスティーヴン、八人のエラを一人のエラとして考えようと難儀してしまう読者も多いのでは、ということだった。そんなのは無理だ。「四時半」の八つの掌篇は、三二の違った人々と、三二の異なる性格があって、そこに時々マリーやビルが加わるだけ。八篇の物語はどれも、力とアイデンティティと関係性の問題が必然的に関わっている。いくつかのテーマやイメージが繰り返されながら絡み合う。そしてどれも午後四時半ごろに起こった出来事。今もこの宿題の自分の出来には満足している。（1）

読む側はつい一貫性を考えて同じ人物だと思ってしまいがちだが、そもそも世間には同名の人物などいくらでもいるし、ひょっとすると当たり前のように似通った問題さえ抱えているかもしれない。あくまで同じ名前だが別人、ということのようなのでご留意あれ。

（1） Ursula K. Le Guin, "Introduction" to Part I, *The Unreal and the Real*, Saga Press, 2016, pp.6-7.

幻実篇

「背き続けて」（"Betrayals"）

ル＝グウィンの代表作『闇の左手』（*The Left Hand of Darkness*, 1969）を含む広大な宇宙世界の物語は、〈ハイニッシュ・サイクル〉と呼称されている。短中篇「背き続けて」もそのひとつで、初出は一九九四年に英国のピーター・クラウザーが編んだアンソロジー『ブルー・モーテル』（リトル・ブラウン社刊）である。同じ惑星系を舞台にして同年に書かれた「赦しの日」（"Forgiveness Day"）、翌年に発表された「人民の男」（"A Man of the People"）と「女の解放」（"A Woman's Liberation"）を合わせて、中篇集『赦しに至る四つの道』（*Four Ways to Forgiveness*）が執筆後すぐの一九九五年に出された。のち電子書籍として再出版された際、同舞台ながら別の短篇集に収録されていた「古い音楽と女奴隷たち」（"Old Music and the Slave Women"）も採録して『赦しに至る五つの道』と改題されている（なお「赦しの日」と「古い音楽と女奴隷たち」には既訳がある）。

本作に関わるのは二つの惑星ウェレルとイェイオーウェイである（本書底本の著者解説ではなぜか星の名前が誤っているが）。単行本版に付された舞台解説をもとに簡略すれば、宇宙の果てのある恒星系の第四惑星ウェレルと第三惑星イェイオーウェイは双子星として歴史の因縁があり、もともとウェレルは支配者たちの生きる寒さの厳しい星であり、一方イェイオーウェイは比較的穏やかで暖かな入植星であった。ただしイェイオーウェイの星歌の詞が「おおイェイオーウェイ、誰も戻り来ぬ」とあるように、入植星に連れてゆかれた奴隷たちは元の星には戻れず、入植星で一族を作り死んでいく存在だった。やがて奴隷たちはこの星こそ自分たちの地だとして反乱を起こし、解放と独立を手にする。

この闘争によってウェレルの国々も疲弊し、イェイオーウェイも混乱を引きずることになるのが、中篇集の各話の背景となる。この一連の動きに関与してくるのが、〈ハイニッシュ・サイクル〉おなじみの宇宙連合エクーメンだ。エクーメンの使節は、かつて自分たちの祖先が入植した宇宙各地の惑星を訪れ、調査をしつつ友好関係を築こうとする。その宇宙人と現地人の文化的接触やそれに伴う騒動がテーマになる作品がシリーズには多いが、今回訳出したこの中篇ではそうした要素やSF風味は後景へと下がって、〈とある田舎で繰り広げられるかつて奴隷だった者たちの物語〉として単体で成立するものとなっている。

この〈奴隷制と抑圧〉への関心は、当時のル゠グウィンが書き続けていた「終わりのない戦い」なる覚書からもわかるし、本作のキーワードとしてたびたび作中にも出てくる「つかんで放すな」（"Hold fast to..."）という言い方も明らかにラングトン・ヒューズの詩「夢」が意識されている上に、その覚書のなかにも、自由への愛を「つかんで放すな」のかたちでやはり現れている。ただしル゠グウィンはその言葉を〈メッセージ〉として書こうとしているのではない。ここで展開されているのは、そうした読書や思索のなかから自然と立ち現れた人物とストーリーである。

> 時としてキャラクターが語るべきストーリーを携えてわたしの頭に入ってくるのだ。もし耳を貸せるならそれを注意深く我慢強く聞き取って、語られたものを書くと、物語があるべくして現れるわけだ。歳を取るにつれ、こうしたかたちで贈り物のように授かるストーリーがますます増えてきている。（1）

と、本作の解説箇所でル゠グウィンは語る。この話は、彼女の長詩「自分の作品について／を書いている作家」を思い起こさせる。収録されていたはずのエッセイ集『ファンタジーと言葉』（*The Wave in the Mind*, 2004）の邦訳版では訳出されなかったが、ここではかつて『ユリイカ』の特集で、なかにしけふこが引用訳出した詩行を参照しよう。

しごと中の女作家
わたしは彼女が歩いているのを
道なき森の小径を
迷路を　迷宮を歩いているのを見かける
歩いているとき彼女は紡ぐ
ほそい糸が背後に落ちて
来た道を教えてくれて
そして語る
彼女はどこへ行き
どこへ行ったことがあるのか。
物語を語る。
線、声の糸、
道を語る文章。(2)

この詩は『赦しに至る四つの道』と同じ一九九五年の初出だ。あり方が重なるのも当然と言えよう。なお〈ハイニッシュ・サイクル〉の世界観では、超光速通信は可能だが、人間の搭乗できるワープ宇宙船が存在しないため、他恒星系への移動は準光速で本人たちの体感時間は短くとも、外部ではそのあいだ何十年何百年単位の時間が経過してしまい、その設定が登場人物の心に重くのしかかってもいる。ご参考まで。

（1）Ursula K. Le Guin, "Introduction" to Part II, *The Unreal and the Real*, Saga Press, 2016, p.325.
（2）なかにしけふこ「海と曠野を渡る声――アーシュラ・K・ル＝グウィンの近作をよむ」『ユリイカ』八月臨時増刊号「総特集＊アーシュラ・K・ル＝グウィン」青土社、二〇〇六、二〇三。

「狼藉者」（"The Poacher"）

短篇「狼藉者《ふみあらすもの》」の初出は、一九九三年に刊行されたジェイン・ヨーレン編のアンソロジー『ザナドゥ』（トール・ブックス社刊）で、その巻頭に置かれた本作はセント・マーティンズ・プレスから一時期発行されていた『年間ベスト・ファンタジー&ホラー』の第七集にも採録されたのち、自身の九六年刊の短篇集『空気を解錠して』に収められた。

一読してわかるようにこの作品は古典童話の翻案で、シャルル・ペローであれば「眠れる（森の）美女」と題され、グリム兄弟の本ならば「いばら姫」の題を持つ作品が元となっている。ただし直接の霊感源としてはル＝グウィン自身、その作品を踏まえたシルヴィア・タウンゼンド・ウォーナーの詩を挙げており、本作の題辞としてもその一部が掲げられているのだが、ここではその短い詩の全体も訳出しておこう。

目を覚ました眠り姫

また回り出した肉の焼き串
いばらをきれいに揃えた木こり
芝生を刈り取った庭師
あなや悲し！　にしても、一度のキスで帳消しに
してよいものか、あの静寂の館を、囀りの荒地を。（1）

右の詩が同じく引用されたエッセイ「内なる荒地」（"The Wilderness Within: The Sleeping Beauty and 'The Poacher' and a PS about Sylvia Townsend Warner"）でル＝グウィン本人が述べているように、この詩は「眠れる美女」ないし「いばら姫」のいわゆる〈めでたしめでたし〉の結末を逆に「帳消し」にしようとする。物語の進行を止めてみせて、「転覆」を試みる。わたしたちは、おとぎ話を読んでその魔法に憧れるが、物語ではおよそ魔法は最後に解かれ、現実の幸せが結末となる。しかしたとえ現実の時間が否応なく進んでいくにしても、読者にとってお話を読んでいる際に訪れている〈止まった魔法の時間〉こそが大事なのだとすれば？

この「狼藉者」では、「いばら姫」の物語は進行せず、その停止された筋書きのなかを、眠りに落ちたままの城を主人公が歩き回る。

わたしの物語は「狼藉者《ふみあらすもの》」という。その題名は、著者であるわたしのやっていたことを正確に言い表している。民話というなわばりに対する狼藉だ。踏み荒らして盗みを働く。狩りだ。何も起こらない場所で起こった何かを探り当てること。

［…］

［主人公］は魔法を解除しない。それはあとあと王子がやることだ。彼のやっていることは魔法への介入だ。そのなかへ入ったのだ。

魔法を帳消しにするのは彼ではない。その代わり、王子にはできないことをこれからやる。このあと魔法を満喫するのだ。(2)

読んでいてわくわくする魔法にかかって眠りに落ちている城——そこへ主人公は侵入して、なかを踏み荒らし、好き勝手に楽しむ。まさに眠りの森で狼藉を働くわけだが、ある意味では魔法の城を舞台にした観光でもある。

そもそも観光とは狼藉なのだ。訳者自身、「いばら姫」のモデルになったとされるドイツのザバブルク城を訪れたことがある。人里離れた山の上の森に囲まれた古城で、半分が改装されてホテルになっているが、もう半分は廃墟になっている。ただ宿泊客はその廃墟を散策することができ、物語の流れに沿って塔の上にも登ることが可能だ。ここでのわたしは、明らかにそのいばら姫の城を踏み荒らしている。ただその一方でこの廃墟もただ崩れたままなのではなく、観光客が歩けるように〈廃墟として整備維持〉されていて、魔法ならぬ努力によってこの廃墟の〈時間は停止〉されている。

観光地にはある物語があり、それを成立させるために、ある時点を取り上げて〈時間停止〉の魔法をかける。いつ誰が来ても同じ物語に出会いつつ、そのたびごとそのひとごと違うふうに楽しめるよう。

わたしたちの番が終わっても、それはやはりそこにある。イバラの生垣のなかにある場所として。静けさ、日差し、眠る人々。何も変わらない場所。これからも母や父がその子どもにこの話を読み聞かせ、これからもこのお話はその子どもたちに影響を与えていくだろう。

物語は魔法そのものだ。どうしてわたしたちがそれを解除したいと思うものか。（3）

ル゠グウィンのこの話は、こうした物語内の世界を楽しむ読者のあり方を、作品のなかに内在化させたものだ。そしてわたしたちも日々、作品のなかや観光地で、時の止められた物語という魔法を満喫している。

（1）Ursula K. Le Guin, "The Wilderness Within: The Sleeping Beauty and 'The Poacher' and a PS about Sylvia Townsend Warner", *The Wave in the Mind: Talks and Essays on the Writer, the Reader, and the Imagination*, Shambhala, 2004, p.110.［邦訳は『ファンタジーと言葉』（青木由紀子［訳］、岩波現代文庫、岩波書店、二〇一五）。なお別のエッセイ集*Cheek by Jowl: Talks & Essays on How & Why Fantasy Matters*, Aqueduct Press, 2009, p.16では後段の表現がやや異なり、「［主人公］は、あとあと王子がやるように魔法を解除しない。彼のやっていることは、自分の人生を抜け出て、魔法へ介入することだ。そのなかへ入ったのだ」となる。こちらの邦訳は『いまファンタジーにできること』（谷垣暁美［訳］、河出書房新社、二〇一一）］

（2）*Ibid.*, p.113.

（3）*Ibid.*, p.114.

「あえて名を解く」（“She Unnames Them”）

掌篇「あえて名を解く」は、はじめ『ニューヨーカー』誌一九八五年一月二一日号の二七頁に掲載され、そののち一九八七年刊の『バッファローの娘たちとそのほかの動物たち』に微修正の上で採録された。その巻末に、リルケ『ドゥイノの悲歌』第八歌とともに入っているのだが、そこでル＝グウィンはこうコメントしている。

> 続く本作は本書の掉尾に置かれるべきものである。なぜなら本作は、（どちらか一方を取らなければならないというなら）わたしがどちらの側に立つのかということ、その結果が（おそらく）どうなるかということを、（もちろんいかようにも解釈できるように）述べたものだからだ。(1)

〈どちらの側〉という以上は、おそらく本文中に現れる倦怠期風の男女のうち、女性の側に立つということがそれとなく察せられる。ル＝グウィン本人もこの作品には思い入れがあったようで、自選ベスト短篇集である本書底本でも（「水甕」が挿入されるまでは）やはり巻末に置かれ、次のように短く解説している。

> 「あえて名を解く」の最初の草稿は、賞を獲った帰りのニューヨーク発オレゴン行きの機中でひとりオンザロックのバーボンを飲みながらカクテルナプキンに走り書きしたものである。そのときのわたしは気分がよかった。聖書を書き直しているような心持ちだった。この作品と

「スール」は、たぶんこの著作集でもいちばんのお気に入りで、だからこのふたつを最後に置いたのである。(2)

自ら「聖書」と言及し、作品中でもアダムという名が出てきているように、本作が聖書を下敷きにしていると読めば、語り手の〈わたし〉はイヴであり、(トウェイン『イヴの日記』のように)命名の権能を主とアダムから預かりながら、本作の最後では、楽園の鍵にばかりかかずらってイヴのことを一顧だにしないアダムに、それを返すという神話的ファンタジーが描かれていることになる。事実、彼女自身、一九九四年に行われたインタヴューで、世界への名付けとの関係でこの作品を引き合いに出したジョナサン・ホワイトへこう答えている。

「あえて名を解く」は、実はアダムとイヴの話をひっくり返したんです。イヴはあらゆる名前を取り消します。なぜかというと、それは初めから間違っていたか、間違ったものになったかしたものだからです。こうすることで、彼女自身と世界とのあいだにあった壁が取り払われました。物語の終わりでは、彼女は何の言葉も残していません。動物たちとすごく近くなったから、無防備を実感して恐れてはいますが、触りたい嗅ぎたい食べたいという新たな欲望でいっぱいになります。

どうしてわたしが、わたしたちの名付け方が間違っていると感じるのか——そのささやかな物語をしつこく繰り返したくはありません。というのも、それはある意味ではジョークなんですが、わたしたちは自分自身を切り離すために名前を使っているのです。犬について語るのと、

「固有名をつけて」ローヴァーを語るのでは違うわけです。戦争の言語では、わたしたちは殺すこと、ましてや死傷者なんて語りたがりません。その代わり〈戦死者数〉とか〈遊軍砲火〉だなんて妙に遠回しな言葉を使います。客観性を装った言葉遣いが、よくこんなふうに使われるわけです。名称というものを、リアリティのあるカテゴリとして操って、そうして名が、自己と世界とのあいだの衝立になってしまう。名称は交流の手立てというよりむしろ分断の手段になっているわけなんです。(3)

確かに名前を与えることで、世界は文節化され、認識可能になる。それは言葉の根本的な作用であり機能でもある。しかしそのことで彼我の差が生まれ、これとあれは違う、わたしとあなたは違う、という区別が生じるのも避けられない。とすればあえていったん、魔法を解除するかのように名を捨象することで、自分と外界とのあいだにあった定義の違いを取り払い、対象と溶け合うことも積極的な行為としてありえるかもしれない。イヴはアダムに〈その道具〉を返すとき、その説明をする覚悟はあったのだ、と記されながら、結局は無関心なアダムが彼女の真意を問い返すことはなかった。「うん、じゃあね」(Well, good-bye, dear.)、「じゃあ行くね」(I'm going now) は、長らく無理解であったパートナーへの別れの言葉にも聞こえてくる。

(1) Ursula K. Le Guin, "XI. Rilke's 'Eighth Duino Elegy' and 'She Unnames Them'", *Buffalo Gals and Other Animal Presences*, Plume Book, 1987, p.191.

(2) Ursula K. Le Guin, "Introduction" to Part II, *The Unreal and the Real*, Saga Press, 2016, p.327.

(3) Ursula K. Le Guin and Jonathan White, "Coming Back from the Silence", *Conversations with Ursula K. Le Guin*, University Press of Mississippi, 2008, p.96.

「水甕」("The Jar of Water")

二〇一四年一二月に発表された「水甕」はル＝グウィンが生前最後に発表した短篇小説である。同年一〇月に〈アースシー・サイクル〉の短篇「オドレンの娘」("The Daughter of Odren") も電子書籍にて出版されているが、この二作以降の小説作品はいずれも死後出版である。

文芸誌『トタンの家』の二〇一四年冬号を初出とするこの作品は、二〇一五年のローカス賞短篇部門では次席となり、そののち本書底本の *The Unreal and the Real* が二〇一六年に改訂され一巻本となった際、二つある大分類のうち、本人が「いまだずっとこれからもわたしの故郷」(1) と呼ぶ第二部にあらためて収められた。

使用人キャスが主人に命じられ、水甕を担いで沙漠を越えて、聖者に届けた上で帰ってくるという過酷な旅を描いた本作は、いかにもル＝グウィンの創作観に忠実な作品でもある。かつて、「あえて主人公が過酷な試練へと立ち向かうように描いています」(2) とインタヴューで述べたル＝グウィンだが、晩年のエッセイ「ありのままでなくてよい」("It Doesn't Have to Be the Way It Is") でも次のように綴っている。

> 子どもの空想と幻想文学のあいだには、大きな違いがひとつある。〈物語を話す〉子どもは、空想と半端な知識のあいだをその違いもわからないまま歩き回るが、言葉の響きや当てのない

純粋な空想の戯れに満ちていて、そこが魅力でもある。だがファンタジーは、民話伝承にしても文学文芸にしても、大人における物語であって、意味を求めるものである。物理法則はそれなりに無視できても因果関係は否定できない。ここから始まり、そこへ向かう（またはここへ戻る）。その旅のかたちはありきたりではなかろうし、ここやそこはひどく変わった見知らぬ土地のこともあるかもしれないが、それでもその世界の地図のどこかに位置する場所であって、なおかつ私たちの世界の地図と何かしら結びつくものに違いない。そうでなければ話の聞き手や読み手も、筋の通らない混沌という海に漂流することになってしまうか、それどころか作者の願望という浅はかな泥だまりに溺れる羽目にもなろう。

　ありのままでなくてよい。これこそファンタジーの言わんとすることだ。〈何でもあり〉というわけではない――2＋1が5や47や何やかやになったりと、つじつまが合わないのでは無責任というものだ。ファンタジーが言わんとするのは〈何にもない〉でもない――それでは虚無思想《ニヒリズム》になる。そして〈こんなふうであるべきだ〉ということでもない――それはユートピア思想で、また別の試みだ。ファンタジーは善導でもない。どれだけ読者に喜ばしくても、ハッピー・エンドは登場人物に対してしか及ばない。これは作り事《フィクション》であって、予言でも処方箋でもない。

　ありのままでなくてよいとは、フィクションの文脈でなされる、〈リアルであれ〉とは求めない遊戯の宣言なのだ。ただしこれは、現実をひっくり返すという宣言でもある。

　現実をひっくり返すなんてことは、自分が現実にうまく合わせられていると感じるとともにありのままでいいと思っている人たちには向かないし、物事があるべき通りであると保証してくれる権威に支えてもらいたいと考える人々にも不向きである。ファンタジーは〈物事がありのままにならなかったらどうなるか〉を問うのみならず、そうではないほうへ向かえばどんなふうになりえるのか、を示すものでもある――すなわち、物事はありのままでなくてはならない、という信念のまさしく根底に食らいつくものなのだ。

［…］

ただしチェスタトンが指摘したように、虚無思想による暴力の寸前、すなわちあらゆる法を破りあらゆる船を燃やす手前でぎりぎり踏みとどまっているのが、ファンタジーである（トールキンと同様、チェスタトンは想像力豊かな書き手でありながら教えを堅く守るカトリック教徒でもあったから、おそらく矛盾と限界にはとりわけ気づいていたと思われる）。2＋1＝3。兄弟の長男・次男はクエストに失敗し、末っ子がやり抜く。アクションはリアクションにぶつかる。宿命・幸運・必然は、中つ国でもコロノスでもサウス・ダコタでも不変不動である。ファンタジーのお話は、ここから始まり、そこで終わり（またはここへ戻り）、その場では語りという芸術のわずかながらも避けられない義務と責任が果たされる。土台に戻れば、確かに物事はあるべき通りだ。ただし土台を離れればどこであっても、何もありのままでなくてよい。

(3)

〈以上ありのままをお伝えしました〉（And that's the way it is.）とは、報道を締めくくる決まり文句でもあるとともに、口語では〈どうせ現実はそんなものだ〉という慰めと諦めの言葉にもなる。何か現実をどうしようもないものと捉え、その抑圧をありのまま受け入れる。たとえば「ありのままの君が好きだ」と言われても、一見甘い肯定の言葉にも聞こえるが、現状の自分に不満がある者ならば、それは自身の成長や向上を阻む束縛にも思えるだろう。ル＝グウィンは、言葉や想像力を〈ありのままであれ〉という現実の抑圧から〈自由〉へと抜け出るための手段と考えて、多くの作品を執筆してきた。エッセイ「物語をめぐる考察」（"Some Thoughts on Narrative"）では、現象学者・批評家ジョージ・スタイナーの「言葉とは世界をありのまま受け入れることを人が拒むときの主たる道具である」(4)を引いたあと、次のように語っている。

とりわけ小説、広く物語なるものは、所与のものを偽装したり変造したりするものでなく、選択の自由や代案を出すことで現状と能動的に向き合うこと、なおかつ現実のリアリティを確かめられない過去と予測できない未来につなぎ合わせることでリアリティそのものを拡張することとも考えられる。(5)

〈自然の鏡〉としての受動的な物語を拒みながら、自由へと向かう想像力の物語を目指すのである。もちろんその自由とは〈勝手無法〉のことではない。あくまで〈現存しないもの〉へと少しはみ出ることを許すための、そのことによって何かしらの〈自由〉を得るための想像力である。ル＝グウィンは「アメリカ人はなぜ竜がこわいか」（"Why Are Americans Afraid of Dragons?"）で、想像力を「知性・感性の自由な遊戯」と定義して自発的な再創造を芸術にも科学にも大事なものと考えつつ、アメリカ人はその想像力を抑圧してきたと述べる(6)。まるで少しの自由な発想さえも、身勝手で許されないものであるかのように。

宇宙旅行やドラゴンについて執筆すると「知っていることを書け」と忠告してくる人々に対して、ル＝グウィンはかつてこう応答した。

> でも、わたしは現にそうしている。オリオン座もドラゴンも空想の国も自分は知っている。自分でなくて誰がわたしの空想の国を知っているとお思いか。(7)

自由な思考の結果、自分に見えてきたもの、自分にわかったものを書くという作品のあり方は、ル＝グウィンの執筆活動に通底するものだ。だからこそ思考実験のようなSF小説もあれば、寓話的なファンタジーもあり、架空の国や土地の連作物語にもなる。事実や固定観念から少し離れて、別の可能性を考えてみること――そのほんの少しはみ出す自由を許すのが、〈ありのままでなくてよい〉というテーゼである。こうした「拡張されたリアリティを見るリアリストたち」のことをル＝グウィンは「幻視者たち《ヴィジョナリーズ》」と呼び(8)、その想像に最低限の枠組みを与えるのが「ここから始まり、そこへ向かう（またはここへ戻る）」と論ずるファンタジーのあり方だ。ある意味で今作はその考えにその通り沿いすぎているところからセルフ・パロディにすら見える。作品そのものが、執筆のメタファーになっているかのようだ。

とはいえ本作をそのファンタジー創作観の自己翻案と捉えるならば、主人公の役割もまた興味深く見えてくる。主人と先方のあいだを行き来して、一言一句そのまま言葉を伝える仕事について、古代ラテン語では“interpres”と言った。原義は〈仲介する者〉で、商売における仲買人や競売人のほか、まさしく言葉を仲介するということで、キャスのような使者・伝令を表す際にも用いられた。それでいて、神の言葉をそのまま伝えるとして神官・巫女にも使われたが、こうした言葉に関わるあり方から、後世には転じて通訳者・翻訳者を指し示すようにもなった。

むろん〈翻訳《トランスレーション》＝運搬〉とは、ル＝グウィンの創作における重要なキーワードである。エッセイ集『夜の言葉』（*The Language of the Night*, 1979［1992］）の解説でスーザン・ウッドがル＝グウィンの執筆を〈夢の翻訳〉と（やや強引に）まとめたように、無意識下のイメージや認識を理性の言葉に翻訳した（＝運んできた）ものをル＝グウィンはファンタジーと呼んできた。

翻訳とはまったく不思議なものだ。いよいよ感じるのは、書く行為こそ翻訳そのもので、ほかの何よりも翻訳に近いということだ。では対となるテクスト、原典は何なのか。正解はわからない。ただ私の推測では、それは源《みなもと》、いろいろの着想が泳ぐ深い海で、言葉という網でそれらを捕らえ、まだぴちぴちのうちに船へと揚げる……この比喩を続けるなら、やがてそれは死んで缶詰にされてサンドイッチに挟まれ食されるわけだ。何かを向こうへ運ぶには船が要る。もしくは橋。どんな橋？　どうしても比喩はどつぼになるか。ともあれこれは揺るぎない実感として抱いていることなのだが、詩にせよ散文にせよ、モノを書くことは翻訳と何ら変わりがない。翻訳をする際、手元にあるのは作業の元となる言葉の織物《テクスト》だ。ただしモノを書く、つまり創作するときには無い。あるのは言葉でないテクストで、自分が言葉を見つけるのだ。［…］

［…］抽象的な翻訳理論でなく、最大限に遠いへだたりを超える実際の翻訳、すなわち根本から異なる文化のまったくの異言語でなされた口頭のテクストを、英語の文章に訳すということ——そこでこそ胸躍ることが起こっていて、こここそ、わたしたちの文芸が息づき、自由に

動き回り、定義を拒み続ける場のひとつなのだと、わたしは思うわけだ。［…］それこそが自分で制作してみたいものだと言えよう。わたしは、誰も知らない誰も話さない言語から翻訳する方法を学びたいのだ。(9)

こう語るル゠グウィンは、もちろん実際の翻訳も手がけている。その端緒は一九九六年の詩集『双子、夢——ふたつの声』(*The Twins, The Dream: Two Voices*) だろう。この書籍はアルゼンチンの詩人ディアナ・ベレッシとともに手がけた競作とも共訳ともつかない作品で、お互いに相手の詩を選んでそれぞれの母語（英語・スペイン語）への翻訳をつけ、それを対訳として左右に掲げるというものだ。それを双子であり、ふたつの声であるとするのは、およそ一般の原典と翻訳の関係ではない。

だからこそおそらく時として、異言語・異国でモノ書く作家たちの多くがこぞって、小鳥か小魚の群れよろしく、打ち合わせたわけでもないのに同じほうへと向かっているように、いきなりいっせいに同じ新しいことを始めつつなお、互いに何をしようとしているかわかるかのように見えるわけだ。つまり一同はみな、まだ言語化されていない同一のテクストから自分特有の表現《イディオム》、すなわち個人言語《イディオレクト》へと訳しているのだ。(10)

「翻訳は詩にとって優れた試練である」(11)として一種の推敲にもなるとも語るル゠グウィンの念頭には、もしかするとヴァルター・ベンヤミンの言う、訳すたびに本質へ近づいていく〈純粋言語〉のようなイメージがあるのかもしれない。そのあと翌々年には老子『道徳経』を詩へと自由訳し（*Lao Tzu: Tao Te Ching: A Book About the Way and the Power of the Way*）、二〇〇三年にはノーベル賞作家であるチリの詩人ガブリエラ・ミストラルをやはりスペイン原語との対訳のかたちで訳出しているが（*Selected Poems of Gabriela Mistral*）、これは先述のディアナ・ベレッシから贈られた原書がきっかけとなっている。

やがてル＝グウィンは、ファンタジーそのものの翻訳を手がけるようになり、本邦ではほとんど知られていないアルゼンチンの作家アンヘリカ・ゴロディッシャーの訳書『カルパ・インペリアル――またとない大帝国』（*Kalpa Imperial: the Greatest Empire that Never Was*）を二〇〇三年に上梓し、二〇一三年にはそれまで無名に近かったルーマニアの作家ギョルゲ・ササルマンによる数々の幾何図形とその表象となる短篇群を添えた奇書『方形の円』をスペイン語訳から重訳している（*Squaring the Circle: A Pseudotreatise of Urbogony Fantastic Tales*）。この四角く小ぶりな本に添えられた訳者まえがきでは、自作を書いていないときには訳す本を探すと述べながら、翻訳について以下のように語っている。

わたしは翻訳が好きだ。愛のために訳すからだ。わたしは素人だ。好きだからそのテクストを訳すのだ、たぶん。つまり愛ゆえにもっと理解したくなる。翻訳はわたしにとって発見で、とりわけ後年学習してけっして流暢ではないラテン語・スペイン語というふたつの言語における発見なのだ。自覚もあるのだが、テクストの言わんとすることやその言い方をどうやって英語で表現するかを見極めようとする骨折れる泥臭い手順を進めきってようやくわたしはスペイン語のテクストが本当にわかる。すなわち発見のプロセスだ。

これは、自分自身の言語でわたし自身の作品を創作執筆することにも、ある意味で同じく当てはまる。わたしはいつも、何を言うかどう言うかを見つけるために書いている。(12)

そして八〇を越えた今は自作を書くだけのエネルギーがなく、翻訳だけが作家としての力を出す唯一の方法だとするのだが、それでも彼女はその翌年に二作の短篇を完成させた。その作品がさながら自己翻案に見えるのも、けっして偶然のことではないだろう。非実在言語史料の疑似翻訳である長篇『オールウェイズ・カミング・ホーム』(*Always Coming Home*, 1985)も「翻訳するふりをしながら書いた」とかつて語ったように(13)、ル゠グウィンの〈執筆゠翻訳〉行為の枠とも言えるものになっていたが、まさしくそうした自分の執筆のあり方そのものを作品に訳すというかたちで、新たな創作を果たしたのである。

批評家ジョージ・スタイナーは、現象学の観点から翻訳を「信じること(あくがれること)・入り込むこと・ものにすること・元に戻すことからなる解釈の身振り」(14)と考えた。翻訳者は、まず目の前に与えられたテクストの価値を信じ、その上でテクストのなかへと深く困難な旅を始め、そしてその先で何かしらを得たあと、それで終わらずに原点゠原典へ立ち戻って正しいバランスを取り戻そうとする。

ならば訳者も、目の前のテクストから始めつつ、さらにル゠グウィンが翻訳した原文たる原初の夢幻《ヴィジョン》を推測しながら往還の旅をするしかない。さながら灰から不死鳥を甦らせるような行為であり、〈仲介者〉に課せられた過酷な試練というものだが、それが訳出された召使いキャスのリアリティにつながっていれば何より幸いである。

（1）Ursula K. Le Guin, "A Citizen of Mondath", *Dreams Must Explain Themselves and Other Essays 1972-2004: The Selected Non-Fiction of Ursula K. Le Guin*, Gollancz, 2018, p.17.［邦訳は『夜の言葉』（山田和子他［訳］、岩波現代文庫、岩波書店、二〇〇六）］。第二部に付されたふたつのサブタイトルのうち、とりわけダンセイニを起源とする〈内なる地・内陸〉（すなわちファンタジーの異世界）に属すると思われる。

（2）「インタビュー　ジャンルを越えて、頂に立つ」（山本麻里耶［訳］）『ユリイカ』八月臨時増刊号「総特集＊アーシュラ・K・ル＝グウィン」青土社、二〇〇六、四五。

（3）Ursula K. Le Guin, "It Doesn't Have to Be the Way It Is", *No Time to Spare: Thinking About What Matters*, Small Beer Press, 2017, pp.81-83.［邦訳は『暇なんかないわ　大切なことを考えるのに忙しくて』（谷垣暁美［訳］、河出書房新社、二〇二〇）］

（4）George Steiner, "Creative Falsehood", *George Steiner: A Reader*, Oxford UP, 1987, p.398.

（5）Ursula K. Le Guin, "Some Thoughts on Narrative", *Dreams Must Explain Themselves*, p.88.［邦訳は前掲『世界の果てでダンス』］

（6）Ursula K. Le Guin, "Why Are Americans Afraid of Dragons?", *Ibid.*, pp.32-33.［邦訳は前掲『夜の言葉』］

（7）Ursula K. Le Guin, "Talking About Writing", *The Language of the Night: Essays on Fantasy and Science Fiction*, revised ed., Harper Collins, 1992, p.198.［邦訳は前掲『夜の言葉』］

（8）Ursula K. Le Guin, "Freedom", *Words Are My Matter: Writing About Life and Books 2000-2016*, Small Beer Press, 2016, p.113. なお、より口頭に近いヴァージョンが前掲 *Dreams Must Explain Themselves* に収められ、また手の入ったものが詩集 *Late in the Day: Poems 2010-2014*, PM Press, 2016 にも入っている。

（9）Ursula K. Le Guin, "Reciprocity of Prose and Poetry", *Dancing at the Edge of the World: Thoughts on Words, Women, Places*, Grove Press, 1989, pp.112-113.［邦訳は前掲『世界の果てでダンス』］

（10）*Ibid.*, p.113.

（11）Ursula K. Le Guin, "About Translating Diana", *The Twins, The Dream: Two Voices*, Arte Público Press, 1996, p.11.
（12）Ursula K. Le Guin, "Translator's Introduction: The Road to π", *Squaring the Circle: A Pseudotreatise of Urbogony Fantastic Tales*, Aqueduct Press, 2013, pp.vi-vii.［邦訳は『方形の円――偽説・都市生成論』（住谷春也［訳］、東京創元社、二〇一九）］
（13）Ursula K. Le Guin, Victor Reinking, and David Willingham, "Conversation with Ursula K. Le Guin", *Conversations with Ursula K. Le Guin*, University Press of Mississippi, 2008, p.112.
（14）George Steiner, *After Babel: Aspects of Language and Translation*, Oxford UP, 1998, p.319.
［なおこの「水甕」解題のみ初出は、大久保ゆう「訳すように書く――ル＝グウィンの晩年作・未訳作から」『ユリイカ』五月号「特集＊アーシュラ・K・ル＝グウィンの世界」青土社、二〇一八、一八五―一九三］

＊

誤訳をつぶすために、沙漠へ飛んだ。行き先は中央アジアのウズベキスタン。水の多いところを出身とするわが身のため、触れたことのない沙漠の城壁都市の雰囲気と、沙漠における都市間移動のイメージをどうしてもつかんで、あらぬ誤読を防ぎたかったからだ。

巻末作品「水甕」には二つの都市が出てくるが、出発地のバンカラを商業都市ブハラ、目的地のアヌンを宗教都市ヒヴァに見立てて、文化にも造詣の深い専属ガイドのハサンさんとともに旅をした。このブハラとヒヴァは隣り合う都市だが、そのあいだにはひたすら沙漠が続くだけで、距離もおよそ東京大阪間と同じくらいある。今では週に数本の弾丸列車があって半日ほどで移動できるが、その昔はキャラバンでも片道一週間はかかったという。

中央アジアの沙漠は、砂というより土の沙漠だ。その灼熱と土の空気感が作品にそぐうように思えた。そしてそれぞれの都市の門構え、ブハラのアルク城門とヒヴァの内城《イチャン・カラ》南門は、バンカラとアヌンの違いを見るようで、印象的だった。

もちろんファンタジーにせよ翻訳にせよ、近しい実体験があればよいというものではないが、足を運んだのは無駄ではなかったように感じている。

版権さえ許せば独自に入れたい作品もまだまだあった。選からは漏れているが『空気を解錠して』収録の"Olders"は幻実篇に加えたかった。晩年の連作掌篇'Elementals'や死後出版の短篇"Pity and Shame"も魅力的だった。ほかにも寓意的な絵本*Fish Soup*もぜひ挿絵入りで紹介できればと思っていたが、叶わなかった。もちろんここに小詩集を付すことが可能だったら、ル＝グウィンの多面性をご覧いただけたのに、と思うこともある。しかしそうした点は、今後の課題とするしかない。

最後に、青土社編集部の樫田祐一郎氏には、『ユリイカ』二〇一八年五月号のル＝グウィン特集から引き続いてひとかたならぬお世話になった。あのときに始まった企画をこうしてようやく形にできて感慨に堪えない。深く謝意を表したい。

二〇二〇年五月

訳者識

［著者］アーシュラ・K・ル＝グウィン（Ursula K. Le Guin）
1929年カリフォルニア州バークレー生まれ。オレゴン州ポートランドに長く暮らし、ＳＦ・ファンタジー小説を中心に詩や評論、エッセイに至るまで、生涯にわたり多様で旺盛な創作活動を続けた。代表作としてはヒューゴー賞とネビュラ賞の二冠に輝いた『闇の左手』（早川書房）のほか、「ゲド戦記」シリーズ（岩波書店）、「空飛び猫」シリーズ（講談社）、「西のはての年代記」三部作（河出書房新社）などがある。2018年没。

［訳者］
大久保ゆう（おおくぼ・ゆう）
翻訳家・翻訳研究者。幻想・怪奇・探偵ジャンルから絵画技法書や文化史関連書の翻訳も手がける。主な訳書にT・ウィットラッチ『幻獣と動物を描く』（マール社）、E・ホーク『騎士の掟』（パンローリング）ほか。
小磯洋光（こいそ・ひろみつ）
翻訳家。イースト・アングリア大学大学院で文芸翻訳を学ぶ。英語圏の文学作品の翻訳のほか、日本文学の翻訳にも携わる。主な訳書にT・コール『オープン・シティ』（新潮社）、G・ペリー『男らしさの終焉』（フィルムアート社）ほか。
中村仁美（なかむら・ひとみ）
立命館大学文学部国際文化学域准教授。主に20世紀以降のアイルランド文学を研究。本書がはじめての文芸書翻訳となる。

現想と幻実
ルーグウィン短篇選集

2020 年 8 月 24 日　第 1 刷印刷
2020 年 9 月 4 日　第 1 刷発行

著者——アーシュラ・K・ル＝グウィン
訳者——大久保ゆう、小磯洋光、中村仁美

発行者——清水一人
発行所——青土社

〒 101-0051　東京都千代田区神田神保町 1-29　市瀬ビル
［電話］03-3291-9831（編集）　03-3294-7829（営業）
［振替］00190-7-192955

本文組版——フレックスアート
印刷・製本——シナノ印刷

装幀——細野綾子

ISBN 978-4-7917-7302-2 C0097
Printed in Japan